# OS CRIMINOSOS DE NOVEMBRO

# SAM MUNSON

# OS CRIMINOSOS DE NOVEMBRO

*Tradução*
Regiane Winarski

Planeta

Título original: *The november criminals*

*Preparação:* Opus Editorial
*Revisão:* Vivian de Souza e Alice Camargo
*Diagramação:* Futura
*Capa:* Filipa Pinto e Eduardo Foresti
*Ilustração de capa:* Filipa Pinto

CIP-BRASIL. CATALOGAÇÃO NA PUBLICAÇÃO
SINDICATO NACIONAL DOS EDITORES DE LIVROS, RJ

M939n

Munson, Sam
Os criminosos de novembro / Sam Munson; tradução Regiane Winarski. – 1. ed. – São Paulo: Planeta, 2018.
304 p.

Tradução de: The november criminals
ISBN 978-85-422-1207-5

1. Ficção americana. I. Winarski, Regiane. II. Título.

17-45309 CDD 813
CDU: 821.111(73)-3

2018
Todos os direitos desta edição reservados à
EDITORA PLANETA DO BRASIL LTDA.
Rua Padre João Manuel, 100 – 21º andar
Ed. Horsa II – Cerqueira César
01411-000 – São Paulo-SP
www.planetadelivros.com.br
atendimento@editoraplaneta.com.br

*Para Rebecca*

*Não existe negador que não esteja ávido por um catastrófico sim.*

E. M. CIORAN, *De l'inconvénient d'être né*
[*A inconveniência de se ter nascido*]

# I.

Vocês me pediram para explicar quais são minhas melhores qualidades e meus piores defeitos. Vou começar dizendo que é difícil, senhoras e senhores, eu me considerar uma pessoa ruim. Eu sinto *remorso*, por vezes mais sério e por outras menos. Todo mundo, mesmo um verdadeiro campeão de imoralidade, se vê como bom. Ou como alguém que trabalha para o bem, não importa se suas ações, examinadas uma a uma, são evidentemente egoístas, assassinas etc. É um argumento forte contra o valor que damos a termos como *bom* ou *mau*. As pessoas acham isso mesmo agora, em 1999, quando supostamente todos devemos nos arrepender e lamentar e trincar os dentes. Mas não se pode passar pela vida sem fazer distinções. E vender de pequenas a médias quantias de maconha para adolescentes com a vida boa, calmos e ricos (coisa que andei fazendo durante boa parte do meu tempo livre nos últimos quatro anos), não é um comportamento que *compense* eu ficar me torturando. Isso faria com que parecesse importante demais, sabe? Eu nem preciso do dinheiro.

Ainda assim, a julgar pelas minhas ações, eu *sou* uma pessoa ruim. Vamos deixar isso claro, para que vocês não tenham ideias erradas. Durante mais de um quinto da minha vida até o presente momento, fui um traficante de drogas, ainda que pequeno, e cliente de traficantes mais bem-sucedidos, que negociavam volumes bem maiores, que, por sua vez, são clientes de empresas maiores, e assim por diante, até o infinito. Sinistro, né? Humano, mas sinistro. Eu tinha uma balança digital de farmácia. Um cofre preto e caro, que, no auge da minha prosperidade, guardou 12.380 dólares em quatro caixas de sapato, com o dinheiro organizado em maços de acordo com o valor. (Que coisa mais ridícula!) Uma arma, apesar de ter sido aquisição posterior. Uma quantidade suspeita de sacos plásticos. Um *pager*. Todo o equipamento sórdido e incriminador.

Tenho dezoito anos e cinco dias de idade. Moro em um bairro arborizado de classe média-alta em Washington, D.C., com meu pai, que faz vasos de argila. Ele também dá aulas na academia de arte meio famosa da cidade, o Instituto Cochrane. São aulas sobre como fazer vasos de argila. Meu nome é Addison Schacht, se é que vocês conseguem acreditar nisso: o falecido pai da minha falecida mãe se chamava Addison. Como sou um ilustre desconhecido, não sou popular, nem mesmo agora, no meu último ano do ensino médio, na minha turma da escola John F. Kennedy Senior. Que grau de desconhecido, vocês perguntam? Eu não saberia, nem sob ameaça de morte, dizer em que faculdade as pessoas da turma querem estudar, de tão pouco que tenho em comum com essas pessoas. Não faço qualquer atividade extracurricular além de estudar latim e colecionar piadas ofensivas sobre o Holocausto. Moro na rua X, no Xº andar, peso X quilos. O que vocês querem? Um índice da minha alma? O tamanho do meu pau? Eu poderia dizer tudo isso; não tenho vergonha nem nada. Mas isso ajudaria vocês a entenderem? Só que essa história complexa e absurda anda me corroendo. E é por isso que a estou escrevendo agora. Para *tirar o peso* das minhas costas. Já desperdicei muito tempo. E não me falta inteligência; não pensem assim. Em todas as provas simuladas que fiz, minhas notas foram idênticas ao que acabei tirando no SAT de verdade: setecentos e setenta em redação e seiscentos e cinquenta em matemática. Isso em três avaliações distintas. Que tal uma precisão dessas? Na minha série de provas do Advanced Placement, tirei três notas cinco e duas notas quatro. Não tenho mais nada. Exceto uma medalha de prata e uma de ouro no Exame Nacional de Latim. A literatura latina é desprovida de quase todos os sentimentos humanos, mas ainda sinto orgulho das minhas medalhas: meus professores foram uma grande vergonha.

Vender maconha não estava na minha lista de planos permanentes quando comecei quatro anos atrás, logo depois que cheguei na Kennedy. Foi só um pouco no começo. Mas era fácil e mais desafiador do que os estudos. Também me permitiu conhecer a *ecologia* da escola, que eu não teria descoberto de outra forma. Eu não pensava muito no assunto. As pessoas queriam, passaram a esperar que eu pudesse oferecer, e acabei sendo proprietário de um pequeno, mas próspero, negócio. Prometi a mim mesmo que pararia quando me formasse. Por motivos práticos. E eu *consegui* parar, mesmo antes do prazo previsto. Isso não foi por vontade própria. As circunstâncias tiveram seu papel forçoso de sempre, na forma de um colega de classe chamado Kevin Broadus.

Kevin era um garoto quieto e parrudo, um *geek* da banda marcial. Eu não o conhecia além de acenos com a cabeça entre aulas. E como ele era um dos poucos garotos negros no Programa de Jovens Talentosos, eu só tinha noção que ele existia. Pelo menos até nosso penúltimo ano, quando, uns cinco meses antes de acontecerem os eventos brutais que levaram o nome dele aos jornais, Kevin fez uma coisa que achei... *admirável*, talvez seja a melhor palavra. Ou não admirável, porque pode ser meio arrogante admirar alguém com quem você não fala regularmente. Mas era inevitável. Aconteceu em fevereiro. A sra. Prather, nossa professora de Inglês do ano passado, estava falando sem parar, de uma forma bastante automática, sobre o que se chama de "história negra". Fevereiro, tenho certeza de que vocês sabem, é o Mês da História Negra, uma ocasião de muita cautela e autocongratulação nervosa entre os professores do Programa de Jovens Talentosos da Kennedy. Nós aprendemos, todos os anos, a mesma história cansativa, como uma longa rodada de um jogo: os fundadores eram hipócritas, o Compromisso dos Três Quintos tinha sido algo ruim, a decisão *Dred Scott* tinha sido ruim, Frederick Douglass bom, Booker T. Washington ruim, o Estudo Tuskegee ruim, os Tuskegee Airmen bons, Langston Hughes bom, o jazz bom, e ainda somos todos racistas hoje em dia. Obrigado por participar! É como uma versão resumida da história norte-americana, que não é capaz de fazer justiça a toda a besteirada complexa em que as pessoas se envolvem na vida política e também não consegue passar nenhum sentido real de como a vida deve ter sido horrível (e, de muitas formas, ainda é) nos Estados Unidos para os escravos e seus descendentes. É como um gesto. Não sei de que outra forma descrever.

Então: estávamos falando sobre música e sua relação com a literatura afro-americana. E a sra. Prather estava no meio de seu discurso cheio de perdigotos sobre como era maravilhoso o fato de a literatura afro-americana não ser *restrita* da forma que a outra literatura da época era, como era *cheia de uma energia nova e vital, uma corrente rítmica*. Vários alunos da turma assentiam enquanto ela falava, alguns realmente convencidos. E, depois que ela chegou ao auge, balançando as mãos e fazendo a voz reverberar, depois que chegou a algo parecido com um orgasminho ou sei lá o quê, ela parou, olhou para o Kevin e disse:

— Mas vamos perguntar ao nosso músico. Você não concorda, sr. Broadus?

Eu queria poder transmitir o silêncio vazio e horrendo que se fez depois daquele comentário. Todo mundo se virou em suas carteiras de madeira para a direção de Kevin, que olhava para as próprias mãos. A luz do sol da tarde incidia sobre ele e deixou seus óculos com reflexo. E ele disse:

— Não exatamente.

Só isso. A sra. Prather ficou parada, com as mãos erguidas e a boca aberta. Parecia magoada, atordoada pela traição de Kevin. O silêncio persistiu. Então, a sra. Prather suspirou e disse:

— Bem, é *aceito* de um modo geral, Kevin.

Mais silêncio. Kevin falou de novo.

— Tá, mas se é aceito, por que você me perguntou?

Alguém abafou uma gargalhada por entre as mãos. A sra. Prather ficou sem ter o que dizer. Em seguida, ela repetiu seu discurso. Como se Kevin não existisse. E nós continuamos com a aula. Essa é a única lembrança clara que tenho de Kevin falando na sala de aula. Mais uma vez, não quero ser presunçoso e dizer que isso foi admirável. Mas demonstrou coragem ao extremo, na minha opinião. Tive vontade de parabenizá-lo, porém ele se perdeu no meio da multidão suspirante no fim da aula antes que eu conseguisse. Acho que foi sorte; isso também teria sido meio impertinente.

Devo mencionar que a Kennedy é uma escola segregada. Não porque os garotos negros são menos capazes nem nada, mas porque – e estou teorizando aqui – meu bairro e os outros bairros de onde os alunos brancos vêm são cheios do tipo de pais que amam pessoas negras – de forma abstrata. A Kennedy tem maioria negra, por uma margem considerável. E eles (os pais da vizinhança) queriam originalmente que seus filhos estudassem em escolas particulares. Assim, um bando de professores ex-hippies de História e de Inglês da Kennedy montou há uns vinte anos uma escolinha com noventa por cento de alunos brancos *dentro* da Kennedy, o Programa de Jovens Talentosos, no qual deixam entrar cerca de seis alunos negros por ano para aliviar a própria consciência, e organizam farsas como o Mês da História Negra e a Propagação da Diversidade (que é tão horrivelmente incoerente quanto o nome sugere). Se bem que, se tivessem tanta consciência, teriam criado essas divisões internas, para começo de conversa? Mas tanto faz. Kevin se destacou por causa de todos esses acidentes, dessas circunstâncias. Ele não ganhou visibilidade de propósito. Tocava na banda marcial, como falei: saxofone barítono. E trabalhava depois da aula no Second Mate Stubb's, que é uma cadeia nacional de cafeterias. O café deles, o negócio todo, é confiável e medíocre, então os alunos metidos a artistas da Kennedy debocham do Stubb's. Isso me parece injusto. Eu concluí que a mediocridade confiável é a coisa mais importante para a continuidade da existência humana. Não podemos sobreviver à base de desastre romântico. Nós morreríamos de exaustão.

De qualquer modo, aconteceu no Stubb's da Wisconsin Avenue, perto da M Street, onde a corcova da avenida desce na direção da água cinzenta e cheia de espuma do rio Potomac. Alguém entrou lá uma noite e assassinou Kevin e as outras duas pessoas que trabalhavam lá. Uma delas tinha um nome memorável:

Turquoise Tull. Ela tinha vinte e três anos. O outro era um cara chamado Brandon Gambuto. O atirador soltou o dedo em cima deles: dois tiros na gerente, Turquoise, um no outro cara e doze em Kevin, de acordo com o artigo todo empapado de sangue. Era de um "escritor de destaque" (de acordo com a assinatura dele) do *Post*, Archer B. Sexton. (Que tipo de nome é esse? Os componentes são intercambiáveis, e por isso é inumano.) Vocês sabem de que tipo de coisa estou falando: "Kevin Broadus era um aluno do ensino médio exemplar na Kennedy. Turquoise Tull era uma mãe solteira trabalhadora. Brandon Gambuto era aspirante a músico. Todos morreram na semana passada, no que alguns estão chamando de os assassinatos mais impressionantes dos últimos tempos". "Essas mortes brutais deixaram um bairro pacífico do noroeste atordoado." "O tenente James Huang, encarregado da força-tarefa que lidera a investigação, assegurou que a polícia metropolitana está fazendo tudo que pode. Mas os residentes do Segundo Distrito, a área de jurisdição de Huang, continuam inquietos." Sexton discutiu as extensas manchas de sangue, a ausência de roubo, as atribulações da polícia. Isso aconteceu em julho deste ano, antes do meu último ano na escola. Fomos bombardeados por aquela história durante os piores e mais terríveis meses do verão, no calor e na umidade cruéis pelos quais nossa cidade é famosa. Por um tempo, as pessoas falavam de *retaliação de gangues*. Devo dizer, foi o que *eu* pensei logo de cara: gangues ou drogas. Não era possível que todas aquelas balas a mais em Kevin não *significassem* alguma coisa. Mas, ele parecia – e digo isso, como falei, sem tê-lo conhecido direito – passivo demais para estar envolvido em alguma coisa que exigisse retribuição. Os repórteres locais insistiram no assunto à exaustão, mas acabaram desistindo da teoria das gangues depois de um ou dois dias e começaram a falar de tragédia sem sentido.

Sério? Pensem bem: você é um garoto chato que tem um emprego chato porque seus pais fazem pressão em um bairro chato. O calor e a umidade dos verões aqui são repetitivos e entorpecem a alma. As mães, os universitários e os donos de lojas de antiguidades, todos chatos, ficam te olhando de forma condescendente com aquela expressão particular ao ambiente do Stubb's, uma raiva arrogante de quem espera seus pedidos. Às vezes, sua gerente lamentável (que transformou o emprego em carreira, o que deixa você horrorizado) chama sua atenção pelos seus erros. Mas também te elogia, o que de certa forma é pior: a promessa de uma mediocridade derrotada que ela reconhece em você e vê algo dela mesma em você. Isso segue por um mês ou dois, sem qualquer sinal de alívio. Não é uma tortura, mas um atrito constante contra a inquietação que você sente agora, a sensação de que é capaz de alcançar qualquer coisa.

Uma noite, uma pessoa entra, alguém que, em teoria, não parece diferente de ninguém, e atira em você. Um homem de peso e altura comuns, com roupas escuras para que não fique qualquer marca de sangue, com roupas frouxas para a arma não ficar visível. Mais velho do que Kevin. Branco, na minha visão mental, apesar de isso ser estatisticamente improvável em Washington. Ele entra com o olhar calmo. Chamar de vazio seria burrice. Ele *ipso facto* tem força interior suficiente para planejar e executar três assassinatos, que é, se posso dizer assim, mais do que a maioria das pessoas vai conseguir na vida. As mãos se recusam a tremer. Ele olha ao redor; não tem mais ninguém na loja; ele olha para os funcionários, um a um. O aspecto comum de seu rosto é incompreensível e apavorante, assim como seu cabelo castanho normal, com a cor emprestada de alguma pessoa que conheço. Assim como todos os aspectos físicos dele são emprestados. E então, irradiando sua normalidade, ele pega a arma. E se ele matar você depois? E se o primeiro tiro só te ferir, te derrubar? E se o sol não tivesse se posto? Dá para imaginar isso? Morrer no chão de um Stubb's com os últimos raios do pôr do sol de verão nos olhos? Aos dezessete anos? Quando você começou a sentir o gosto da autonomia? Eu faço sexo há apenas dois anos e posso dizer sem hesitação: perder isso doeria tanto quanto perder a própria vida. Dirigir também. Não sou muito fã de dirigir, mas é necessário na minha linha de trabalho, e outras pessoas *amam* dirigir. E a faculdade? A perspectiva de praças verdes e bebedeiras e fodas ilimitadas? Ou dar um fora na sra. Prather, como Kevin fez? *Essa* é a doçura da autonomia.

Tragédia não é a palavra, na minha opinião. Não tenho dúvida de que isso deixou os pais dele arrasados – embora também seja impossível para mim compreender a perda deles, posso *pensar* nela, mas não tenho como *entender* –, mas a perda verdadeira seria sua. Sua! É sua vida! Existe alguma coisa de egoísta na nossa ideia de tragédia, pois depende de outras pessoas estarem olhando. Mas acho que é assim desde os tempos antigos, ao menos de acordo com o sr. Vanderleun, o professor de Inglês do último ano, que fala sobre a ironia trágica ao menos três vezes por semana, e sem qualquer percepção aparente do desperdício colossal da sua própria vida. *Tragédia sem sentido*. É um termo preciso, no entanto podemos descrever a maior parte da existência humana como uma tragédia sem sentido, ou mesmo a existência em geral, se você for um idealista de verdade. A mãe do Kevin não apareceu no noticiário local, e o pai dele, só uma vez. O sr. Broadus, alto, de óculos, meio encurvado, estava *implorando* para que o cara que fez aquilo se apresentasse às autoridades. Mas ele deveria saber que não havia chance de isso acontecer. Quando a televisão pública finalmente conseguiu se organizar, o *Capitol Ideas* (talvez o programa mais chato do mundo) convidou Archer B. Sexton, que é corcunda, careca e cheio de sardas, para ir ao estúdio falar sobre o caso. Modestas letrinhas brancas, pairando na imagem logo abaixo do nó de sua gravata vermelha, o identificavam como escritor de destaque/historiador urbano. Basicamente, ele repetiu o que disse no artigo, com vários movimentos sinuosos de sua monocelha, algo hilário em um sujeito totalmente careca. Parecia uma taturana presa, lutando para se soltar.

Sem sentido ou não, os assassinatos acabaram perdendo o apelo do público. Todos os samaritanos perderam o interesse. Fizeram um memorial horrendo na frente do Stubb's. Montes e montes de flores baratas, amarelas e azuis, com aspecto rígido, lírios e margaridas despetaladas, ainda misturadas com as flores mosquitinho que os floristas enfiam nos buquês. E vocês sabem que tipo de gente deixa flores em memoriais públicos. Os anônimos, solitários e perturbados, em busca de alguma emoção passageira, alguma ligação imaginária com os mortos. Kevin meio que sumiu de cena. Sim, houve um certo desconforto duradouro entre meus colegas de turma. Mas não teve nada a ver com ele e tudo a ver com esses colegas, se é que vocês me entendem: era contemplativo, autodirecionado. Sempre fomos encorajados a isso, na verdade, a procurarmos durante toda a vida, desde os quatro anos de idade, nossa própria condição metafísica nos outros. Esse processo de introspecção continuou até Kevin ser apenas uma leve lembrança, como uma perturbação no fluxo pacífico dos eventos.

E, então, veio o terceiro dia de aula. Ouvimos um anúncio áspero sobre Kevin e sobre os assassinatos nos alto-falantes. Parecia que a locutora, a dra. Karlstadt, nossa diretora e minha professora de História Geral, estava falando com a gente da porra do Tártaro, severa, seca e vaga.

— Atenção, alunos da Kennedy. Atenção, alunos da Kennedy. Como alguns de vocês já devem saber, a comunidade Kennedy sofreu uma perda neste verão. Kevin.

Pausa. O microfone foi cortado nessa hora, acho que para a dra. Karlstadt poder verificar a pronúncia.

— Kevin Broadus, aluno do último ano. Nossos pensamentos estão com ele e com a família.

Pausa. Eu sabia o que viria em seguida.

— Estes são os anúncios desta manhã. O banheiro feminino do terceiro andar está interditado.

E a dra. Karlstadt prosseguiu, com voz monótona, detalhando as falhas nos serviços do dia e os horários de treino pós-aulas de várias organizações.

Houve uma assembleia no dia seguinte ao anúncio, como se para nos garantir que nunca mais precisaríamos pensar em Kevin. O coral abriu com "Bridge Over Troubled Water". Temos um coral excelente, com violência contida nas vozes. O nome dele é Tigres Cantantes (o tigre é a mascote da Kennedy), um nome que eu achava horrível até perceber que era, de uma forma bizarra, incrível. A dra. Karlstadt fez um discurso. O microfone ficava apitando com microfonia, e ela batia com dois dedos nele enquanto acariciava com a outra mão o lenço cinza-gaivota para ocasiões especiais.

— Estamos reunidos aqui hoje para nos despedir de um integrante valioso da comunidade Kennedy. Os professores sentirão falta de sua dedicação. A banda sentirá falta, pois perdeu um excelente saxofonista.

E ela continuou nessa pegada por um bom tempo, durante o intervalo que ela e os outros administradores tinham separado para isso. Depois, o coral, trajando vestes em dourado e ametista (as cores da Kennedy), cantou "Mary Don't You Weep" para encerrar o encontro, gingando com o ritmo e batendo palmas, gerando um baque pesado, a batida de um enorme e vazio tambor. *Sic transit*, né? Até as pessoas comuns merecem pompa e homenagem. Mas o que lembro melhor? Alex Faustner, talvez a escrota número um do meu ano, sentada ao meu lado *reclamando* que "tudo aquilo" (ela estava se referindo a "Mary Don't You Weep") violava os direitos dela garantidos pela Primeira Emenda. Ela diz coisas assim. Anunciou isso quando estávamos fazendo fila para sair. Senti vontade de mandar que calasse a porra da boca. Porém ela saiu andando com as amigas murmurantes antes que eu pudesse falar qualquer coisa. Além de ser uma escrota, Alex é – acho que vocês vão ficar *perplexos* de ouvir isso – cem por cento linda, do tipo que todo mundo concorda, com cabelo escuro e comprido, magra e com voz grave e sonora.

Foi assim. Nosso dever estava cumprido. A lápide estava gravada. Como vocês quiserem colocar. E mais nada teria acontecido comigo – quer dizer, nada fora do comum – se eu não tivesse ficado doidão e ido para o Banco com uma amiga minha naquela tarde. Não uma amiga. Uma *associada*. Uma pessoa com quem eu me associava porque as pessoas se associam com outras. Por puro hábito, certo? E não para *conversar sobre as coisas*. É isso que boa parte das pessoas da minha idade perde tempo fazendo, gastando toda a energia e intenções em saliva. É difícil fugir disso, porque tudo é tão indeciso, você acredita que pode se transformar em qualquer coisa, superar qualquer coisa. Ninguém consegue olhar para tanto potencial e não morrer de medo ou pelo menos ficar tentado a cair na letargia pela aparentemente imensa quantidade de tempo à frente. *Que babaca pretensioso*, vocês estão pensando. Não importa. Eu sei que estou certo.

Essa *associada* se chamava Digger Zeleny. Não na certidão de nascimento, mas esse é o apelido que ela e todo mundo usam. (Nome real: Phoebe.) Nós nos conhecemos desde que entramos na Kennedy. Ela era uma cliente assídua e bem razoável, admiradora do meu sarcasmo em sala de aula, assim como eu era do dela. O apelido dela é estranho, eu sei, mas ela conseguiu que até os professores usassem. Perguntei sobre ele logo depois que nos conhecemos, e ela se recusou a me contar. Isso foi quatro anos atrás. Mas, uma semana depois, quando vendi maconha para ela pela primeira vez e acabamos fumando uma parte juntos, ela se abriu. Quando era criança, ela tinha uma caixa de areia no quintal, onde passava boa parte do tempo cavando. Não fazendo castelos e nem bolos ou hambúrgueres de mentira nem nada, só cavando e enchendo o buraco, depois cavando mais e murmurando para si mesma o tempo todo, *Dig-dig-diggety-dig*. Ela continuou a fazer isso quando entrou para o jardim de infância, e algum gênio na turma dela começou a chamá-la de Digger. Para tirar sarro dela. Ela bateu na cara dele com sua pazinha de plástico, depois com o baldinho, e em seguida se recusou a atender qualquer pessoa que *não* a chamasse de Digger. Ela se *apropriou* do insulto. Ela é cabeça dura assim. Me contou que os pais tiveram que levá-la a um psicólogo para fazer com que voltasse a ser Phoebe. Mas ela também o derrotou e continuou sendo Digger.

— Nunca gostei muito de Phoebe mesmo — murmurou ela, com fumaça na boca. — Desconfio que fui batizada em homenagem à irmã do cara de *O apanhador no campo de centeio*. Comecei a desconfiar quando tive que ler o livro. Então, que se fodam.

Caímos fora logo depois da assembleia (tem uma saída pouco conhecida no corredor que faz uma curva entre o prédio principal, parecido com um presbitério, que está sempre tomado por uma luz marrom horrível, e o auditório) e seguimos para o Banco, que é um banco de cedro em um parque pequeno na extensa propriedade de uma escola particular na mesma Kennedy Street, a Academia Brent, batizada em homenagem ao primeiro e menos corrupto prefeito da cidade, Robert Brent. Começamos a falar sobre um monte de trivialidades, depois deixei que ela falasse, para que eu pudesse evitar o verdadeiro assunto. Ela estava me contando alguma coisa sobre a mãe, que é médica, do tipo que mexia fundo no maquinário das pessoas, não dermatologista nem nada assim. A mãe dela me odeia. É compreensível, ainda que não saiba a extensão completa do meu relacionamento com a filha dela. Nós estávamos chapados, com a fala meio arrastada, mas ainda *compos mentis*. Fiquei sentado vendo-a enrolar o cabelo e empurrar os óculos para cima do calombo, aquele calombinho mediterrâneo no alto do nariz. Um caminho se abria no couro cabeludo, uma área demarcada, no meio do cabelo escuro de Digger, uma linha branca intensa. Sob nossos pés, sombras encobriam a grama, que ainda estava verdejante, e subiam até nossos tornozelos: uma nuvem pesada estava passando. Mas logo voltamos para a luz de setembro. Eu estava tão chapado que minha cabeça estava doendo, com um torpor latejante acima do céu da minha boca. A maconha é a droga perfeita para os adolescentes, porque induz aquela débil sensação de potencial de que eu estava falando antes. A nuvem passou por nós e cortou a luz, e a mudança repentina me abalou: agora está claro, agora está escuro. Ninguém quer ir para a escuridão, atravessar o limite, bem ali, acima do amontoado de pinheiros, daquele telhado, de nada. As especificações físicas não importam. Ninguém quer, não é nem um pouco o que se *quer*, mas você não consegue não *olhar*, olhar para a linha que divide, e com vontade de atravessar *mesmo assim*. Durante todo o tempo, Digger ficou contando a história sobre a mãe tirando um fórceps de dentro de uma pessoa, que tinha sido esquecido por outro cirurgião.

— E você não pode contar pra ninguém. Seria prova de erro médico. E era uma senhorinha negra. Isso deixa o hospital supervulnerável, legalmente falando.

— O que passou em cima da gente? — eu murmurei.

— Cara, uma nuvem? Do que você está falando? Você é retardado.

Ela gargalhou, e eu saí correndo para as árvores, para sair da luz e ficar nas sombras, o que refrescou minha testa quente. Meus membros estavam doendo agora, era uma dor indefinida por todo o corpo. Do meio dos arbustos, eu a ouvi chamar meu nome duas vezes e depois desistir. Demorei alguns minutos para recuperar a compostura. Mas eu ainda estava absurdamente doidão, naquela fase da hilaridade fraca.

— Cara, Kevin Broadus. O que a gente faz com isso? — eu disse para Digger, ainda encostado em uma árvore.

— Você tá legal? — disse ela.

— Você acha que vão pegar o cara?

— Que cara?

— O cara que o matou. Sei lá. A pessoa. O *cara*.

— Cara, você era amigo dele?

Soltei a respiração. Esfreguei o ombro nas rugas reconfortantes do tronco.

— Não, tudo bem, é só que parece que não importa. Sua história mexeu comigo, eu acho.

Ela apertou os olhos para mim e disse:

— Você não está dizendo nada com *nada*, cara.

E voltou à narração dela. A dra. Zeleny – eu a tinha visto algumas poucas vezes constrangedoras, saindo escondido do quarto de Digger – era tão pequena quanto a filha. Menor, talvez. Na primeira vez que nos vimos, ela estava usando uma camisa de manga curta lilás que revelava os antebraços musculosos. A ideia de ela serrando a cavidade torácica de alguém, com as luzes ofuscantes da sala de cirurgia batendo em sua cabeça que parecia a de uma ave, me apavorou tanto quanto fez um sentido inevitável. Na única ocasião em que nos *falamos*, ela esticou o braço para apertar a minha mão, com o pulso musculoso envolto por um relógio prateado fosco de capitão da Gestapo. Digger não se parece nem um pouco com ela, exceto pelo fato de as duas serem baixas. Eu parei de tentar explicar para ela sobre Kevin. Na verdade, eu não tinha nada para explicar, só uma série de pensamentos doidões, idiotas e irrecusáveis. Assim, ouvi-a falar mais um pouco sobre os problemas do hospital. Meu maxilar se contraiu, assim como meus punhos. Eu estava com vontade de bater em alguém. Por causa da minha própria burrice, eu acho. Só que não havia ninguém em quem bater, então apertei a mão de Digger e andei até o meu carro.

Fui dormir quando cheguei em casa, por uma ou duas horas. No carro, fiquei ouvindo o rádio, mas não consegui aguentar depois de uma música, então abri a janela e escutei o vento que habitava meu bairro. A casa estava escura quando entrei; não escura, mas na penumbra, como fica quando meu pai está no ateliê. Ele apaga todas as luzes. E fecha as persianas. Isso sempre me intrigou, mas é mais fácil abri-las do que perguntar ou discutir. Mas, naquela noite, entrei em casa na penumbra, tremendo, e dormi com os sapatos pesados ainda nos pés. Vocês já repararam em como os sapatos ficam pesados se vocês dormem com eles? Como se contivessem lembretes da gravidade, do seu estado de prisioneiro, sabem? Uma hora ou duas de sono e meu pai me acordou. Ele acendeu a luz do meu quarto, que eu tinha transferido para o porão no sétimo ano. É reconfortante e sem janelas lá embaixo. É seguro. Ele acendeu as luzes e estava inclinado sobre mim, e o rabo de cavalo hilário tinha escorregado pelo ombro e estava pintando o ar debaixo do queixo dele.

— Minha urna grega — murmurou ele — explodiu.

— Não sei o que dizer — eu respondi.

A intrusão tinha aquele tom falso e apressado de um sonho.

*Explodiu*. Qual é a porra do sentido disso?

Meu pai não consegue reagir a inconveniências sem finalidade, sem se retirar mentalmente da paisagem da vida. Isso torna mais fácil (eu acho?) que ele não sofra qualquer reação a todos os problemas e catástrofes *maiores*. Chamemos então de adaptação, talvez. Eu sabia aonde ele estava indo com o discurso, ao menos: Às vezes eu penso, Addison, eu fantasio às vezes sobre me jogar debaixo de um ônibus. Era o toque final retórico de costume.

Ele também *sempre* usa meu nome todo, e, em consequência disso, eu nunca ganhei um apelido, e, em consequência disso, *todo mundo*, desde a dra. Karlstadt até todos os outros, me chama de Addison. Ele terminou seu discurso sobre suicídio, e lancei a ele um olhar de... quê? Simpatia? Consolo? Ele aceitou e deu um tapinha no meu ombro, com a argila ainda manchando as unhas e as leves teias de rugas na pele entre os dedos. As mãos do meu pai, devo observar, são enormes, as patas de um animal desajeitado e lúgubre. Eu estava encharcado de suor. Parecia que tinha nadado durante horas contra uma maré inominável e poderosa. Só de passar uma tarde na escola. Nós superestimamos nossa resistência. Depois que meu pai saiu, tentei fazer o dever de Cálculo. Não rolou. Tentei traduzir parte de *Eneida*. Não rolou. Deitei de novo, vestido e imóvel, e lutei para dormir até uma hora antes do nascer do sol. Ele já estava assando vasos quando acordei e olhei o quintal, onde fica o forno. Consegui ver olhos e folhas de fogo saindo dos tijolos da cor de cinzas. Quase sentindo o calor absorvente, na verdade.

Fiz café (que ficou, como sempre, com gosto de terra) e fui de carro até a Kennedy, cedo pra cacete, e fumei alguns cigarros no mastro da bandeira. Estou falando do mastro na frente da escola. A bandeira fica permanentemente a meio-mastro: a manivela enferrujou e ninguém consegue ou quer substituir. Tem uma área de concreto grande e vazia entre você e a escola quando você se senta ali. Fumantes usam como ponto de encontro desde que entrei na Kennedy. Fumei meio maço olhando a luz, procurando sombras que não existem àquela hora no outono. Todo o asfalto parecia azul. Tempos mais tarde, passei a acreditar que foi nesse dia que começou. Quando começou o processo todo que me deixou livre da minha ocupação de meio período. E talvez até de posse de conhecimento que me faltava. Mas vocês vão ter que decidir isso por si mesmos.

# II.

Diferentemente do que vocês podem ter concluído, Digger Zeleny não é minha namorada. Isso é ideia dela. Dela *e* minha. Ela não quer ter um namorado. E eu não quero ter uma namorada e prefiro a vida de concubinato aberto (ainda que imaginário). Muita gente acha que estamos namorando. Já me perguntaram isso várias vezes, meu pai e outras pessoas. Não estamos. Como falei, somos *associados*. Nem mesmo amigos. Pessoas que compartilham uma série de parâmetros na forma como abordam a vida. Ela *não* é minha namorada. Eu brigaria com vocês por dizerem isso. *Ela* brigaria com vocês por dizerem isso. É importante que vocês entendam isso, durante tudo que transcorre em seguida.

Ela me viu no mastro e segurou meu braço e me disse que eu estava com uma cara esquisita. Ela nunca finge preocupação, era só uma observação. Murmurei alguma coisa sobre precisar de mais café, que ela se recusou a aceitar ("Besteira!", disse ela), e começou a me levar para o Tip-Top Diner. É para lá que os alunos da Kennedy vão para cabular aula. Temos um acordo eterno e inviolável com o dono, cujo nome é desconhecido. Nós nos comportamos, e ele finge que somos adultos legítimos. O Tip-Top Diner, como o nome sugere, tem comida horrível e viciante. É só uma barraquinha com telhas e rejunte preto, a fileira de bancos magenta acolchoados derrotada por legiões de bundas. Tem um telefone público, que serviu a pelo menos duas gerações de traficantes como escritório: "Ligue para 6683!" é nosso refrão. Forma as palavras MOVE, NOVE, NOTE e mais nada que faça sentido. Isso também está incluído no acordo, desde que o comércio não aconteça no local. O ambiente estava tomado por aquele vazio matinal triste, com a coluna de bancos e a curta fileira de mesas sem ninguém, exceto por um homem catarrento separado de suas panquecas por um jornal e um drogado dormindo com uma lágrima imóvel pendurada no canto de um olho.

Digger escolheu, com seus olhos azuis transparentes endurecidos por um prazer silencioso, a mesa entre esses dois campeões. Eu não conseguia decidir por onde começar a falar quando nos sentamos.

— Você vai me fazer perguntar — murmurou ela.

E então, fiz uma coisa idiota. Eu falei a verdade.

— Eu estou péssimo, eu acho. Meio que não consegui dormir.

— Então — perguntou ela —, o que você quer que eu faça, cara?

Uma tosse do devorador de panquecas: terra sendo movida, um túmulo sendo arranhado.

— Não sei. Não consigo dizer — eu digo.

— Isso é besteira, cara. Você estava lá com aquela expressão.

— Eu não tinha uma *expressão*. Isso não está correto.

— Está correto. Infelizmente.

Ela sorriu e cutucou meu ombro.

— *Como* isso está correto? — eu insisti. — Eu *entendo* se você tiver dificuldade para me *entender*, mas é totalmente injusto dizer que eu estava com uma *expressão*.

Eu também estava sorrindo agora, em meio à névoa do meu cansaço.

— Você é tão *babaca*. — A gargalhada de Digger ressoou em meio ao trovão absurdo da tosse do leitor de jornal. — Você estava fazendo sua cara de garotinho. Você faz o tempo todo. E acha que ninguém repara. Mas todo mundo repara. Então não me vem com brincadeira.

Bebi o café fervendo e comecei a falar. É difícil recusar alguma coisa para ela, senhoras e senhores.

O que eu disse, vocês perguntam? Que uma região mais séria da vida foi invadida ontem? Que Kevin Broadus alguma coisa alguma coisa *memento mori* alguma coisa alguma coisa? Não consigo lembrar exatamente, porque eu estava com pressa para botar para fora. Mas foi mais ou menos o seguinte: *Não é justo Kevin estar morto e nem sei por que acho injusto, e não consegui dormir ontem à noite por causa disso, e e e.* Isso já aconteceu com vocês? Só se dar conta de que uma coisa incomodou vocês quando a expressam em voz alta? Eu nem sabia que estava *pensando* em Kevin até aquela assembleia retardada. Digger ouviu tudo com seu sorrisinho inabalável.

— E parece — eu disse, ofegante — que ele levou outro *elemento* com ele. De *mim*. Por que eu me importo? Talvez porque ninguém se importa de verdade, mas todo mundo fica *fingindo*. Quero dizer, como a Alex reclamando sobre a Primeira Emenda.

Ela jogou um pacotinho de manteiga de uma mão para a outra, com o papel alumínio cintilando.

— Então a preocupação falsa das pessoas é pior do que seu surgimento *heroico* da indiferença? Pare com isso, cara. É uma besteira ainda maior. E você está fazendo a cara de novo.

Tomei outro gole escaldante e falei:

— Não, cara, não é isso que estou dizendo. Como uma pessoa pode se sentir *culpada* por *não conhecer* uma pessoa que nem *conhecia*? Eu nem sei por que, mas quero saber. Já se passaram três meses.

Outra tosse pesada. A lágrima perolada do drogado deslizou pelo rosto poeirento.

— O que você quer saber? — perguntou Digger.

Para a minha total falta de surpresa, descobri que não conseguia dizer nada. Mas a comida chegou naquela hora, o que sempre era um evento para ela, e isso adiou maiores discussões.

Às dez da manhã, comida me deixa horrorizado. Não a Digger. Ela pediu o Tip-Top Deluxe, que é um hambúrguer obeso completo com um ovo frito engordurado. Ela é uma daquelas pessoas miúdas e compactas que comem como se estivessem grávidas e possuíssem três ou quatro vezes o tamanho do corpo delas. E não ganham peso. Alguma coisa invisível exige energia dela, eu acho, mantendo o metabolismo acelerado a uma velocidade inumana. Gosto de pensar que é por isso que, a cada estação, ela emite um leve odor de fumaça, de madeira queimando. O hambúrguer, a gema sangrenta e a gordura brilhante obscureciam a metade de baixo do rosto dela.

— Como você consegue comer isso? — eu perguntei, espantado.

— Porque é *delicioso* pra caralho — resmungou ela com a boca cheia.

Um caminhão passou pela rua, o mesmo caminhão (eu juro) duas vezes. Era um caminhão da Rex Rentals, uma empresa de mudança bem conhecida da cidade que usa um cachorro castanho servil e com olhos arregalados como mascote. Isso acontece muito comigo. Eu levanto o olhar do que estou fazendo e uma ação trivial no teatro ao meu redor está se repetindo. Surreal, né?

— O que você quer saber — disse ela depois de demolir o hambúrguer —, bem, você pode perguntar por aí. Não sobre os tiros, seu babaca mórbido. Mas sobre Kevin. Você só está fingindo não ser solidário, aliás.

Ela tomou o resto do refrigerante de uva com um gole barulhento.

— As pessoas não iriam achar estranho? — eu perguntei. — Acho que iriam, né? Um cara qualquer fazendo perguntas.

Cutucando o copo com seu canudo, ela respondeu:

— Ninguém poderia achar você mais estranho do que já devem achar.

Tenho certeza de que ela estava certa. Afinal, eu devia conseguir fingir normalidade de um jeito razoável, senão meu negócio teria sido prejudicado, porque existe um limite de desconfiança – estou falando de imprevisibilidade emocional aqui – que as pessoas toleram em um cara que está vendendo um saco de maconha para elas. Ainda assim, as pessoas me acham esquisito. Consigo ver na expressão dos olhos delas, o olhar intrigado. Digger e eu saímos depois que ela terminou de comer. Ela tinha acabado de cortar o cabelo, e o vento o soprava em mechas compridas na testa, o cabelo escuro, que ela mesma cortou, por pura teimosia. Eu não saberia dizer sobre as roupas dela na maioria dos outros dias, mas lembro que naquela manhã ela estava toda de preto, cor que sempre começava a usar nessa época do ano com avidez, e estava com uma corrente pesada de prata no pescoço. Foi a mãe que deu para ela. Ela me disse uma vez que era do Chile, em um tom que exigia meu aceno de surpresa sábia.

Ela teve até a tenacidade e gentileza de encerrar nossa discussão. Sobre minha cara de garotinho, quero dizer. Mas esperou que o casal velho nos seguindo pela rua no vento forte estivesse longe para explicar melhor meu equívoco.

— Eu não estava tentando *insultar* você — disse ela para começar.

Eu a acompanhei, trocando as pernas para combinar com os passos dela.

— Não, eu *sei*. Eu admito. Eu *estava* fazendo. Fazendo a cara.

Eu também sabia exatamente que cara ela queria dizer: eu me vi fazendo uma vez, enquanto andava pela casa, tive um vislumbre do meu beicinho e dos meus olhos semicerrados no nosso espelho velho do corredor.

— Está vendo? Está vendo como é fácil? Então pra que negar? Você só se dá mais trabalho. Porque estou certa noventa por cento das vezes.

— Você está *errada* noventa por cento das vezes — eu cantarolei, e, no mar negro de uma vitrine vazia com fundo de veludo, vimos o casal de idosos parar e sumir.

— Você não *suporta* quando estou certa — disse ela, e acelerou.

Eu a alcancei no parquímetro cujo topo de vidro tinha sido quebrado. Àquela altura, ir à escola teria sido idiotice. Compartilhamos um olhar de cumplicidade repentina, o que me chocou, como sempre. Por ela estar tão disposta a me deixar trepar com ela.

Digger *não* é minha namorada. Nem *quer* ser. Só estamos *usando* um ao outro, como ela diz. Vocês não achariam que ela é gostosa, e ela não é. Mas é incrivelmente bonita. Tem nariz fino e pele pálida e com aparência frágil, que parece ainda mais pálida perto do cabelo preto como piche. Ela tem um *olhar fixo* constante, e os olhos são azuis transparentes. Não estou dizendo isso por questão de posse. Só estou sendo objetivo aqui. Eu poderia ficar falando sem parar sobre transar com ela. E vocês esperam que eu fale isto: *eu não faria outra coisa na minha idade*. Mas, só para frustrar suas expectativas, vou contar todos os detalhes incidentais daquele fim de manhã, só que sem os detalhes picantes. (1) Em nossa ansiedade, derrubamos a árvore de borracha que monta guarda no saguão da frente da casa dela, o que derramou um pouco de terra de aparência limpa nas patas de um cachorro-leão de porcelana branca (os pais dela têm um par). (2) Eu tropecei três vezes na escada, uma vez em cada lance. (3) As maçanetas das janelas do quarto de Digger são feitas de bronze, bronze pesado de verdade, e giram e sustentam as janelas abertas. (4) Ela não tirou o colar. (5) Dava para ouvir o trânsito passando pela rua. (6) Nós conversamos o tempo todo. Como sempre. (7) A secretária eletrônica atendeu a três ligações: uma da mãe dela, que respondeu à própria voz, uma de um homem confuso e de voz baixa procurando a mãe dela, e uma que estava mais para um chiado de ar morto. (8) A julgar pelos sons do trânsito, alguém bateu no carro de alguém, e os gritos humanos se misturaram com o resto do barulho. Depois, as chamas da luz do sol, entrando pelas janelas abertas, lamberam o teto branco.

— Por que você está *interessado* nesse cara. — Digger tossiu.

Estávamos passando o cachimbo dela de vidro bulboso e manchado de vinho (que sempre me causou estranheza por dar a ideia de algum órgão humano indistinto) de um para o outro na luz alaranjada. Para isso, não tive resposta. Eu não podia dizer *por causa daquela nuvem que a gente viu, cara*. E teria sido verdade, de certa forma. Mas não falei. O alívio tomou conta de mim. Eu deveria ter contado. Ela provavelmente teria percebido a falsidade da minha posição, que só percebi quando... bem, mais ou menos quando comecei a tentar responder *sua* pergunta, senhoras e senhores. E ela teria me convencido a não fazer nada disso, e toda a besteira confusa que aconteceu depois da nossa conversa talvez fosse evitada. Ela é boa em me convencer.

— É como um projeto, sabe? — eu perguntei.

Digger estava sentada agora, ainda nua, encostada na parede, com o cigarro pós-maconha para fora da janela, o braço esticado. Da cama dela, eu conseguia ver a área macia de músculo se mexer debaixo do seio direito.

— Projeto? Desde quando você faz *projetos*?

— Alex Faustner faz vários tipos de projeto.

— Essa é uma frase retardada.

— O que é então — eu respondi enquanto me sentava e mexia na bolsa dela para pegar um cigarro —, se não é um projeto?

Ela puxou a mão e bateu na moldura da janela.

— É *só* peculiaridade. E por mim tudo bem. Você não precisa justificar pra mim.

— *Justificar*, justificar para *você* — eu cantarolei (minha voz cantando é horrível), estalando os dedos no ritmo, depois me levantei e olhei para a rua procurando o acidente ou sinais do acidente, mas o culpado e a vítima tinham ido embora; só restou o fluxo normal de carros buzinando, tentando contornar uma equipe de obras. Que, eu conseguia perceber mesmo do quarto andar, era composta de pessoas gordas, contadoras de piadas e que deviam trabalhar com infinita lentidão e descuido. Usavam capacetes laranja e coletes laranja e se moviam como um time de basquete inseguro pelo campo arenoso que cavaram na rua.

— Há quanto tempo esse pessoal de obras está ali? — eu perguntei a Digger.

— Desde *sempre* — respondeu ela, e soltou o cigarro, que caiu e quicou na frente de pedra da casa, espalhando fagulhas vermelhas como âmbar.

Não olhei nenhum dos numerosos chamados no *pager*, que começavam a chegar por volta desse horário, no fim da tarde/começo da noite, me chamando para trabalhar. Às vezes, eu fazia as pessoas esperarem. Vender drogas é o único mercado de troca em que o cliente está sempre errado. E fazer as pessoas esperarem impede que elas pensem que você é seu lacaio, o que é necessário. Senão os clientes não valorizariam seu produto. Por outro lado, se você levar isso longe demais, acaba com reputação de não ser confiável. Seu negócio seca. Afinal, você não está vendendo heroína para viciados inveterados de olhares vazios. Está vendendo maconha para garotos ricos, ao mesmo tempo arrogantes e medrosos. Alguns encaram isso com respeito, em alguns não tem efeito nenhum, e alguns acabam tentados a exibir uma valentia sonhada. Manter o controle das pessoas faz sentido para mim, como proposição comercial e social. Você tem que ir sentindo conforme progride. Tem que fazer com que pareça que *você* está fazendo um favor a *eles*.

Não pensem que não encontrei todo tipo de objeção indignada a essa atitude. Até fiz algumas na aula de História Geral. Defendi ideias platônicas sobre direitos humanos, igualdade perante a lei, ética da reciprocidade etc. Que sensação de bem-estar no estômago isso proporciona. Todo mundo olha com aprovação surpresa: *Addison pode ser estranho, mas é uma pessoa do bem!* Não que eu não tenha essas crenças. Todo mundo tem. Pelo menos, todo mundo que conheço. Talvez generalizar seja injusto. Mas essas ideias não têm um tipo de *significado independente*. São apenas palavras; em pequena escala, ninguém *se comporta* de acordo com todos os ideais nobres sobre os quais fala; todo mundo age como animais, talvez domesticados, mas ainda animais. Então, por que diabos não? Por que não fazer com que percebam sua presença? Por que *não* exercitar o poder se você o tem?

Meu pai estava sentado no escuro quando cheguei em casa, esperando que eu lhe perguntasse qual era o problema. Vi que ele tinha se arrumado, como se tivesse um encontro com seu minúsculo representante de galeria de terno escuro, Viktor Alguma Coisa, a quem eu me referia em particular como Ladrão Húngaro, por causa do pouco cabelo e dos dedos rápidos, sempre massageando o ar. Ele seria melhor representante de galeria se fosse um ladrão húngaro, tenho certeza. Na verdade, ele era um artista fracassado ajudando meu pai, outro artista fracassado, ou um artista a caminho do fracasso.

— Me diga que isso tem *valor* — gemeu meu pai, com o rosto apoiado nas duas mãos enormes e pesadas.

O vazio que na presença de qualquer outra pessoa teria sido uma gargalhada tomou conta de mim. Atrapalhou minha respiração. Mas consegui murmurar:

— Você *sabe* que tem valor, pai.

E cambaleei escada abaixo.

Ele é bem mais alto do que eu – quero dizer, meu pai –, mas é estreito. Os ombros, o peito, os lábios, os olhos. É estreito exceto pelas mãos com os nós dos dedos que parecem nozes. A testa é protuberante e faz uma meia curva como um sino de trenó, e seu nariz não ficaria deslocado nas feições de um imperador romano, embora nele parecesse faminto e fraco. Os vasos que ele faz são altos e magros, como ele mesmo, e, considerando a frequência com que quebram, têm uma fragilidade similar. Se bem que, no que diz respeito ao corpo, meu pai é forte como um touro. Ele nunca ganha peso, precisa de pouco sono e pouca comida. Eu o admiro por isso. É uma das poucas qualidades genuínas dele. E é bom ele ter corpo forte, porque quando *fica* doente, mesmo que seja um resfriado ou uma coisa menor, como um dedo torcido, ele começa a se comportar como se fosse ser executado na manhã seguinte. Com o sorriso complacente e misericordioso de um santo sob tortura.

Depois de eu ter certeza de que ele saiu para o encontro com Viktor ou sei lá, eu vou para fora de casa. Ramos de estrelas cintilavam nos carvalhos entrelaçados acima do nosso quintal. Arrastei uma cadeira de jardim até o galpão que abriga o forno dele, que é feito de um material indestrutível com aparência barata. Ele o construiu, ou mandou construir, logo depois que minha mãe morreu. Como se estivesse esperando. Às vezes, vou me sentar perto dele, para sentir o sussurro de calor que vem de lá, para olhar o ar distorcido e ver os retalhos transparentes de chamas que saem de lá com a brisa. Às vezes, e isso é bizarro, eu fantasio sobre estar dentro dele, primeiro protegido, só como observador entre as formas graciosas que endurecem lá dentro, as cores brilhantes, formas que às vezes explodem em meio à tensão, e depois a proteção sumiria e eu seria consumido, rápido demais para sentir dor, para sentir qualquer coisa. Eu estava apertando os braços da cadeira de jardim, não de um jeito doloroso, mas com convicção, quando minha fantasia foi interrompida. O ar tinha me deixado gelado, e a ânsia por dormir fluiu dentro de mim, como a seiva de uma árvore.

Isso queria dizer, claro, que era hora de ler *Eneida*. Eu lia todas as noites antes de dormir desde o fim do segundo ano, quando estudamos na aula de Latim. Tenho três exemplares. Um é uma edição de 1973, "interpretada" pelo professor Burton J. Fragment, do departamento de Inglês da Universidade de Yale, e tem capa de papel flexível, nas cores azul-petróleo e rosa, uma capa que anuncia o quanto a versão lá dentro é melosa e de caráter vaidoso. Também tenho duas traduções *de verdade*. Uma é uma edição barata em brochura da tradução de Dryden. Precisei botar fita adesiva na lombada de tanto que já folheei. A outra é a melhor, uma versão de capa dura em dois volumes, da Loeb Classical Library. Têm luvas de papel vermelho-maçã e encadernação de tecido da cor de sangue. A tradução da Loeb foi feita em 1926 por um cara chamado E. T. P. Bredon-Howth, de um texto em latim preparado por Heinrich Balde em 1878. Comprei a tradução de Fragment para a aula de Inglês do segundo ano. Era a única que tinham na livraria, e a garota trabalhando como caixa me olhou com expressão crítica, com olhos saltados. Isso era ruim. Ela estudava na minha escola, eu lembrava. E pior, era bonita. O Dryden eu afanei de uma biblioteca pública em que entrei uma tarde quando estava doidão. A edição da Loeb eu comprei por dezoito dólares na Don't Shoot the Piano Player, que é o sebo que fica ao lado do Camelot, um cinema, na sombra da marquise comprida em forma de harpa. O sujeito de lá não me olhou de nenhum jeito. Ele é dono do cinema e do sebo. É um velho hippie cujas características mais evidentes são o volume indistinto de cabelo de aparência receptiva, da cor de poeira, e o fato de que dirige um Rolls-Royce preto brilhante, que sempre fica estacionado em frente à Don't Shoot (como as pessoas chamam). Ele parece um mordomo malcuidado de quinta categoria quando está no banco do motorista.

Por que *Eneida*? É empolgante, mas também é difícil de entender. As histórias são meio que incompreensíveis. Vênus estuprando Anquises. Eneias voltando do mundo inferior pelos Portões de Marfim, passagem pela qual Virgílio diz que sonhos falsos chegam ao mundo. E a forma como termina: em um único instante, assim como a vida humana. Tudo parece não fazer sentido no começo, mas é porque pertence a um mundo que não existe mais. Nos séculos entre nós e Virgílio, nós perdemos o interesse pelas coisas que são difíceis de entender. Estou generalizando, eu sei, mas estou errado? É por isso, talvez, que tantas biografias são escritas agora, mesmo de gente de quem nunca se ouviu falar. Esse deveria ser o único teste para ver se alguém *merece* uma biografia: se um cara qualquer na rua ouviu falar dessa pessoa. Não sei por que isso aconteceu. No entanto, parece que todo mundo se entrincheirou na própria vida. Pelo menos, todo mundo que eu conheço, inclusive eu. Não em "desespero silencioso" (a frase vem de outro autor terrível que meus professores me obrigaram a ler, Henry David Thoreau), mas só pelo fato de viver no mundo moderno, pequeno e chato. E isso explica por que todos os meus professores foram tão terríveis. Porque eles, como Thoreau, veem a si próprios não como prisões, mas como assunto de grande interesse. Não quero parecer radical, mas puta que pariu! Ninguém que admira Thoreau deveria ter permissão de chegar perto de uma escola.

# III.

O único memorial adequado aos mortos é algum tipo de vingança. Contra o assassino, contra alguma outra inevitabilidade, embora isso também sempre falhe. Por definição. *E que vingança*, vocês devem estar perguntando, senhoras e senhores, *que vingança* você *propõe, seu covarde falastrão?* A verdade é que eu não tinha ideia. Então, sim, sou um hipócrita emocional. Como todo mundo. Eu só tinha um impulso torto de *descobrir*. Eu não podia perguntar a nenhum dos meus colegas, porque fodam-se eles. Eu não conhecia nenhum deles mesmo. Vocês conseguem imaginar como Alex Faustner reagiria se eu perguntasse a ela sobre Kevin? Todos os outros eram tão ruins quanto ela, exceto Digger. E ela era minha companheira de ignorância. Então, meus colegas de classe estavam fora de cogitação. Restavam os professores. Que não são, como vocês devem ter percebido pelos breves comentários que fiz sobre eles, capazes de qualquer coisa com propósito mais elevado. Eles não conseguiram perceber a mentira que inventei para fazer com que falassem. Foram *enganados* por um garoto de dezessete anos. Não é um fracasso desqualificador? Não é preciso ser mais astuto do que as pessoas para instruí-las sobre alguma coisa? E nem foi uma mentira boa. Foi transparente. Eu falei – eu sabia que a expressão deixaria os olhares deles vidrados de prazer – que gostaria de "fazer um projeto oral de história". Não consigo nem escrever isso sem dar risada. O Programa de Jovens Talentosos tem um compromisso enorme e inexplicável com história oral. Ano passado, tivemos que fazer uma série de entrevistas: procurar e interrogar um veterano de cada guerra desde a Segunda Guerra Mundial.

Perguntei primeiro ao sr. Vanderleun. Ele tem nove dedos no total. Certa vez ele nos contou como perdera o décimo. Quando era mais jovem (ele tem cinquenta anos agora), não queria ir para a guerra do Vietnã. Assim, pediu para a namorada cortar o mindinho dele. A história me pareceu falsa, pois ele não especificou que instrumento a namorada usou. Ele só disse "Eu coloquei o dedo no bloco de madeira e *shhhhhhhh*", fazendo um movimento de arco com a outra mão. Quem não diria que arma foi usada? Ele ficou todo empolgado e sonhador quando contei sobre minha ideia falsa.

— Kevin era uma presença forte e silenciosa, embora abençoado com uma musicalidade genuína, um ritmo forte. Você não vai tomar nota? As pessoas vão se lembrar dele e sentir saudades.

Foi tudo que ele disse. Foi basicamente o que a sra. Prather disse no ano anterior, quando Kevin ainda estava vivo.

Com a dra. Karlstadt, não tive muito mais sorte:

— Não sei o que você quer que eu diga, Addison. Eu nem sabia que vocês eram amigos.

Nós não éramos, como falei. Mas forcei alguns resmungos ultrajados. Que de nada valeram. A dra. Karlstadt me enxotou com um aceno e começou a mexer na sacola com sua refeição. As salas de aula deles – do sr. Vanderleun e da dra. Karlstadt – são imagens espelhadas uma da outra, com a porta cinza à prova de fogo de prisão em um canto, perto dos quadros-negros com fantasmas das caligrafias de outras pessoas (a coisa mais misteriosa e triste do mundo) leves e visíveis. Além disso, ela é nossa professora de história *e* diretora. Não existe um conflito de interesses aí? Ou um sinal de tratamento especial para seus alunos? É assim que as coisas funcionam na escola John F. Kennedy Senior de Ensino Médio! Como falei: um maldito constrangimento.

Digger não teve solidariedade pelos meus fracassos.

— O que você esperava? — murmurou ela enquanto ficávamos chapados no dia que Karlstadt me deu o fora. — Eles são tão egoístas que não dá para esperar que se importem *tanto* com qualquer outra pessoa.

Falei para ela o que o sr. Vanderleun disse, sabendo que provocaria nela um surto de gargalhadas cheias de desprezo. E foi o que aconteceu, o que me deixou satisfeito. Por conseguir fazê-la rir. Mesmo sendo com um *absurdo emprestado*. Estávamos deitados, só que de roupas, na minha cama. Meu pai estava na rua ensinando pessoas a fazerem vasos, e os canos da minha casa, que são über-velhos, ficavam fazendo uns gemidos estranhos de repreensão.

— Que tal falar com os pais dele? — eu disse.

Digger vetou a ideia, citando que seria melhor dar a eles um relato conclusivo, não os consultar antes.

— Minha mãe sempre diz que o que você não sabe não faz diferença pra você.

Tive uma visão da dra. Zeleny nesse momento, com a sangrenta serra de ossos na mão e os olhos brilhando de desejo de carnificina acima de uma máscara esterilizada. E, pela segunda vez naquela semana, precisei comer Digger para evitar pensar em alguma coisa. Não estou tentando ser misógino aqui, que percebo que *precisei comer Digger* pode dar a entender. Mas ela sempre está a fim, tanto quanto eu, às vezes até mais. Essa era uma parte importante do nosso acordo: nenhum de nós podia recusar. Só para manter as coisas em pés iguais. Se estivéssemos *machucados*, sei lá, exceções eram possíveis, em teoria. Porém, em situações normais, nada de recusar. Falei antes que a cumplicidade dela sempre me surpreendia. Quer dizer, eu sei que intelectualmente não deveria. Mesmo assim, havia um componente de *surpresa nos órgãos internos*, nas minhas vísceras, todas as vezes. Sei que é uma frase obscura. Mas eu estava chapado pra caralho, então talvez seja melhor usar a linguagem desajeitada e pomposa dos usuários de erva. Para dar uma noção.

Como tenho certeza de que os homens entre vocês lembram, o sexo aos dezessete ou dezoito anos é meio estranho para os rapazes. Porque você tem, no curto prazo, resistência zero. Mas tem, no longo prazo, uma quantidade enorme. Você pode gozar um monte de vezes, só que não importa. Para você. Não consigo imaginar que isso seja muito satisfatório para as mulheres, que parecem demorar mais. Isso é baseado na minha própria experiência, então me perdoem qualquer grosseria ou ignorância nessas declarações. Só estou tentando deixar tudo claro, para vocês poderem formar uma imagem nítida. *Minhas qualidades e meus defeitos*. Enfim, nós terminamos e nos vestimos e subimos; Digger fica com fome depois, e estávamos procurando comida, o que era inútil na minha casa. Meu pai não come quase nada, e também não sou de comer muita coisa. Só encontramos um pote de amendoins na parte escura de um armário, ao lado de um par das luvas de trabalho do meu pai, endurecidas pela argila. Digger tinha traçado quase todos quando meu pai voltou. Era uma terça-feira, o que queria dizer que ele estaria bêbado.

Existe uma tradição no Instituto Cochrane de os professores e alunos irem a um bar chamado A and V Lounge depois das aulas na terça. Acho que meu pai se envolve com qualquer aluna que encontre por lá. Sim, ele sai com as alunas. Não finjam que nunca ouviram falar que isso acontece nos níveis mais altos de instrução. Ele voltou sozinho, e agradeci em silêncio, pois vê-lo levar uma mulher para casa com Digger ainda lá... Eu não teria ideia de como lidar com isso. Ele entrou com passos precisos, cercado do odor açucarado de uísque. Estava com um tubo comprido de papelão firme sob a axila esquerda. Do tipo em que se transporta imagens enroladas, sem moldura. Ele não tropeça quando bebe. Até consegue dirigir, com firmeza assassina. Mas dá para ver, mesmo assim, pelo torpor no rosto dele.

— Oi, Phoebe — cantarolou ele quando entrou no banheiro.

Meu pai se recusa a usar o apelido de Digger. Acho que só para ser babaca. Ou porque acha engraçado ignorar a preferência das pessoas. Ela está acostumada. Recusa-se a deixar que a incomode.

Ele estava gritando do banheiro, acima da água corrente. Quando se juntou a nós, gotas cintilavam no cavanhaque.

— Por que vocês dois estão com esses sorrisos? Vocês me deixam pouco à vontade — resmungou ele.

— É só uma pesquisa. Para a escola — respondeu Digger. — É tipo um *projeto*.

— Rá! — disse ele, e fez uma reverência de autoaprovação antes de arrancar o pote de amendoins dela. — Os jovens não fazem mais nada além de mentir atualmente.

Ele apertou a tampa no pote. Esse é meu pai. Ele se levantou e saiu arrastando os pés. A sala de jantar é nossa galeria *de facto*. Galeria para o trabalho dele, quero dizer. A maior parte das coisas que ele faz explode no forno ou ele mesmo quebra em surtos de depressão, ou então guarda em caixas. Uma parte inteira do nosso porão está cheia de caixas, todas marcadas com a palavra SCHACHT. Com aquelas letras blocadas do exército. Como se alguém fosse roubar as caixas dele. Os vasos que escapavam daquele esquecimento – os que mais causaram sofrimento a ele, que provocaram os desabafos mais sombrios para mim – estão enfileirados acima da mesa, nas prateleiras que ele instalou, cobrindo as paredes. As paredes ele pintou de verde-sálvia, o que torna tudo pior. Os vasos maiores, potes e ânforas e sei lá o quê, ficam em pompa silenciosa no chão.

— Merda, merda, é *tudo* merda — cantarolou ele.

Aparentemente, ele estava falando com um item vermelho de gargalo comprido em cima da cômoda enorme que fica na extremidade da sala. Um achado do meu pai. Estou falando da cômoda.

— Por que deveria importar? Nada importa.

Digger e eu nos levantamos para sair, usando uma desculpa simultaneamente falsa e evidente. Ele fez sinal para nos sentarmos.

— Só vou pendurar isto, Addison. — Ele balançou o tubo, ainda preso debaixo do braço. — Vou te deixar sozinho com Phoebe e vocês podem *continuar*.

Ele se virou abruptamente para sair, e o tubo derrubou um vaso – "mais para *frasco* pequeno, na verdade", como ele descreveu certa vez – do lugar onde estava, uma prateleira bruta de ferro à altura do olho ao lado de uma janela, e o grito sem palavras de *ultraje aliviado* dele abafou o barulho argiloso do item quebrando.

— Você... é... uma garota bonita — disse ele para Digger ao sair.

Como já falei, isso não é estritamente verdade, e ela sabe. Pelo menos, eu acho que sabe.

— O que tem no tubo, sr. Schacht? — gritou Digger, para mostrar que não se deixou intimidar. (Destinada à grandiosidade!)

— Alguns desenhos. Para pôsteres de exposição. Uns desenhos que eu estava avaliando com certo alguém.

Minha vergonha mudou de imediato para uma felicidade repentina e abobalhada: eu conseguira minha resposta. Sabia o que fazer em relação a Kevin. A vida é assim: oferece essas respostas acidentais. Ou parece oferecer. Vocês deverão julgar pelos resultados.

Achei que Digger iria curtir mais a ideia. Expliquei para ela no dia seguinte. Que devíamos pendurar pôsteres pedindo informações sobre Kevin. Mas ela franziu as sobrancelhas de um jeito que sugeria hesitação profunda.

— Não sei. Parece meio batido?

Estávamos encolhidos com nossos cigarros da hora do almoço em um dos poucos cantos totalmente escondidos do campo/pista/quadra de basquete/área de almoço, que fica em dois níveis de terreno. Os fumantes se reúnem por tradição naquele canto perto da cerca da frente, escondidos da rua pela vegetação e dos olhos dos administradores por uma ala superior do prédio, que não pode ser acessada por dentro e cujas portas verdes estão trancadas por uma corrente titânica enferrujada.

— Não, cara. Olha — eu argumentei —, não tentaram isso antes. E acho que não pode fazer nenhum mal.

Percebi que estava gritando, meio de pé (com a ala superior do prédio no caminho) e gritando. O rosto de Digger ainda estava inflexível de ceticismo.

— Sabia que você é a única pessoa que conheço que fica assim? Todo falador. Literalmente, a única pessoa. Você parece ter quarenta anos.

Ela me diz isso com frequência. Está certa, e fico feliz de ter sido repreendido. Porque agir baseado somente na força da sua retórica coloca você nas situações mais idiotas possíveis. Mas segui em frente, baixando a voz e me recusando a abandonar meu argumento. Fumamos quase um maço inteiro juntos e não ouvimos o sinal do fim do almoço.

Há uma fotocopiadora na administração da Kennedy à qual os alunos têm acesso. Tem um aviso grande em cima, escrito em uma cartolina rosa de doer os olhos. As letras são roxas. NÃO SEJA EGOÍSTA, diz o aviso. Com papel e tempo, et cetera. Mas é parte da derradeira mensagem oficial, propagada por nossa administração: o egoísmo é o mal maior. O que quer dizer, se você pensar bem, que todos os desejos particulares participam do mal. O que significa que o desejo *em si* é errado. A vontade de arrancar aquele cartaz é o sentimento mais forte que tenho pela escola, eu acho, como instituição. Eu estava com a folha de papel que preparei discretamente na aula de Latim. SE VOCÊ TIVER INFORMAÇÕES SOBRE KEVIN BROADUS, MANDE MENSAGEM, e coloquei o número do meu *pager*, que não vou incluir aqui. Não serviria para vocês. Não mencionei recompensa. Pensei que seria impertinência. Nada de foto. Eu não tinha nenhuma. Só uma súplica vazia e vaga. Pensei que daria certo. Eu tinha *certeza* de que daria certo. Vocês entendem por que Digger estava tão cética.

Imprimiria cem para começar, eu disse para mim mesmo. E penduraria nos fins de semana, depois das aulas, durante as entregas. Infalível pra caralho, certo? Eu estava cantarolando de satisfação quando ouvi o som grave de alguém puxando catarro pelo nariz para a garganta. Só podia ser a sra. Arango, a subordinada da dra. Karlstadt, cujo trabalho é cuidar dos arquivos dos alunos da Kennedy. O som de seu catarro é famoso. Ela é conhecida por respirar pela boca. E por ser tão feia. Não quero parecer grosseiro, mas é objetivamente verdade. A pele dela é sem vida, da cor de jornal velho. Tem uma boca de roedor, projetada para a frente. Tem uma verruga com três pelos duros. E uma *amargura pura* nos olhos, uma amargura que só quer mais e mais infelicidade. Ela fica empolgada com irritações e problemas. E estou em posição de saber. Tive que passar pelo aparato disciplinar da Kennedy nove vezes, e ela cuida desse processo. Tenho nove ações disciplinares registradas na minha ficha permanente. O formulário 102B4, de cor dourada. Você tem que pegar a assinatura do pai ou da mãe. Mas meu pai, de cabelo solto, me instruiu a falsificar a dele no primeiro, quando eu estava no nono ano. E esse é o procedimento padrão desde então. A causa? Contei uma piada horrorosa sobre o Holocausto para Alex Faustner, que começou a chorar. Bem na aula de Biologia. Onde está o respeito próprio? Então, comecei minha pequena tradição de colecionar e repetir piadas desse tipo. (*Qual é a diferença entre um judeu e um pão?*) Porque ela chorou. Se não fosse isso, eu teria perdido o interesse. (*Um pão não grita quando você o coloca no forno.*)

— Posso ajudar, sr. Schacht? — perguntou a sra. Arango, e o catarro dela ressoou.

— Hã, não, acho que estou com tudo sob controle aqui.

Apontei para a fotocopiadora, que estava chiando e emitindo a luz verde infernal. Ela respondeu com um suspiro cheio de ranho. Acreditava-se amplamente que o sr. Vanderleun comia a sra. Arango, e os alunos, nos contatos com ela, faziam referências sutis a isso. Eu os via andando ou almoçando juntos às vezes, e ela parecia achar fascinante o dedo que ele não tinha. Era *mesmo* uma visão nauseante quando ele penteava o cabelo preto oleoso para trás, que ficava amontoado em filetes, quando ele penteava ou ajustava com três dedos e um polegar, com o coto do mindinho balançando como uma antena grossa e curta. O caso deles podia ser real. Quem sabe? Algumas pessoas acham merdas über-estranhas atraentes. O corpo pequeno e magro dela (ela não tem carne adicional) tremia com alguma satisfação invisível.

— Cuidado para não sobrecarregar a máquina, sr. Schacht.

Atrás dela, vi as filas cinzentas como sargentos que eram os armários dos arquivos, que guardam os registros de todos os alunos da Kennedy. Ela ficou de pé ali, uma sentinela, senhoras e senhores, vendo com atenção avarenta a fotocopiadora trabalhar. Como se eu estivesse tirando alguma coisa dela só por usar a máquina. Ela ficou com um meio-sorriso cansado de aceitação.

Então, precisei tomar medidas mais fortes. Frente a isso, foi *preciso*. E roubar o arquivo de Kevin da sala de registros não era crime nem nada. Estava ali. Elaborei o plano todo enquanto a sra. Arango e eu nos encarávamos. Não houve nem premeditação! Se qualquer outra pessoa estivesse ali e não a sra. Arango, eu duvido que tivesse feito o que fiz. Se ela não tivesse dado aquele sorriso de mártir, eu teria feito minhas cópias imbecis embaixo do aviso vibrante de NÃO SEJA EGOÍSTA e teria ido embora. Mas ela *tinha* que entrar e ficar me encarando e fazer aquela cara. E a raiva me dá ideias. Torna-me engenhoso e ousado. Então, comecei a mentir, modulando a voz no tom certo, e soube, assim que o rosto dela mudou, com os pelos projetados da verruga que tremia conforme os músculos embaixo vibravam, que ia dar certo.

— Hã, sabe o sr. Vanderleun? Tipo, ele me pediu pra pedir pra você ir até a sala dele. Quatro zero três?

O pensamento, como uma enxaqueca, forçou as pálpebras dela para baixo.

— Ele disse por quê?

— Toner? — eu perguntei.

O que é um toner eu ainda não sei. Contudo a posse e o acúmulo disso são assuntos controversos entre nossos professores e administradores. Fiquei olhando para ela com expressão pétrea. Seus olhos brilharam de infelicidade, e as mãos se procuraram e se encontraram antes de ela falar.

— Bem, acho que *alguém* tem que cuidar para que o navio não afunde!

Eu juro por Deus! É assim que ela fala, cheia de metáforas grandiosas e banais. E, com os estalos moralistas dos seus saltinhos, ela saiu da sala, o vestido combinando com o cinza dos arquivos, e eu fiquei sozinho. Os armários, claro, estavam destrancados. Não porque nossos administradores confiavam em nós, mas porque eram negligentes. Peguei a pasta leve de Kevin na gaveta do BO-BY, que soltou um aroma tânico de papel em decomposição. Eu estava empolgado demais para abrir. Então, coloquei-a debaixo do braço esquerdo e a pilha de pôsteres debaixo do direito e saí, andando como um idiota, com os joelhos meio travados. Pelo corredor marrom ecoante, pelos amontados de adolescentes roubando beijos ou com mãozinhas bobas, esperando a aula começar.

* * *

Quando Digger e eu nos encontramos naquela tarde, no mastro, falei que tinha uma coisa para mostrar.

— Os pôsteres?

A voz dela ainda estava carregada de desconfiança. Eu queria deixá-la em suspense. Prometi que diria depois que tivéssemos fumado. Estávamos dirigindo em círculos, da casa dela para a Kennedy, para a minha casa, e repetindo o trajeto. Na segunda volta, vimos um homem com megafone azul-céu perturbando os pedestres de uma pequena campina no meio do círculo de tráfego, batizada em homenagem a um general de segunda categoria, atrás da parte cega da escola. Encostamos o carro para ouvir.

— Algumas pessoas não querem que *nada* as controle — gritava ele repetidamente, pelo megafone, no ar. — É a eternidade, não importa como vocês a encarem, meus amigos.

— Você vai me contar agora? — Digger suspirou e soprou uma nuvem de fumaça. — Esperar não faz sentido.

Silêncio vindo de mim, do homem com o megafone. Houve até uma interrupção milagrosa no fluxo de carros.

De repente, tudo voltou a se mover: Digger mexeu no rádio e o orador abriu os braços e gritou para o céu. Consegui ver o pomo de adão dele subindo e descendo com o tremendo esforço. Ele estava se dedicando ao que fazia, sem se importar se estava convencendo alguém. Era hora de eu falar, todos os sinais indicavam. Enfiei a mão na mochila e peguei o arquivo de Kevin.

— O que é isso? — perguntou Digger.

A pasta tinha CONFIDENCIAL escrito em vermelho e PROPRIEDADE DOS REGISTROS ADMINISTRATIVOS DA KENNEDY. Com aquelas letras de exército que meu pai usa para marcar os materiais particulares *dele*. Portanto, o espanto na pergunta de Digger era um tanto apropriado.

— É o arquivo dele, cara — eu sussurrei para ela.

Não sei por que sussurrei. Acho que por estar chapado. Ela fingiu certo desconforto, para disfarçar a ansiedade. Por que as pessoas fazem isso? Digo, fingir desconforto? Deixamos a coisa no ar por um longo momento. Abri-lo seria prova de que íamos mesmo investigar. Um Rubicon. Nós dois paramos de respirar.

Preciso dizer que foi uma decepção colossal? É assim com toda coisa que gera muita expectativa, porque não é possível suportar o poder amplificador da mente humana. Repassamos ano a ano. Só por questão de organização. Primeiro semestre do nono ano. Maldito 1996, um dos anos mais sem estilo do mundo. Pré-Álgebra: B+. História Asiática: B. Banda: A. Artes Visuais: C. Ele gabaritou Ciências da Terra, sempre A. Kevin *era* da minha turma de Ciências da Terra (por engano, eu supus, considerando a aptidão que as notas de ciências dele sugeriam; Ciências da Terra é uma aula de merda), na qual eu quase não passei, com média sessenta e seis. O sr. Ramses, nosso professor, era um homem bondoso. Olhamos o resto das notas de Kevin. Já conseguíamos ver que seriam tediosamente normais. A conclusão da coisa toda, ao menos para mim, foi que Kevin, na época da morte, tinha média global de 3,4 e nenhum relato de incidentes no registro.

— Caramba. — Digger tossiu. — Acharam mesmo que esse garoto era de uma *gangue*? Que coisa mais *racista*. Ele é tão *chato*.

Eu tive que suprimir meu prazer crescente, então não disse nada. Minha média global era maior do que a do Kevin, apesar do desempenho geral melhor que ele tinha em ciências. Sem querer falar mal dos mortos nem nada. Mas ter uma média global menor do que um cara morto teria doído. Teria sido um fracasso terrível e vergonhoso.

# IV.

Não quero entediar vocês com coisas triviais: *Addison Schacht acordou e escovou os dentes. Teve uma ereção matinal e estava chovendo*, nada desse tipo de besteira. Nem coisas repetitivas: quantas vezes preciso dizer que fui para a aula de Cálculo? Então, a próxima coisa que surge na minha memória é a sexta-feira da assembleia de preparação para a faculdade. Aquele dia acabou se provando um daqueles decisivos, que não se anunciam. Dos quais acho que toda vida humana é composta.

A assembleia de preparação para a faculdade aconteceu dez dias depois do meu roubo da sala de registros. A assembleia em si acabou sendo chata, e tenho certeza de que vocês ficaram chocados de saber disso. Mas preciso explicar uma coisa sobre minha linha de trabalho, para que os eventos *antes* da assembleia façam sentido para vocês. As vendas de maconha não são um negócio sazonal. Se as pessoas querem drogas, elas querem o ano todo. Então, sempre tem uma base regular de demanda. No entanto, existem algumas épocas de pico. Há pequenas elevações nos fins de semana, outras maiores antes das férias escolares e um longo aumento durante o verão, com pico maior na terceira semana de julho. Depois, há um declínio lento até voltar ao normal, e então voltamos ao ano letivo. Mas setembro é estatisticamente atípico. Costuma exibir uma verdadeira queda nas vendas para mim. Muitos adolescentes decidem "ficar sérios" em relação à escola (hilário!), então assumem as *práticas ascéticas* que associam com desempenho excelente. Outro exemplo do protestantismo infectando nossa sociedade. Mas, este ano, setembro foi rentável. Ninguém mais ligava para a excelência na minha turma, ou talvez os padrões de excelência tenham passado a parecer triviais para nós, tendo em vista o prospecto de libertação iminente.

Por conta disso, precisei levantar cedo, no amanhecer incolor, para sair e comprar mais maconha. Achei que a transação levaria entre noventa minutos e duas horas. Noel, meu fornecedor, é, estranhamente, madrugador. E isso é conveniente. Mas ele me considera amigo (eu acho). O que sempre faz nossos negócios se arrastarem. Eu tenho que explicar sobre Noel. O pai dele, Eliot Bradley, possui uma parcela do controle acionário na Envivia, anteriormente Bradley Pharmaceuticals, antes disso Bradley Brothers, e no princípio Kingman Bradley and Sons, um tipo de empório de mercadorias não perecíveis que existe desde os anos 1820, de acordo com o livro de história da minha cidade, que lista a família Bradley como dentre os residentes (brancos) mais notáveis e permanentes de Washington. Noel tem um irmão chamado Paul Preston Bradley, e o nome do meio de Noel – e isso é fascinante – é Eleuthere. Eleuthere! Consegui que ele me contasse isso uma vez, quando estávamos fazendo uma troca. E, apesar do conjunto de nomes delgado e eufônico, ele é *enorme*: é um daqueles caras gordos cuja gordura não tem alegria. Com bolsas verdes de exaustão debaixo dos olhos só de respirar e andar. Quando ele se senta, as coxas se espalham até chegar à largura da minha cintura.

Ele mora na Otis Street, na esquina da Décima com a Otis. A casa é alta e estreita, da cor de cinzas, com florões decrépitos de pedra em formato de abacaxi na fachada e quase sem mobília dentro, só um sofá quebrado de couro na sala e um colchão tamanho king no chão de concreto do porão. Casas assim não são incomuns no bairro dele. Congregações inteiras de caras negros da minha idade se formam em frente às lojas de conveniência e aos restaurantes chineses idênticos; alguns prédios estão ocultos por placas de compensado. Pessoas idosas sorridentes e indiferentes se encolhem em degraus e varandas. Mas o mesmo céu azul pesado que cobre esse lugar também cobre meu bairro, e os mesmos problemas absurdos de consciência afligem os residentes, imagino eu, exacerbados pela sujeira e pela pobreza, talvez, embora fundamentalmente idênticos, o que deve provar que a imundície não enobrece, ao menos no que diz respeito ao ser básico interior. Noel *escolheu* morar ali, e, ao contrário do que vocês podem pensar, não faz isso com o dinheiro da família. Ele foi expulso de uma escola particular atrás de outra, isso ele mesmo admitiu, em Washington, na Nova Inglaterra, uma no Texas, uma no Havaí. Depois que foi expulso da Chandler, uma espécie de escola particular de última chance nas florestas ao redor de Blue Knock, Vermont, seu pai o deserdou. Por mais antiquado que pareça. Eu meio que admirava Noel por ter sido deserdado, embora não saiba dizer por quê. Os pais dele se divorciaram depois que ele voltou da escola na floresta. Como se estivessem esperando sua volta para casa.

Como ele se meteu no mercado de drogas em atacado? Não faço ideia. Ele nunca me disse quem são os fornecedores *dele*. Mas mergulhou de cabeça no trabalho. Sua simpatia de sujeito gordo ajuda, apesar de *exagerada*. Certa vez fui a uma festa na casa dele, logo quando nos conhecemos, que foi assim que ele foi morar ali, e um mendigo doidão viciado em crack apareceu, o tal Stokey. Isso foi há três anos. Era um sábado de junho. Ainda quente, com o aroma da grama esmagada e não cortada enchendo meu nariz e minha boca, junto com a fumaça doce e fedida do charuto de maconha que estávamos passando. Por algum motivo, o quintal de Noel tem cinco ou seis cortadores de grama enferrujados espalhados. Stokey tropeçou em um escondido por um trecho de grama alta e ervas daninhas, e nós do círculo rimos nossas várias gargalhadas chapadas, como sons de animais: *grunt-grunt*, *haw-haw*, pios, latidos e berros. Stokey cambaleou até nós, puxando as pontas do colete de veludo azul imundo que estava usando, e gritou:

— É melhor vocês me deixarem dar um tapa nisso aí.

Nós deixamos, e ele ficou ao meu lado, e *fedia* a suor morto e álcool, a decomposição. Eu era o único cara branco ali além de Noel, e foi por isso que Stokey me perguntou o que perguntou.

— Sabe o que quer dizer D.C.? As letras?

— District of Columbia? — eu respondi.

A boca dele era uma tragédia, com dentes compridos e amarelos como uma omelete, e o hálito era avinagrado e sufocante. Ele balançou a cabeça, como se para se livrar de um mosquito.

— Então não sei.

— Drama de cidade — disse Noel.

Também estava errado. Stokey, com olhos límpidos por um instante, dando um sorriso estranho e gentil, grunhiu:

— Definitivamente, caguei.

— Cara, esse nego *sempre* aparece aqui com alguma besteira — disse Noel, rindo, e meu pavor pelo fato de ele ter usado AQUELA PALAVRA me deixou tonto e com a boca seca.

Mas todo mundo já estava rindo, e Stokey passou o charuto para o cara do outro lado e deu uma gargalhada rouca, e a conversa seguiu em outra direção. Talento natural, né? Noel incorpora mesmo o papel. No inverno e no outono, ele usa calças jeans que ficam bem abaixo da bunda e camisetas enormes, brancas ou de cores primárias, com nomes que não querem dizer nada para mim, com as barras indo quase até os joelhos. Ele é pesado demais para precisar de casaco. Na primavera e no verão, ele troca a calça jeans por bermudas cáqui de cintura baixa. São tão compridas que só dá para ver menos de dez centímetros das panturrilhas pontilhadas de celulite acima dos sapatos, adornadas de veias esverdeadas. Uma tira fina de barba contorna o queixo redondo. Ele deixa o cabelo sempre curto, bem rente ao crânio. Tudo isso faz parecer que a aparência dele era a de um idiota, só que em Noel meio que fica legal. Ainda assim, encontrá-lo pode ser uma provação, porque, como falei, ele me considera um amigo. Ele sempre me conta histórias enquanto prepara meu pacote, sobre suas recentes e imaginárias conquistas sexuais.

Eram sete da manhã quando cheguei. David Cash, que continua sendo o ser humano mais musculoso que já conheci, já estava esperando no sofá, usando uma camiseta de mangas curtas amarelo-pólen, que escondia o tronco escultural, mas veias e tendões cobriam seus antebraços. Foi ele quem me apresentou a Noel. Era da Kennedy. Ele se formou no final do meu nono ano, pelo Programa de Jovens Talentosos, e entrou no mundo dos negócios. Agora ele controla todas as transações de Noel. Eu o vi dar uma surra em um cara uma vez: aquele mesmo mendigo doidão viciado em crack, Stokey, que estava nos enchendo o saco por causa de uma cerveja enquanto bebíamos na escadinha de entrada da casa de Noel, uma noite no verão passado. David bateu nele sem raiva, fazendo zero esforço, e estreitando os olhos como um pintor enquanto batia.

— E aí? — comentou David quando entrei. A voz dele, nem um pouco grave pelo que se esperaria considerando a largura do peito, que é do tamanho de uma casa de shows, ainda assim é firme como aço.

— Entre — disse Noel. — Bora lá.

Fui para a porta do porão. Ele fez sinal para seguir em frente, para o fedor mineral de sempre de concreto úmido.

Vocês sabem como é *esquisito* estar no quarto de alguém que não tem nada lá além de uma cama? Nada de livros, nada de arte, nem mesmo revistas de pornografia, nem mesmo roupas sujas e nem caixas de comida e nem nada, nem mesmo *sujeira*. O quarto de Noel é vazio e limpo como uma cela de monge. E também é enorme. É um dos maiores quartos de solteiro que eu já vi. Ocupa a largura e o comprimento da casa toda, da frente aos fundos. O que torna o vazio ainda mais esquisito. Tem até uns subquartos atrás, separados por portas. E um ralo enorme no chão. Acho que já foi uma oficina. Noel instalou umas placas brancas à prova de som em todas as paredes e no teto, o que, combinado com o piso de concreto, gera uma acústica pesada, algodoada e morta. O ar sempre parece parado. O único objeto humano ali, além da cama, é um pequeno quadro-negro pendurado em um gancho enferrujado que se projeta entre duas placas à prova de som. Quando perguntei, na época em que nos conhecemos, para que serviam o isolamento acústico e o quadro-negro, ele gritou:

— Rinha de *cachorros*, negoooooo!

Eu ri, mas parei quando vi que ele estava falando sério. David depois confirmou que Noel estava falando a verdade, embora eu nunca tenha sido convidado para uma das rinhas. Não sabia se me sentia aliviado ou insultado por isso.

Noel dorme sem lençol e sem edredom. Não é deprimente? Ele tem um cofre escondido no box que serve de base para o colchão, que por sua vez fica direto no chão, bem no frio que o concreto emite em ondas. Ele é obrigado a levantar o colchão para fazer qualquer transação. E eu tenho que ajudar. Ele não *pede*; só perde o fôlego e fica vermelho, depois fica pálido como um morto, e aí eu vou ajudar. Afinal, é de meu interesse. E foi assim que as coisas aconteceram naquela manhã.

— Cara, eu tô *fora de fooooorma*, negoooo!

Essa era a resposta tradicional que ele dava. Como se pudesse haver algum mal-entendido sobre o nível de sua boa forma que exigisse correção pública.

Então ele mexeu com o polegar na pilha de dinheiro que levei. Ele nunca contava, ao menos na minha frente. É indulgente com o protocolo, como se as preocupações de um homem de negócios não estivessem a sua altura.

— Essa merda *soa* certa.

Soa? Aos ouvidos dos nascidos em berço de ouro, eu acho. Eu sabia que David colocaria na máquina de contar dinheiro depois. Ele nunca deixava nada passar com tanto descaso. O que minimizava a expansividade do gesto de Noel. Mas é assim que as coisas são com eles dois. Ele me entregou minha mercadoria, enfiada em uma sacola de lona marrom barata. Noel colocava a erva em sacolas noventa por cento das vezes. São a marca registrada dele, sei lá. Embora bem sem graça, na minha opinião. Eu não faço ideia de como ele as adquire. Do trabalho de caridade de sua mãe, talvez. Aquela dizia MOVIMENTO CONTRA O CÂNCER JUVENIL DO HOSPITAL MEMORIAL SIDNEY na lateral. Havia o desenho de um carneiro de olhos esbugalhados. Eu esperei atrás enquanto ele subia a escada com esforço. Achei que tinha menos de cinco minutos para inventar desculpas antes que ele mergulhasse em uma das fantasias. Assim, dei um aceno para David e falei para Noel que eu tinha que ir embora. Ele sorriu e cutucou meu peito com dois dedos.

— Nã-nã, você tem que me dar carona pro outro lado da cidade. Tenho que ir ver minha mãe e essas porras.

Ele faz isso em momentos estranhos. Faz a gente lembrar que ele está um nível acima da gente. Mas, como falei, por que *não* exercitar o poder se você tem? Eu quase protestei: *vou me atrasar pra escola*. Como *isso* soaria, dispensar um atacadista de erva com essa desculpa? Eu levaria a culpa de qualquer jeito se nós fôssemos revistados. E ele sabia, claro. Ele é um daqueles conhecedores amadores da lei. Foi ele quem me contou que estar em posse de três saquinhos pequenos de erva leva a uma sentença muito pior do que uma grande, porque prova a intenção de distribuir. Quando entramos no meu carro, ele avisou:

— Um filho da puta inteligente como você não precisa ser *instruído* sobre o que acontece se a polícia fizer busca nesta merda. Então dirija de forma razoável. Tá me ouvindo?

Aquele gordo de merda! Não dava para não admirar. Ele estava com um sorriso sutil de torturador quando me avisou. E eu sabia, *sabia* que ele estava me sacaneando, mas funcionou mesmo assim. (De que adiantava o tal poder de melhorar as coisas da mente racional?) E assim, nós saímos, no ritmo de um professor de escola. O sol fraco acertava tudo no ângulo errado. Não havia muito trânsito. Noel me viu limpando suor nervoso do pescoço.

— Merda, cara. Não é nada.

Eu tinha enfiado o tijolo de erva debaixo do meu assento. Durante todo o trajeto, enquanto eu ficava lançando olhares ao redor por causa de sei lá o que, de alguma manifestação de autoridade maligna, ele ficou desdobrando uma história sexual, complexa e impossível de acreditar. "Caramba", eu dizia nos momentos apropriados, e até assobiei uma vez. Não me lembro de nada da história, só que ele ficava repetindo:

— E aquela bunda! Parecia uma porra de prateleira! Caralho!

Depois do clímax narrado de Noel (ele falou com uma fluência constrangedora, fruto de longos ensaios interiores), seguimos para o oeste até a Foxhall Road (dá para imaginar que tipo de pessoa mora lá só pelo nome) e depois para Palisades, onde a mãe dele mora.

O trânsito matinal tinha acabado de começar, e consegui evitar o pior. Todos os babacas do mundo vão para Washington de manhã, para trabalhar em algum emprego do governo. É a única indústria que temos, e todo mundo envolvido nela é infeliz. Assim, o trânsito é horrível, física e espiritualmente. Noel e eu estávamos seguindo para longe do centro de tudo. Estávamos bem. *Vocês* sabem de que tipo de manhã estou falando. O ar não pesava, como meus membros e minha cabeça. A luz rosada exagerava a inocência das fachadas das casas e dos gramados. Quando estacionei, ele espirrou, como que de propósito, soltando uma gosma nojenta de muco que ficou pendurada no lábio superior. Ele limpou com a mão e reconsiderou.

— Merda. Você tem a porra de um lenço de papel?

Apontei para o porta-luvas, e ele abriu. E naquele colo enorme caiu o arquivo escolar de Kevin. Sim, eu estava guardando no carro. E daí!? Ainda não tinha dado em nada, e daí? Era evidência de uma façanha. E façanhas são valiosas por si só. Noel tem uma flâmula idiota. Na parede. Da Chandler. Fica acima do sofá, na parede suja, uma flâmula branca e vermelha. É de longe a coisa mais limpa da casa dele. Não tem fotos, não tem pôsteres, nada além de tinta nua e suja... e a flâmula retardada. É cegamente visível. Como se quisesse dizer alguma coisa. Como se ele tivesse participado de alguma equipe esportiva da Chandler. Hóquei! Cross-country! Lacrosse! Adestramento! Como se ele se importasse! A Chandler o expulsou por vender pornografia que ele comprava na loja de conveniência de Blue Knock para os colegas. Nunca perguntei por que ele deixa a flâmula pendurada lá. Mas é assim que as pessoas são. Não dá para negar. Todo mundo se prende às lembranças baratas do passado.

— Que porra é essa merda? — perguntou Noel, lendo o nome na aba suja de dedos. — Beleza, Kevin Broadus, merda. Eu sei quem apagou aquele garoto. Você não tem lenço de papel cara. E por que está com isso aqui?

Fiquei chocado ao reparar a calma que tomava conta de mim. Depois da revelação dele, claro.

— O que você quer dizer com sabe? Você sabe quem matou o cara?

— Cara, eu não falei que sei. — Essa aparente contradição me deixou perdido. — E merda, cara — continuou ele — por que você tá perguntando assim na minha cara?

Às vezes, ele confunde as expressões. Esse tipo de atuação é difícil de sustentar, eu acho.

— Cara, não estou tentando ser *intrusivo* nem nada — eu quase murmurei isso. Por pura... deferência. Incrível, né? A respiração audível como um gemido preencheu meu carro.

— Intrusivo. Merda. Cara, você não tá a fim de saber mais?

— Mas achei que você tivesse dito que não sabe.

— Cara, você não tá escutando? Eu não disse que sei. Eu disse que *ouvi*. Ouviu?

Nós já havíamos passado muito por isso, idas e vindas, essas sessões de implicância. Ele acha que é assim que se fala com os amigos. Usava o mesmo método com os caras que iam à casa dele. Mas não com David, que tem uma política de tolerância zero com besteira dialética. Com a sensação de estar recebendo um grande favor, eu perguntei de novo o que ele *ouviu*. Formulando corretamente desta vez.

E ele me contou.

— Um cara, Mike, o Mike Baixinho. Mike *Lorriner*. Ele é de, hã, Severn, ou de um lugar caipira assim.

Severn é uma cidade insignificante em algum lugar de Maryland, o pior estado.

— Mike Baixinho. E qual é a *dele*? — eu perguntei.

Noel inspecionou a mão ainda meio melecada e limpou com uma dobra da camiseta enorme. As roupas são fardos de tecido de vela. Ele é de longe a pessoa mais gorda com quem já falei.

— A dele? Filho da puta, você é da polícia? Por que quer saber? Merda, moleque. Por que você quer saber?

Perdido de novo. Como responder? Com uma mentirinha.

— Eu o conhecia. O Kevin. Conhecia bem, na verdade.

Isso não colou com Noel, que disparou uma gargalhada.

— Você não conhece ninguém como *ele*. Espera que eu acredite nisso? Você quase nem vai até a *minha* casa, Addison. — O sotaque dele diminuiu por algum motivo, mas ele se recuperou. — *Conhecia*. Merda. Tudo bem, então, vou contar. Mas os brancos são malucos, moleque.

Ele me explicou o que sabia. Que ouviu de alguém que esse tal de Mike Baixinho atirou em Kevin por insultá-lo em uma festa, e que atirou nos outros para se livrar das testemunhas e fazer a polícia pensar que foi um assassinato aleatório.

— Isso foi *tudo* que ouvi, cara. *Tudo*.

Não acreditei nele, por princípio. Como se pode acreditar num cara que passa quinze minutos mentindo sobre uma foda? Ele já tinha usado o papo da prateleira para falar da bunda de *outra* garota antes. Eu me lembrei do gesto de garotinho que ele usou para representar: acariciar uma bola nova de futebol, ou algo do tipo. No entanto, eu não podia confrontá-lo sobre mentir sobre Kevin assim como não podia sobre as outras mentiras. Qual teria sido o sentido? Afinal, era *eu* que estava carregando por aí o registro permanente de um garoto morto. Eu era o *esquisito*. Além disso, tinha que pensar nos meus interesses comerciais. Então, fui todo sorrisos e movimentos interessados de cabeça! Apertei a mão de Noel de novo, no jeito complicado e fluido que ele exigia: um aperto, uma reconfiguração, solta, os punhos se tocam. A casa da mãe dele era enorme e de cor creme por trás do portão que barrava a entrada do público em geral. Uma mulher alta e magra (presumivelmente a mãe, a antiga sra. Eliot Bradley) estava andando pelo cascalho com saltos pretos de bico fino, chamando:

— Noel! Noel!

Ela estava usando um terno cinza, e o rosto tinha aquele bronzeado de couro. Você sabe: a cor de um mocassim, talvez um pouco mais clara. Mas com aparência tão durável quanto.

— Merda, é minha mãe. Paz, moleque.

Noel iniciou o processo de se erguer e sair do meu carro, com a camisa vermelho-cereja ondulando lindamente. Saí quando o portão começou a se abrir para dentro, com medo (por algum motivo inexplicável) de que a mãe bronzeada e alheia me visse. Eles estavam se abraçando quando me afastei, Noel com o dobro da largura da sra. Bradley, e o conjunto esquisito cintilou no meu retrovisor. Com toda a severidade a que ele foi sujeitado por parte dos pais, Noel não os culpa. Ele fala da mãe e até do pai com amor e respeito genuínos, ainda que tímidos. Ele sabe todos os detalhes dos negócios do pai e dos esforços beneficentes da mãe. Nunca o ouvi fazer um único comentário irônico sobre nenhum dos dois. E isso é meio surpreendente.

# V.

A primeira coisa notável que aconteceu quando cheguei à escola: uma briga com Alex Faustner por causa do significado correto da expressão "*begs the question*", que ela usou errado sete vezes em uma única aula de Inglês. O sr. Vanderleun ficou do lado dela, e tivemos que olhar no dicionário, e como eu estava certo, o sr. Vanderleun ficou roxo e começou a sussurrar, e o coto ficou se balançando em fúria, e então a confusão foi resolvida e a aula acabou. Em razão disso senti uma onda de gratidão invisível emanar de todo mundo. Aí foi hora da assembleia, que todos esperávamos com ansiedade, porque comeria mais uma hora de tempo de aula. Afinal, éramos alunos do último ano. E foi exatamente por isso que as repreensões de nossos professores começaram. Eles repararam em uma *inquietação*, uma falta de *iniciativa*, uma certa *apatia* de nossa parte, e queriam nos lembrar que, apesar de sermos do último ano, AINDA ÉRAMOS PARTE DA COMUNIDADE DA KENNEDY. Não foi dito de forma tão explícita. Nunca é, na Kennedy. Só tivemos uma ideia geral de que nossos professores estavam putos, mas que também estavam... o quê... acovardados, eu acho, na hora de nos impor limites. Essas admoestações contra nossa preguiça vieram encerradas na forma de outra assembleia de preparação para a faculdade, à qual meu ano todo foi obrigado a comparecer, um grupo de rostos negros e pardos nada familiares. Os alunos do grupo de Jovens Talentosos se sentaram em uma fileira própria. No fundo. Ninguém prestou atenção a esse fato óbvio e horrível. Nossas aulas aconteciam no quarto andar, o mais alto, e por isso demoramos mais para chegar ao auditório. Foi *por isso* que ficamos com uma fileira só para nós, certo? Não era nada *esquisito*.

Um campo inteiro de cabeças estava virado para o palco, onde um suporte de alumínio oferecia o microfone para o nada. Meu *pager* não parava de vibrar. Digger sentiu; ela estava com o joelho apoiado no meu, como fazia às vezes nas assembleias, e bateu em mim com a patela magrela, sem olhar para mim, como se dizendo *grande empreendedor*. Eu devo mencionar aqui que demonstrações públicas de afeto, e isso é bizarro quando você leva em consideração todas as outras coisas que passam sem comentário na Kennedy, as demonstrações públicas de afeto geram temporais e dilúvios de problemas administrativos. Eu *sei* que a Academia Brent não tem regras similares. Dá para ver pela cerca os alunos dando uns amassos quando você passa por lá na hora do almoço, sentados ou deitados no seu gramado esmeralda aparentemente eterno, um bando de Daisies e Toms (*O grande Gatsby* foi o segundo livro que tive que ler na Kennedy que me deu prazer). Essa assembleia aconteceu em uma manhã de sexta, na esperança, eu acho, de estragar nosso fim de semana ao inflamar nossas consciências desprezíveis. Enquanto a dra. Karlstadt explicava a natureza de nossa relação ainda importante com a escola ("Somos todos Tigres!", enfatizado por um momento subsequente de silêncio, como se ela esperasse que um grito espontâneo e unânime soasse), repassei mentalmente o estado das minhas finanças até chegar a hora de ir embora. Vocês sabiam que dá para botar, em média, cerca de três mil e quatrocentos dólares em uma caixa de sapatos comum? Pelo menos quando se usa as notas populares entre alunos do ensino médio.

— Por que esse sorrisinho? — perguntou Digger enquanto subíamos a escada, ficando para trás do grupo de colegas, olhando para o piso de mármore cor de pele.

— Não estou dando sorrisinho.

Ela se chocou contra mim, e captei um sopro do aroma dela, de folha queimada.

— Não, você estava dando um sorrisinho.

E ela fez sua cara *estava* idiota: os olhos vesgos, a língua carmesim mole no canto da boca.

— Não, essa aí é minha cara de pensativo.

— Está mais para sua cara de *dinheiro* — disse ela, com um sorriso amplo e luminoso.

Sem comunicação adicional, o grupo se dividiu e seguimos nossos fluxos divergentes, ela para a aula de Francês e eu para a de Latim; as portas se fecharam e o barulho de começo de aula – não podemos chamar de sinal – tocou nos alto-falantes.

Tentei pensar no joelho dela encostado no meu enquanto a sra. Erlacher deslanchava uma denúncia furiosa do desempenho da turma na última prova; ótima sequência temática aí, seus babacas administrativos! Embora eu tivesse tirado um noventa e sete, fui incluído na bronca dela. Mas, mesmo deixando de lado a explosão da sra. Erlacher, foi um dia memorável na aula de Latim para mim. Foi o dia em que Virginia Werfell cagou tudo. Virginia, uma garota famosa por trepar com dois caras ao mesmo tempo, teve um *branco* quando a sra. Erlacher pediu que ela traduzisse quinze linhas do começo do livro dois de *Eneida*, começando com *Infandum, regina, iubes renovare dolorem.* É assim que Eneias abre a história do saque de Troia, em resposta a um pedido de Dido, a rainha de Cartago. A frase quer dizer "Ó rainha, tu ordenas que eu conheça novamente uma dor maior que as palavras". *Infandum* é um conceito meio horrível: indica uma coisa tão fora de compreensão que não pode ser expressa: *in* (não) + *fandum* (ser dito). E essa é a primeira palavra da história de Eneias! O que é meio irônico, eu acho, porque ele depois fala da queda de sua cidade por um tempo considerável. Jeito estranho de começar, né? Sugere que talvez por baixo de toda a falação haja *mesmo* uma infelicidade intratável e inexpressível.

É desnecessário dizer que, além de Virginia não mencionar nada disso, uma coisa *incrivelmente* importante no contexto do livro, ela não conseguiu nem elaborar uma tradução básica. Ela só gaguejou e fez *hã* e *hum*, como uma retardada babona. A sra. Erlacher começou a parecer ficar puta da vida. Então eu me levantei, com os olhos fechados e cobertos com a mão esquerda para demonstrar que eu não estava usando o livro, e falei tudo o que Virgílio estava dizendo (sem deixar de comentar o fato surpreendente de que Eneias chama a defesa da cidade dele contra o ataque grego de *supremum laborem* de Troia, que ao mesmo tempo significa "pior labuta" e "trabalho supremo") e até fui além da décima quinta linha. Para que parar no limite designado, certo? Fui até a parte sobre a antes magnífica ilha de Tenedos agora ser um porto perigoso e ermo quando a sra. Erlacher começou a repetir:

— Addison. Addison. Addison, eu não *chamei* você. Addison. Addison.

Ela continuou falando assim, eu continuei traduzindo, e um monte de risadinhas nervosas soaram ao redor, na minha escuridão particular de olhos cobertos. Mas tive pena e parei de falar, baixei a mão e abri os olhos. Virginia voltou a gaguejar. A aula prosseguiu. No final, quando eu estava saindo, alguém chamou:

— Addison. Addison. Addison.

Não consegui perceber se estavam tirando sarro de mim ou da sra. Erlacher ou do quê. Então, não me virei.

Depois do fim das aulas, fui com Digger para o Lixão. Tecnicamente, é chamado de Unidade de Lixo 10, ou é o que diz a placa presa na corrente que tem na entrada. Mas a cabana do atendente, uma casinha com aparência comprimida, com tábuas verdes e brancas e claraboia falsa e tudo, nunca abriga qualquer atendente, e você pode passar pelo portão aberto sem protesto nem oposição de ninguém. Fica junto ao Potomac, perto da margem leste, quase em Maryland. Ele se projeta um pouco sobre a água, então sempre tem bandos de gaivotas voando de um lado para outro acima. Dava para pescar da beirada se você quisesse. Tem um muro de contenção, cinza de bosta de pássaro e coberto de pichação. Nunca encontramos os autores. Ir lá era nosso ritual de sexta-feira. Não tinha nome, e ela que me apresentou ao local, como me apresentou para a maioria das coisas inovadoras e libertadoras das quais eu participara. Nós íamos lá para quebrar vidros e cerâmicas e para gritar. Começou como um teste do isolamento do Lixão. Desafiando, eu acho, qualquer autoridade que existisse a ir atrás da gente. Ninguém nunca apareceu. Fizemos esse teste em cem das cento e quatro últimas sextas-feiras, pelas minhas contas. O que tornava o Lixão de longe a coisa mais confiável da minha vida. Desta vez, com uma brisa soprando do rio sujo, nós destruímos uma privada cintilante com vergalhões que pegamos na terra. Brincamos de esgrima com eles por um tempo, depois da destruição, gritando "*En garde*". E ficamos deitados ofegantes no capô do carro dela.

— Tive que ouvir outra das *histórias* de Noel hoje — eu resmunguei.

Ela era a única pessoa que sabia desse lado dos meus contatos comerciais.

— E você quer solidariedade?

— Não, é só que eu não sei o que posso *fazer*. Certo? Comprar de outro cara? Certo?

Eu me virei de lado para olhar no rosto dela. Ela estava de novo com o sorriso luminoso e duro que deu depois da assembleia.

— Não *reclame* comigo sobre essa merda sem sentido. Não seja obtuso. Você não é obtuso. Quero dizer, você é meio obtuso, mas não *tão* obtuso — disse ela, com voz baixa e firme.

Eu *ensinei* essa palavra a ela, digo a vocês com pesar: *obtuso*. Do particípio passado de *obtundere*, "bater alguma coisa em outra coisa dura e resistente". Mas ela não estava errada. Os destroços da privada – uma American Standard, a marca mais gloriosa – cintilavam no sol da tarde.

Vocês já estão cheios de desconfianças sobre meus supostos *sentimentos reais* a essa altura, não estão? Digger e eu podíamos não estar *namorando*, mas eu ainda estava preocupado com a honra dela. Um conceito que também é bastante ridicularizado atualmente. Assim como a maioria das minhas crenças. E talvez eu tenha falhado no meu desejo de proteger a honra dela, e eu mesmo costumava fazer coisas idiotas com ela. Como visto na conversinha acima. Mas, de um modo geral, seguíamos nosso acordo, que era fundado em princípios de honra. Não tínhamos envolvimento emocional. Qualquer um de nós podia ir embora a qualquer momento. O sexo é natural e necessário para pessoas da nossa idade. E, caso vocês estejam pensando que Digger ou eu ditamos os termos *unilateralmente*, ou que era algum tipo de relacionamento tirano/adulador: nós elaboramos as regras juntos, logo depois da primeira vez que trepamos, que foi uns dois anos atrás, numa noite fresca de junho. Ficamos na janela do quarto dela fumando cigarros e combinando os termos. E os seguimos desde então. Mas ainda não sei *por que* Noel a incomodava tanto. Ainda mais levando em conta o nosso acordo, e o fato de que ela fuma tanta erva quanto eu, e que isso tem que vir de algum lugar, e melhor se vier de alguém que você conhece, certo? Alguém em quem você investe, nem que seja um pouquinho? Mas conseguimos salvar a noite, de qualquer forma. Superamos minha explosão de besteiras. Digger, de maneira bem responsável, tomou as rédeas. Ela vai ser uma grande mulher um dia. Senadora, alguma coisa assim. Ela sempre consegue *ler* você, o que é apavorante, mas é útil na hora de sair de situações constrangedoras. Ela sabia que eu ia ficar sentado ali sem dizer nada, para sempre, se ela não agisse. Então disse, com um olhar lateral e tímido:

— Eu tenho uma pra você. Das boas. O que é marrom e se esconde no sótão?

Era o começo de mais uma piada péssima sobre o Holocausto. Quando se deixa de lado as reservas morais na hora de contar piadas assim, outro problema surge: qual é o propósito da piada sobre o Holocausto? É obscuro, sim. Noventa e sete por cento das pessoas vão tentar minimizar com uma banalidade qualquer, uma coisa do tipo *é um jeito de lidar com a tragédia*. Ah, é? Não há jeito de lidar com a tragédia, assim como não dá para lidar com a lei da gravidade. Não pode ser redimida nem transfigurada; persiste e persiste sem descanso. Pense em uma lista telefônica, no texto de uma lista telefônica, mas é uma lista de nomes que segue sem terminar, sem nem a intenção de terminar. E *alguns* alegam que é expressão de ódio dos próprios judeus. Ao menos, foi o que disse o orientador psicológico que a sra. Arango me obrigou a visitar depois da minha briga inicial com Alex, em uma sala densa com o cheiro, assassino de almas, de papel e tinta. Isso também é besteira. As piadas sobre o Holocausto são uma das minhas formas centrais de expressão. E só não judeus me consideram judeu. Embora isso, no passado, pudesse fazer você ser mandado para um campo de concentração!

Não, o propósito da piada sobre o Holocausto é idêntico ao propósito da piada como proposição maior: a imposição de crueldade na mente inundada pela razão. Só fica mais *desnudado* no caso das piadas sobre o Holocausto. Assim como em tudo, os babacas responsáveis por nossas convenções de pensamento confundiram uma diferença de grau com uma diferença de tipo. É por isso que eu as conto. É a *causa* que me faz contá-las. Um exemplo do meu melhor repertório: *por que o garotinho judeu estava sentado no telhado ao lado da chaminé? Estava esperando os pais! O que é mais engraçado do que dez bebês mortos em uma lixeira* só? *Seis milhões de judeus mortos no Holocausto! Não há negócio bom como o de uma boa Shoá! Onde houve a maior concentração de judeus durante o Holocausto? Na atmosfera! Ketchup é apenas a Auschwitz dos tomates! "Meu avô morreu no Holocausto..." "É mesmo? Lamento ouvir isso." "É, ele caiu da torre da guarda!" Qual é a diferença entre uma tonelada de carvão e mil judeus? Os judeus demoram mais para queimar! Já ouviu falar do novo micro-ondas alemão? Tem dez assentos dentro!* E, claro: *qual é a diferença entre um judeu e um pão?* A piada que iniciou tudo.

Então Digger me contou a piada que aprendeu.

— O que é marrom e se esconde no sótão?

— Não sei! O que é marrom e se esconde no sótão?

Essa é a resposta correta do ritual. Ela fez uma pausa para se preparar. Eu prendi a respiração.

— A diarreia de Anne Frank.

A forma como ela falou, com uma voz dengosa e baixa, uma voz *conciliatória*, me destruiu, isso e o fato de que estávamos muito chapados. Depois que parei de rir, eu falei para ela:

— Excelente trabalho.

Assim, o desastre foi evitado. Ela vai chegar à grandiosidade, e essa é a prova. Vocês sabem como é fácil ceder ao ressentimento em circunstâncias assim? *Todo mundo* cede. Mas não ela. Ela até aceitou ir à minha casa naquela hora, mesmo com o tijolo de erva guardado embaixo do banco do passageiro. Eu ainda estava olhando com paranoia ao redor enquanto dirigia. Mas chegamos em casa sem sermos presos, e fiz uma dancinha comemorativa invisível no caminho para dentro de casa. Aí, era hora de lidar com a maconha. Sei que prometi poupar vocês dos detalhes da minha rotina, senhoras e senhores. Mas muitos de vocês nunca testemunharam esse procedimento. Então, achei que podia oferecer um vislumbre.

A erva era densa, quase flexível ao toque, cheirosa. Cheia de pelos vermelhos leves. Noel tem um contato muito confiável e de qualidade. Fibras dos pedaços em forma de glande (pense na cabeça do seu pau; *glans* é a palavra latina para "bolota", acredite, não estou de sacanagem) estavam grudadas debaixo das minhas unhas. Veja bem, eu tinha uma base de clientes para manter. E neste, assim como em qualquer pequeno negócio, você tem que ter uma coisa que o destaque dos seus concorrentes. A erva que Noel me vendeu sempre era boa, às vezes melhor do que boa. Boa o bastante para justificar meu aumento de cinquenta por cento em cima. *Injusto*, vocês dizem, ofegando. Mas é o que o mercado suporta. E os babacas que compram de mim! Eles não têm outras fontes de verdade, por estarem na zona indistinta entre a classe média e a verdadeira riqueza. Garotos ricos *de verdade* podem ser extravagantes e comprar em quantidade. Os pobres e desesperados compram no varejo. Coisa boa, ou uma porcaria cuja falta de qualidade é compensada com aditivos: cocaína de grau baixo, PCP, essas coisas. Às vezes, $H_2C(OH)_2$, ou formalina, fluido embalsamante. Às vezes, um spray inseticida conhecido e popular, que provoca náusea, vômitos e até cegueira. Nunca precisei usar nada disso, o que me ajudou a garantir uma boa reputação. Mas erva limpa não basta. Você tem que ser *criativo*. Tem que ter *identidade*. Isso pode residir na sua personalidade ou pessoa: Noel Bradley. Ou na forma de passar um medo silencioso e confiante: David Cash. Mas não tenho personalidade nenhuma, e minha fraqueza física é bem aparente. Então, tive que recorrer a *medidas cosméticas*.

E quais eram? Casca de laranja. Isso, de acordo com as lendas dos meus colegas de escola, ajuda a manter a erva úmida, o que ajuda a deixar potente. Sempre me pareceu puro vodu. Não é preciso secar as folhas de tabaco antes de você fumá-las? E não é a sálvia desidratada, sei lá, que tem mais sabor do que a fresca? Pelo menos, dizem que você tem que usar menos quantidade. Estou falando de quando está cozinhando. Meu pai é muito insistente nesse assunto da sálvia desidratada, embora, até onde eu saiba, ele nunca tenha usado em nenhuma circunstância. Mas tanto faz. Cada saco que eu vendia tinha um pedacinho de casca de laranja. Eu também usava o tipo de saco em que a tirinha de plástico na ponta fica verde quando está fechada. Meu sucesso era baseado nesses detalhes fracos.

Eu desenvolvi uma pequena *rotina* para lidar com os pacotes de Noel. Eu quebrava em porções de 3,5 gramas, 7 gramas, 14 gramas e 28 gramas. Já sabia por experiência que os sacos da marca que eu usava pesam entre 0,8 e 0,9 gramas, então pesava e fazia os ajustes necessários. Meu método era simples: pesar; acrescentar a famosa tira de casca de laranja que era a marca registrada de Addison, retirada de uma tigela de tiras que eu tinha no meu frigobar; apertar o fecho em trilho até ficar noventa por cento fechado, deixando uma abertura; enrolar o saco, deixando o ar escapar por essa abertura; terminar de selar o fecho até ficar verde-xixi; prender com um pedaço de fita transparente. E pronto. Os cilindros flexíveis voltam para o cofre, para serem retirados modularmente quando necessário. Eu conseguia, no auge da minha eficiência, ensacar e lacrar meio quilo em menos de uma hora. Provoca câibras horríveis no pescoço; as mãos ficam doendo. Era a única faceta desagradável que eu encarava na minha ocupação. Eu competia comigo mesmo para manter a atividade interessante. Naquele dia, diminuí em sete segundos a minha melhor marca.

Digger subiu quando comecei meu processo. Ela não gosta de ficar perto quando faço esse tipo de trabalho. Ouvi-a andando, abrindo e fechando armários, procurando comida. Os passos dela têm uma assinatura reconhecível e marcial: 2/2. Não estou de sacanagem. Ela desceu quando eu estava terminando – ela sabia quanto tempo eu demoraria para cuidar de um pacote; tinha passado por isso comigo antes –, já falando:

— Tive que ir fazer uma coisa para a minha mãe, tipo uma coisa de apreciação de cirurgia. Eu te contei?

— Não, ela ganhou o prêmio Joseph Mengele de Realização de Vida ou alguma coisa assim?

Eu sou um cara *engraçado*! Digger ignorou isso, como fingia ignorar os punhados de sacos que eu estava enfiando no cofre. Eu o guardava no armário, escondido a plena vista. Meu pai não inspeciona meu quarto mesmo. Ela pegou o cachimbo da cor de sangue, que enchi de erva solta, fazendo gestos grandiosos com a mão. E aí, ficamos chapados. Um romboide formado pela última luz do sol do dia brilhava na minha colcha.

— E aí, sr. Grana? — perguntou Digger.

Ela faz esse comentário todas as vezes que reponho o estoque. Eu *nunca* respondo. A voz de Digger, se você a ouvisse sem vê-la... Ela é *feminina*. De personalidade. E também tem uns peitos enormes para uma pessoa tão baixa e pequena quanto ela. Mas a voz é ambígua. Pode ter tons de mágoa e dor só por ser carregada e gutural.

Hoje, finalmente, eu tinha uma coisa para ela. Estou falando da história de Noel sobre Mike Lorriner. Eu não teria contado se ela não tivesse feito o comentário sobre o *sr. Grana*, o que é injusto. Ela sabe que não gasto nada comigo e nem com nada além de reabastecer meu suprimento. Agora eu tinha uma espécie de contra-acusação para oferecer, para demonstrar minha potência.

— Ah, para. Noel disse isso? E você acreditou? Noel disse. *Noel* — ela repetiu.

Eu falei que sim. Que acreditava. Só para mexer com ela. E, de repente, eu acreditei. Pelo menos em parte. Ela, para o meu choque, parou de debochar e começou a me desafiar. Por que eu não contava para a polícia? O que ia fazer sobre a situação? Tentei acalmá-la. Mas aqui estava uma oportunidade de satisfazer essa vontade sobre a qual fiz um discurso inteiro, e fiquei paralisado! (Sentimento dela, não meu.)

— Mas é só *Noel*, cara — eu disse.

— É, mas é verdade ou não é verdade, mesmo Noel tendo dito. E você acabou de dizer que acreditava.

O partidarismo repentino dela por aquela teoria me confundiu. O que mostra como entendo pouco as mulheres. E a banalidade da história era suspeita. Fazia sentido demais. Um branquelo corpulento que odeia negros e foi passar o fim de semana na cidade e está desesperado para provar suas credenciais, uma festa movida a álcool, empurrões, gritos e língua solta aos montes, Kevin sendo heroico e impassível frente à perseguição. Et cetera. Mas Digger persistiu:

— Ao menos *verifique* — disse ela —, ao menos verifique.

Minha decisão subsequente, se é que pode ser chamada de decisão e não de ato de inércia provocado pela droga, não como prova da minha incapacidade de resistir a ela, podia ser marcada como nosso momento de virada. Sim, uma coisa *tão* vaga e comum. Ligar para o auxílio à lista! Ah, você pode se convencer de fazer qualquer coisa. Não é preciso nem esforço de verdade. Só um momento de fraqueza ou distração. De acordo com a moça do auxílio à lista, havia nove Lorriner morando em Maryland com números na lista. Cinco moravam em Baltimore, que a declaração de Noel de que Lorriner era caipira excluía. Dois residiam em Bowie, e apesar de eu me lembrar de Noel ter dito Severn, anotei as informações mesmo assim. Um se chamava Jason e um se chamava Brandon. Não eram eles. Uma morava em Groton Woods. O nome dela era Kaneia. Mas uma das pessoas, em uma cidade chamada Brander's Hollow, pareceu importante. Não tinha o nome, só a inicial: M. Lorriner, 9780 Fork Lute Road: 301-927-1124.

— Obrigado, muito obrigado mesmo — eu disse.

E o "de nada" cheio de chiado da telefonista pareceu tomado de satisfação.

— E aí? — perguntou Digger.

— Faz sentido — eu disse. — Ele está listado em Brander's Hollow. Ou M. Lorriner está. *Você* conhece. Brander's Hollow. Eles têm aquela série mundial da Liga Infantil lá. E houve aquele processo por causa de cruzes queimadas.

Essas declarações podiam ser verdade. Podiam se referir a uma outra cidade parecida. Até hoje, não sei. Vivo me esquecendo de pesquisar. Digitei os números. A linha tocou três vezes. E então, alguém, um homem, atendeu. Com um grasnido.

A planície rural não é só um aspecto geográfico. Aparece na voz também, e deu para ouvir na dele. Fez com que parecesse jovem. Disso eu me lembro. *Nenhum criminoso falaria desse jeito*, eu argumentei. Certo? Não tem coerência estética *nisso*. Digger estava perguntando alguma coisa com movimentos labiais, com precisão arredondada exagerada: É ele, é *ele?* Sua boca estava enorme. Balancei a mão para que ela parasse, e ela me deu um soco no bíceps. Não foi o golpe mais forte dela, e ela *sabe* dar um soco, mas o bastante para me distrair, de forma que quase perdi Lorriner. Mas consegui retomar o controle da situação. Eu daria um susto em Lorriner e o deixaria em paz. Sem perigo nenhum. Nunca me senti tão seguro, com meu cigarro pós-erva sangrando fumaça, Digger deitada ao meu lado, uma vítima ao telefone. Por que *não* exercitar o poder se você tem? E assim, eu falei.

— Hã, sim, hã, é, hã, é Mike Lorriner?

— Quem é? — perguntou o homem, expirando. Meus pulmões se apertaram.

— Eu sei o que você fez com o Kevin — eu murmurei, segurando uma risadinha.

— *Cumé* que é? — disse ele.

— Não, cara, eu *sei* — eu afirmei. — E vou contar pra polícia. Você não pode se safar de uma merda *dessas*, cara.

(O quê?) E eu desliguei. Bati com o telefone. Digger e eu rimos até cansar. Demorou dois minutos, o que é uma eternidade de gargalhadas.

— Ah, meu Deus, era um caipira jogador de *beisebol*. Deu para *ouvir*. Noel estava errado. Eu admito. Deu para ouvir. Ah, meu Deus — eu disse, ofegante.

Agora que estou pensando no assunto, eu parecia Alex Faustner.

— Seu idiota, cara, seu idiota, seu idiota — Digger ficou resmungando.

E ficamos deitados na névoa da hilaridade, provocada pelo assassinato sem sentido de um dos nossos colegas de turma. Isso é empatia de verdade, não é? A raça humana é nojenta. Vocês podem adivinhar o que fizemos em seguida. Pelo menos alguns de vocês já passaram por coisas parecidas. É incrível o quanto um evento físico simples como sexo entusiasmado e desajeitado pode ser elucidativo. Isso passa com a idade? A literatura diz que sim. É um prospecto deprimente. O que vou fazer quando ficar velho? Vocês acham que dezoito anos é cedo demais para sofrer pela própria mortalidade? *Fodam*-se, senhoras e senhores.

E, a serviço de ignorar a mortalidade, Digger e eu poderíamos ter prosseguido pela tarde toda. Às vezes, fazíamos isso nos fins de semana, dedicados em *maratonas*. Mas o telefone começou a tocar de novo, quando tínhamos acabado de começar, e me arrastei até o aparelho. Digger afundou os dedos na carne do meu antebraço e murmurou:

— Não é *nada*, Addison, não seja absurdo.

A voz dela veio do fundo da garganta. Eu atendi. Não sou *tão* covarde. Era o mesmo cara, claro: Lorriner. Ele pareceu menos ofegante, mais seguro de si.

— Schacht, né?

Meus lábios ficaram dormentes de medo.

— Como você sabe meu nome?

Pensamentos de uma conspiração global anti-Addison me sufocaram e empolgaram.

— Seu *fio* da puta. Cê num sabe nada. Esqueceu o identificador de chamadas? — A voz dele se arrastou, e ele continuou. — Cara, vou *fud*ê com você. Te colocar no hospital. Te colocar na porra do cemitério.

Aí começou o sinal de ocupado, cinza-esverdeado, infinito. Digger, provocada por meu queixo caído, me perguntou que porra estava acontecendo enquanto cobria os seios marmóreos.

— Ele tem identificador de chamadas — eu murmurei. — Sabe meu nome. Meu sobrenome.

Do jeito que eu estava doidão, deixei de contabilizar essa possibilidade.

— Ah, porra — ela gemeu.

O romboide de luz do sol saiu de cima da minha cama e caiu no chão frio de pedra.

# VI.

— Se puder literalmente esperar um segundo, sr. Schacht.

A policial Pontecorvo disse isso com o telefone apoiado no pescoço cor de mel. Eu nunca descobri seu primeiro nome. Ela é a atendente da noite do Segundo Distrito, onde fica a base de operações dos policiais que cuidam do meu bairro sonolento. A policial Pontecorvo era, no dia que fui lá, só uma em um grupo com algumas pessoas de várias etnias na área da entrada da delegacia. Elas usavam ternos, usavam macacões, usavam vestidos estampados berrantes. Ocupavam os bancos encostados nas paredes ou estavam de pé perto da mesa elevada na altura da axila atrás da qual a policial Pontecorvo se curvava como uma escriba. Ela era jovem e morena. Meio gata. O quepe preto cobria mechas densas de cabelo escuro. Parei na frente da mesa elevada com a boca seca, e ela relanceou, um rápido movimento de cima a baixo, enquanto eu explicava meu problema (imbecil). Ela fazia muito isso, dava para perceber: avaliava e descartava homens com um único olhar. Mas ela era gentil quando fazia isso.

A delegacia do Segundo Distrito é, de certa forma, meio incrível. Andei até lá do Tip-Top, onde tinha deixado Digger e meu carro. Uso meu carro para negócios, então acho que quanto menos a polícia souber sobre ele, melhor. É chamativo, e nunca dá para saber o que vai ficar guardado na cabeça de um policial. Acho que ensinam a prestar atenção em coisas assim na academia. Mas não me entendam mal. Ao contrário da maioria das pessoas da minha idade e apesar da minha ocupação, não tenho problema nenhum com a polícia. Eles parecem ter uma vida boa, com toda a empolgação dos termos técnicos e da parafernália. E, de certa forma, o trabalho dos policiais é bem vital, apesar das merdas que eles fazem. Havia viaturas da polícia ali. E policiais de verdade. Policiais corpulentos, policiais magros, homens e mulheres, andando de um lado para outro com aquela postura de orgulho própria de quem carrega armas. Eu os invejava, para ser sincero. Eles se portavam sem nenhuma hesitação. Isso me acalmou. A delegacia parecia a sinagoga (Templo Emunah; reformista com voz etérea) à qual meu pai e eu íamos a cada três ou quatro anos: de tijolos amarelados, baixa e espalhada. Com muitas janelas. Eu não esperava isso. Um homem branco como leite com duas protuberâncias de cabelo grisalho ao estilo do palhaço Bozo estava largado, dormindo num banco logo depois da porta de entrada, com a calça azul de náilon expondo os últimos quarenta e cinco centímetros brancos de tornozelo. Disso eu me lembro.

Procurar a polícia foi ideia de Digger. Ela não acreditou em mim quando contei, ainda deitada na cama quente, que Lorriner ameaçou me matar. Estávamos os dois chapados e nus. Meu pau não tinha nem murchado. Também tive dificuldade de acreditar na ligação. Ele era só um caipira idiota, né? Foi o que me pareceu: que ele estava reagindo com exagero à minha acusação, por medo. Se um estranho ligasse para *vocês* e *os* acusasse de assassinato, o que *vocês* fariam? Mas ela insistiu e insistiu. Ficou tão *zangada* quando tentei deixar para lá. Acho também que estava meio puta da vida porque o sexo foi interrompido. Embora ela nunca fosse admitir uma coisa assim.

Então, eu aceitei ir "assim que a barraca desarmasse". Uma ideia nada terrível. Afinal, nós não fizemos nada de errado. Mas eu tinha que corrigir uma coisa. Eu não queria ir sem uma história de fachada. Então, propus contar para eles que queria fazer um projeto oral de história sobre Kevin, a mesma mentira que contei para nossos professores. Eu diria isso primeiro, depois, quando ganhasse a confiança deles, deixaria escapar de forma inteligente o que sabia sobre Lorriner. Digger aceitou a ideia. Até paramos no Tip-Top no caminho. Consegui comer uma fatia murcha de torrada, e Digger mandou para dentro um Tip-Top Deluxe em menos de um minuto. O cara da grelha, um sujeito com bigode de Stalin, abandonou a apatia suspeita para lançar um olhar de admiração para ela. Nós nos separamos com um aperto de mão rápido, como símbolo de sobriedades maiores e sucessos por vir.

— *Devo* voltar em uma hora — eu murmurei profissionalmente.

O cara com bigode do Stalin voltou a raspar a gordura carbonizada do horizonte de ferro da grelha.

— Não, espere. — A policial Pontecorvo estava rindo agora da pessoa na linha, com o indicador no ar me instruindo a ser paciente. — É, estou com um cara com um pedido incomum. Addison Schacht, ele diz que é o nome dele. Aham. — Para mim, agora, com as sobrancelhas franzidas: — Você disse história oral, né?

— É, basicamente. Li o nome do tenente Huang no jornal.

— Tenho certeza de que ele gostaria de ajudar você. Mas não sei o quanto pode dizer.

Doce e conciliadora. As unhas, cobertas de branco, tinham palmeiras de esmalte pintadas, e eu sabia que ela ia desligar e me expulsar. Então, comecei a implorar. Sutilmente. Usando uma voz magoada e meio infantil. Acompanhando a expressão da qual Digger estava falando.

— Não, eu entendo. Entendo. Mas, se você só... senhora, é que eu *preciso*...

E ela me interrompeu aqui.

— Por favor, não diga isso. "Senhora". Sou nova demais.

Eu lambi os lábios. Ela riu de novo pelo meu óbvio constrangimento e começou a explicar para o tenente pelo telefone.

— É, sei que é incomum. É, eu sei. Eu *sei* sobre o jantar. É, me desculpe. Ele *parece* normal — disse ela para o interlocutor. — É, é, nos fundos. Vou mandá-lo pelos fundos. Não, não vou. Ele diz que é pra escola. Certo? Não, eu disse isso pra ele. Não, eu já disse isso pra ele. Tudo bem. Tudo bem. Sim. Devo a você um balde de frango frito. Tudo bem? E um engradado com seis cervejas. Combinado.

E ela desligou. Piscou e sorriu para mim com satisfação. Os dentes dela eram perfeitos.

— Vá esperar lá dentro, no fim do corredor — disse ela, apontando com o polegar. — Onde ficam as mesas. Ele vai receber você. Não se preocupe.

*Isso não está acontecendo de verdade*, eu murmurei em pensamento. Para se ter uma ideia de como o sucesso, até mesmo um falso e em pequena escala, me é incomum.

*Lá dentro* era um cercado grande cheio de mesas com divisórias. Um escritório de banco ou o lugar onde gente de telemarketing trabalha: era assim que parecia. Feltro verde, fotos de crianças, a arte delas pendurada. Tirando o fato de que estava vazio de gente. Telefones tocavam e murmúrios agitados da central telefônica chegavam a mim. Havia um pequeno espelho quadrado manchado de sujeira perto da entrada, e, dando pulinhos engraçados e contorcendo a coluna, andando na direção dele e para longe, eu consegui ter uma imagem de meu *gestalt* todo. Eu tinha colocado meu terno de festas, preto como o de um advogado, e uma gravata que peguei no armário do meu pai. Além do mais, por algum motivo, estava carregando uma pasta sem nada dentro, um acessório velho de couro preto que meu pai jogou fora quando eu tinha onze anos e que me pareceu na época o ápice da magnificência estética. Marcas de uso amassavam todas as beiradas, e seus vértices foram embotados pelo tempo. Sei agora que eu parecia um idiota desajeitado e subnutrido, alguém über-insignificante. Mas consegui me convencer na hora que estava *bastante* impressionante. Alcancei essa ilusão em alguns segundos e estava sentado em uma das mesas coçando furiosamente minhas bolas escondido quando o tenente Huang chegou.

Por direito, eu ainda devia ter um verdadeiro ressentimento de Huang. A responsabilidade dele não é pequena pelo rumo dramático subsequente da minha vida. Que apresentou muitas complicações novas e desagradáveis. Aqueles de vocês que moram em uma cidade menos absurda do que Washington terão dificuldade em crer no que vem a seguir. Não culpo vocês. Primeiro de tudo, e vamos ser sinceros, eu *falo* como um babaca. *Sei* disso. Eu nunca tive um emprego *de verdade* nem fui pai de uma criança, nem mesmo fui à faculdade. Só comi uma garota. Ainda acredito, embora não tenha ido muito longe nesse departamento, que se deve comer o máximo de mulheres possível. Admitir isso vai influenciar negativamente sua decisão sobre mim. Mas não consigo evitar essa crença. Também sei que todas essas qualidades me marcam como alguém sem experiência. E que minha escrita deixa muito a desejar, porque *finge ter experiência*. Mas de que *outra forma* devo escrever? Apesar desses fatores degradantes, vocês têm que acreditar em mim. Menciono isso agora porque, em retrospecto, um pouco mais de profissionalismo da minha parte naquele dia teria poupado a todo mundo envolvido nessa história retardada uma quantidade enorme de lembranças dolorosas e duradouras. Se bem que dizem que a vida não tem sentido sem lembranças dolorosas. Que coisa dúbia.

Não tenho problema em admitir que Huang passa uma primeira impressão e tanto. É um homem alto com ombros largos empertigados e eretos, andando pelo chão de linóleo fazendo barulho. O cabelo escuro cortado curto brilhava como pele de animal, com partes grisalhas. Ele parecia estar olhando por cima do meu ombro esquerdo, e a boca já estava aberta para um discurso enérgico. Um incisivo dourado brilhou.

— Você é Addison? Sou James Huang. Vamos por aqui.

Como eu podia recusar *isso*? Saímos do curral de telemarketing e fomos para um corredor comprido e bem iluminado, passando por uma sala atrás da outra, uma delas ecoando com os gritos abafados de uma televisão, e fomos parar em outro espaço aberto. Um auditório. Carteiras de escola ocupavam o espaço. Vocês sabem como é: estruturas duras de cerâmica e alumínio, cadeiras com uma mesinha pequenininha presa na lateral. É quase impossível se virar nelas. Havia também um quadro-negro coberto de poeira, na mesma parede da porta, para o qual todas as carteiras estavam viradas.

— Bem aqui, Addison. Sente-se.

Huang ficou de pé.

— Obrigado — eu disse.

Mas Huang já estava falando de novo.

— Ei, Baltimore? Baltimore? Quer participar? Quer fazer parte disso? Addison, este é o sargento Baltimore. Addison é da Kennedy. Ele quer falar sobre o assassinato do Broadus. Vocês eram colegas? — perguntou ele.

Outro policial passou pela porta. Era mais jovem do que Huang, de corpo retilíneo e pele escura.

— Sim, senhor. Turma de 2000. Quer dizer, ele teria sido da turma de 2000. Estou fazendo uma espécie de projeto, sabe?

Eles ficaram ali, me olhando de suas posições separadas, como uma dupla de vaudeville. Eu não fazia ideia do que dizer. Então, não disse nada. Huang esperou antes de falar, olhando (ao que parecia) para cada parte do meu rosto individualmente, reparando em cada elemento. Admirei o talento dele.

— Bem, Addison, eu *gostaria* de ajudar. Sei o quanto é perturbadora uma coisa assim. Tenho uma filha dessa idade. Da sua idade. Então, eu sei. — Baltimore estava mexendo em uma pilha de papéis que trouxera consigo, com o dedo rápido e certeiro. — E *gostaria* de ajudar com seu projeto. — Huang estava sorrindo, mostrando o incisivo de novo. — Gostaria. O problema, Addison, imagino que você tenha tirado meu nome do artigo? Recebi muitas ligações por causa daquilo. Eu não conheço Arch Sexton. Pessoalmente, não o conheço. Mas acho que ele foi injusto conosco. Acho que fez parecer que não estávamos fazendo nosso trabalho.

Ele tirou alguma coisa de uma fresta nos dentes usando a língua. Consegui ver os movimentos pela pele da bochecha.

— Não, senhor, eu não acho isso *de forma alguma*. — Coloquei o máximo de doçura e segurança que consegui na minha voz.

— Tudo bem, tranquilo, tudo bem. Não importa. Não quero parecer antipático — prosseguiu Huang. Baltimore parou de mexer nos papéis, com as mãos imóveis e os dedos em pinça — Sei o quanto eventos assim são perturbadores. Mas estamos trabalhando. A investigação está em andamento. E como está em andamento, não há muito que eu possa dizer para você. Sobre Kevin. Entende? Legalmente, não posso dizer nada para você. Faz sentido? — perguntou Huang.

— Vocês têm um sistema pra isso? Privacidade e coisas assim? Como os padres? — Isso saiu sem querer, mas gostei do quanto pareceu idiota, pairando no ar do auditório.

— Se temos um sistema? Não sei bem o que você está perguntando. Há *regras* de procedimento que me impedem de contar coisas. É só uma simples questão de proteger as pessoas envolvidas na investigação. De proteger a privacidade delas. Então, acho que temos um sistema, sim. Mas não é como o padre e o penitente. Entende o que quero dizer? Não é codificado.

Eu assenti. Minha atuação de *sou só um garoto idiota* estava dando certo. O discurso de Huang foi feito em tom de preocupação simpática, apesar da clareza pétrea dos olhos dele. Como se eu estivesse pedindo um favor confuso, mas razoável.

— Quer café? — Huang bateu um calcanhar enquanto falava, o que fez todos os metais no corpo dele tilintarem.

— Não, não sou muito fã de café. Apesar de beber muito. Mas não é *crítica* nem nada.

— Bem, nesse caso — murmurou Huang, em meio ao tilintar —, acho que está tudo esclarecido aqui, certo? — Baltimore fez um som afirmativo no fundo da garganta. — Então, já que está tudo esclarecido, e me refiro ao fato de que não posso falar com você, Addison, e não quero parecer antipático aqui; eu *não* quero que você tenha essa impressão, mas como está tudo esclarecido, acho que devemos parar isso por aqui antes que entremos em águas legalmente conturbadas. Entende o que quero dizer?

— Bom, é tipo uma situação de envolvimento — eu disse, apertando os olhos com falsa confiança. E acrescentei: — E eu queria deixar você *ciente* disso. Eu queria fazer esse projeto. Não é sobre os crimes. É sobre Kevin. Como uma coisa pessoal. Só sobre suas opiniões. Uma entrevista.

Sabe aquela voz que se usa quando se está instruindo um carregador de malas de hotel? Eu estava usando agora.

— Uma entrevista. — Huang suspirou e baixou o lábio grosso sobre o incisivo dourado.

Baltimore virou para a carteira mais perto de mim e se esticou para a frente para falar:

— Não estamos tentando atrapalhar suas chances na escola. Mas não *podemos* falar com você.

Depois de dizer isso, ele empurrou o chapéu fedora (muito descolado, verde-garrafa com uma pena ovoide cinza) para longe da testa. Eu me retraí com esse movimento e fiquei vermelho por causa da minha covardia.

Senhoras e senhores, vocês devem reconhecer o mérito da polícia da minha cidade. Em três meses, eles não fizeram nenhum progresso visível na apreensão do assassino de Kevin. Mas tinham um roteiro para lidar com perguntas, que fluía com suavidade indiscutível. Avaliando objetivamente, eu não tinha direitos naquela situação. E eu sabia disso. Como se pode forçar um policial a fazer uma coisa que ele não quer? Ele é o policial; tem a arma e toda a temida estrutura da lei por trás. É como na escola. Você não pode fazer nada com força bruta. Tem que ser inteligente.

— Se você vier por aqui, Addison, o sargento Baltimore vai levá-lo até a porta. Sinto muito por não ter podido ser mais útil.

Huang foi chegando mais perto de mim enquanto falava. Não de forma ameaçadora. Só para talvez deixar claro que eu estava em terreno instável ali. Ele devia ter quase dois metros, e eu estava sentado. O paletó se mexeu quando ele se moveu, o bastante para eu ver o couro marrom do coldre de ombro. Baltimore sorriu com uma intimidade horrível e apavorante e ajustou com dois dedos o chapéu verde. Eu conseguia sentir o cheiro da colônia dos dois misturadas no ar.

Às vezes, você tem que se comprometer a um próximo passo, mais atroz, para poder escapar. Essa era a essência do meu plano. Entrar com tudo usando minha lábia e mergulhar na merda. Você se casa com alguém, talvez, para evitar uma conversa desagradável de rompimento. Certo? Quero dizer, não tenho experiência, mas não parece *totalmente* implausível. Só considerei as coisas dessa forma bem depois. O que quero dizer é que deflagrei uma coisa que não tinha chance de controlar. Na época, eu me senti über-malandro, como um maldito espião. Eu não tinha intenção de voltar até Digger de mãos vazias, e ela me culparia por isso, pois expliquei meu plano para ela. Alguns planos têm que ser mantidos em segredo, porque o fracasso resulta em humilhação. Huang e Baltimore ficaram inclinados como abutres cuidadosos sobre mim, cheirando a sândalo e sal. Eu sabia que era hora de iniciar a segunda parte do meu plano. Eu sorri. Estava prestes a oferecer uma coisa para eles. Os dois sorriram para mim, tomando meu sorriso como sinal de aquiescência.

Então, contei a eles o que Noel dissera. Para justificar minha presença ali. Não uma mentira. Mas a repetição do que eu desconfiava que pudesse ser uma mentira. Qual é o mal disso, certo? Bem no chapéu de Baltimore e no sorriso brilhante de Huang, na cara deles, eu disse:

— Acho que eu talvez tenha encontrado um *cara* que teve alguma coisa a ver com o caso Broadus. Tipo com um *aspecto* não investigado. Foi meio que por isso que eu quis fazer esse projeto. Para descobrir. Achei que talvez eu pudesse ajudar também.

Usei as palavras *aspecto não investigado* e *caso* pela ideia de familiaridade que elas passavam. Isso tornou na mesma hora as coisas bem piores do que eu poderia ter imaginado. Ou talvez "poderia ter admitido". Esse é um jeito mais verdadeiro de dizer.

Ao menos, chamou a atenção deles. Dos dois, em sincronia perfeita. Daria no mesmo se eu tivesse dito "fodam-se". Ou se tivesse chamado Baltimore DAQUELA PALAVRA racista. Ou alguma outra coisa impensável de acordo com nossas convenções sociais. Mas surpreendeu-os. Só por um segundo, entretanto. Huang foi o primeiro a se recuperar.

— Addison. Hã, vou precisar que me conte um pouco mais sobre suas fontes. Você conhece esse cara? Lorriner? Já o viu?

— Bom, é mais uma conjectura.

— Ah, sim, mas ainda preciso do nome da pessoa que forneceu essa informação — ronronou Huang.

— Não posso dar isso. Ele me pediu para não dizer. Só me contou porque prometi deixar ele de fora.

Se Noel descobrisse que toquei no nome dele com a polícia, mandaria David me dar uma surra. E pior: cortaria o fornecimento.

— Tudo bem, então, nesse caso, infelizmente, vamos ter que tratar a informação como inútil. Lamento, mas não podemos aceitar especulação. Você tem alguma ideia de quantos trotes recebemos? Só sobre esse caso, em particular. Eu nem devia contar isso para você. Mas temos que ter um motivo para investigar. Seu amigo está em posição de saber? Se sim, por que estaria?

Naquele instante, Huang estava com as mãos grandes e ossudas abertas. Baltimore estava olhando os papéis de novo, sentado ao meu lado. Eu conseguia sentir o ventinho gerado pelo movimento. Eu não tinha resposta. Huang continuou falando.

— Addison. Tenho uma filha da sua idade, como falei. E entendo o quanto coisas assim podem ser perturbadoras. Mas também sei como é. Sei como é ter sua idade. Você quer ajudar. Metendo-se nas coisas. Você está fazendo uma acusação muito, muito séria aqui. Está acusando uma pessoa de assassinato. E nem quer nos contar o nome da pessoa que passou a acusação para você. O que devemos fazer com isso? Hã?

Ele estava respirando um pouco mais pesado agora. As narinas estavam pálidas, se contraindo e dilatando. Eu estava começando a ficar com medo agora, para ser sincero. Só que tinha que ir em frente, certo? Afinal, eu tinha começado aquela coisa toda.

Depois de uma lufada de ar, repeti o que me pareceu uma das minhas frases mais geniais:

— Eu só queria oferecer uma ideia sobre o que acho que foi um aspecto não investigado do caso.

Baltimore pulou da cadeira quando falei isso.

— Vamos lá!

Huang levantou a mão.

— Não, não, não vá. Tem que haver mais alguém aqui para isso. Outro par de olhos. Está bem? — Ele se dirigiu a mim agora: — Addison, esta noite era para ser a minha primeira de folga em quatorze dias. É assim que minha escala funciona neste momento. Não tenho fins de semana normais. Entende o que quero dizer? Eu deveria estar agora comendo com minha família. Com minha filha. Que, como já falei, é mais ou menos da sua idade. Apesar de não estudar na Kennedy. O que estou começando achar que foi uma das decisões mais responsáveis que já tomei.

Ele estava olhando para as mãos nodosas, girando a aliança no dedo anelar que mais parecia um pilar.

— Se você tiver *alguma coisa*, algum tipo de descrição desse cara, alguma informação concreta, ou se quiser me contar mais alguma coisa sobre seu amigo, a fonte, podemos seguir em frente. Se não tiver, lamento, mas você vai ter que ir embora. Teremos que tratar isso como algo que não vale a pena a verificação. *Eu* nunca ouvi falar desse tal Lorriner. E você está na porra do ensino médio.

Baltimore assentiu, me olhando com ceticismo.

Huang respirou fundo de forma exagerada.

— Me desculpe. Eu não devia ter demonstrado irritação. Mas, Addison, você tem que nos *ajudar* aqui. Você diz que quer nos *ajudar*. Você tem uma descrição? Tem *alguma coisa* para nós?

A palma da minha mão, molhada agora com o suor do meu fracasso iminente, peidou na alça da pasta.

— Não, eu não tenho necessariamente uma *descrição*, mas...

— Mas? Mas? Não tem "mas" aqui, Addison. Tudo bem? Isso não é uma negociação. Você parece um garoto inteligente. Mas está na hora de ir. Tudo bem? Baltimore não pode ficar aqui a noite toda, e eu nem deveria *estar* aqui no momento. Você entende isso? Também tenho família.

Apertei a alça com mais força. Eu suava copiosamente, um suor quente e grudento. Como sangue fresco, ainda secando. Huang me olhou com uma puta expectativa.

— Vamos lá — Baltimore já estava dizendo.

Eu me levantei, sim. Mas só como tática de enrolação. Eu tinha uma carta na manga. Contaria sobre a ameaça de morte. Isso os afetaria, eu achava. Teria que afetar. Eu tinha uma ideia vaga de que ameaças de morte eram ilegais. Abri a boca para falar. E então, senhoras e senhores, tive o que na hora achei que era uma iluminação maior. *Eu pensei em uma história melhor.* Se eles não ligavam para Lorriner, por que ligariam se ele fez uma ameaça de morte? Era só um *jogo* para eles. Então, mudei minha história. No último segundo possível. Decidi tentar um tom mais pessoal. Como se fosse *eu* quem estava sofrendo. *Tenho uma filha dessa idade*, disse Huang. Um ponto de vulnerabilidade, eu pensei. Sua família torna você refém da circunstância, certo? Baltimore colocou o chapéu magnífico sobre as orelhas pontudas. Huang me deu um breve aceno de adeus. E eu disse:

— Ele era meu amigo.

Minha garganta se apertou. As palmas das minhas mãos ficaram encharcadas. Um *vácuo* percorreu minhas entranhas assim que a mentira saiu.

— Quem? De quem você está falando? — gritou Huang. — Esse suposto assassino? Quem? De quem você está falando?

— Kevin.

Eu queria botar um tremor de dor falsa na minha voz, mas ela estava rouca. Minha declaração produziu um longo silêncio em Huang. Fiquei infeliz demais de repente para tirar qualquer satisfação disso.

— Addison — disse Huang, depois de piscar rápido várias vezes. — Addison, eu entendo por que você está aqui. Nós *dois* entendemos. Você quer ajudar. Mas isso não está ajudando. Na verdade, está tornando o problema pior. Porque confunde os problemas reais e nos distrai na hora de fazermos nosso trabalho. Sei como é perder um amigo. Sei que você deve estar desesperado por respostas. Espero que nunca mais precise passar por isso. Mas o simples fato é que a investigação está em andamento, estamos fazendo tudo que podemos, e garanto que vamos pegar a pessoa que fez isso. Seja lá quem for. Você já experimentou procurar um psicólogo para falar sobre a dor? Posso dar o cartão de uma pessoa especialista nisso. Tudo bem? Acho que você deve ir embora. Acho que não deve tentar pensar tanto no assunto. Tudo bem? Tem alguém para quem você gostaria que a gente ligasse?

Eu não tinha ideia do que dizer. Acabei percebendo que tinha acabado de contar a pior mentira, moralmente falando, a mentira mais profana que já contei na vida. Estão vendo por que é tão terrível? Por que eu deveria ter seguido a história da ameaça de morte? Estão vendo como é ruim reivindicar um amigo postumamente? Isso é sequer *indexável* em uma escala normal de moralidade? Huang e Baltimore ficaram me olhando. Com preocupação genuína. O que tornou tudo pior. Eu nunca tinha me sentido tão moralmente deformado. E humilhado. Apesar do meu terno e da minha pasta vazia, apesar da gravata roubada, apesar do meu plano inteligente e inútil, eu era só um garoto idiota para eles, cujas dores deveriam ser encaradas de forma branda e conciliatória, cujas mentiras deviam ser acreditadas. A raiva de ter o jantar atrapalhado sumiu dos olhos de Huang. Baltimore disse um "vamos lá" quase benevolente agora.

— Tem alguém para quem possamos ligar? — repetiu Huang.

E, por exaustão humilhada ou por minha sensação de culpa acalorada e crescente, eu grunhi o número de telefone do meu pai. Baltimore segurou meu cotovelo com a mão gentil. A entrevista estava encerrada. Fui dispensado. O pior? Passar com olhos tomados de vergonha e infantis, pela policial Pontecorvo, com Huang e Baltimore me acompanhando, como dois guardiões apontados pelo tribunal, até a área frontal da delegacia para esperar meu pai. Ela se levantou e se alongou, com os braços acima da cabeça, enquanto eu atravessava a sala cheia de ecos. Apesar do uniforme rígido e pouco gracioso, consegui ver os contornos incríveis dos peitos e da bunda dela. Uma paisagem significativa recém-descoberta. Um lembrete de Deus sobre minha vil posição.

# VII.

Tenho que interromper aqui para explicar uma coisa. Falei que minha mãe estava morta. Não penso muito nela. Eu era pequeno quando ela se foi, e a dor inexprimível que a morte causou sumiu com o tempo. Sei que parece desumano, mas é verdade. Ela quereria assim, eu acho: que eu não fosse infeliz. E, mesmo que não pense nela o tempo todo, eu me *lembro* dela. Estava sempre feliz, ou eu achava quando era criança que ela era sempre feliz, porque normalmente estava sorrindo. Ela era editora de livros quando morreu. Em uma editora pequena. Black Meadow Press. Nunca entendi o nome. Fechou no ano seguinte, e, quando eu era criança, sempre achei que havia relação entre as duas coisas. É claro que não era *sempre* feliz. Ninguém é, e ela e meu pai tinham brigas terríveis, porque ele é tão incompetente, eu descobri bem depois.

Ela era ótima na cozinha e ótima doceira, tanto que até uma criança sem outra experiência alimentar repararia. E também era habilidosa com as mãos. Uma vez, colocou um segmento novo de cano debaixo da nossa pia. Deitada de costas, meio escondida no espaço embaixo da bancada, onde ficam os canos. Deixou que eu ajudasse, ou fingisse que ajudava. Entreguei um alicate para ela.

Meu pai me contou que eles se conheceram na noite de abertura da exposição de um amigo dele que mais tarde se tornou meio famoso – um escultor de arames e peles de animais não tratadas – e que eles se conheceram um ano antes de eu nascer. A família dela estava em Washington havia gerações. Cinco ou seis. O nome de solteira dela era Hiller: antes de se casar, era Katharine Hiller. Meu nome é uma homenagem ao pai dela, como falei. Em vez de um diamante no anel de noivado, ela tinha uma pedra enevoada e bruxuleante. Um pedaço de opala. Aprendi o nome da pedra com o meu pai.

Vocês estão pouco se fodendo, claro. Só estou mencionando esses detalhes para ajudar a explicar o seguinte. Quando fiz sete anos, tive uma festa horrível em que os irmãos Eichman, gêmeos de olhos pequenos e cabeças ovais, me pegaram no meu próprio quintal e bateram na minha cabeça com varas idênticas de pinheiro. Esse é mesmo o nome deles: *Eichman*. Quem não mudaria o nome se fosse Eichman? Alguém que tem orgulho dele, certo? Ou alguém que argumenta: *Adolf Eichmann tinha* DOIS Ns, *seu judeu imundo de merda*, ENTÃO CALA ESSA BOCA JUDIA! As varas que eles estavam usando para me bater eram para a pinhata que meus pais providenciaram para animar a festa. Que, previsivelmente, não se quebrou. Todo mundo me culpava por isso, dava para ver nos olhos das pessoas.

Bolo de chocolate com cobertura de marshmallow. Disso eu me lembro. Minha mãe que fez. Como falei, ela se destaca como ótima doceira nas minhas lembranças lúcidas e fragmentadas da infância. O bolo era *muito* impressionante para um feito em casa. FELIZ ANIVERSÁRIO, ADDISON! Com pontuação e tudo. A mensagem foi escrita em cobertura azul. E, por algum motivo, com a cabeça ainda doendo dos golpes, em vez de soprar as velas, eu *cuspi* nelas, para o prazer e nojo de todas as crianças ao redor, que deram um muxoxo alegre simultâneo. Meu pai, vi quando ergui o rosto, estava apertando o alto do nariz e olhando para o chão. No nono ano, descobri que esse é o gesto dele de *estou constrangido por você e não posso te olhar*. O que não torna a lembrança mais fácil. Mas minha mãe estava tentando não rir. Ela tinha prendido o cabelo para fazer o bolo e ainda não tinha soltado, e uma manchinha de farinha estava visível no lóbulo da orelha direita.

Dois dias depois da festa, corri aos tropeços (como sempre) pela porta da frente, vindo do ônibus da escola. Assim que entrei em casa, o odor intenso e adocicado de fezes humanas atingiu meu nariz. Eu não tinha ideia de onde vinha, mas aquilo me assustou. Comecei a gritar por ela, por minha mãe, quero dizer. A cada grito que não era respondido, eu ia ficando mais enjoado e mais tonto. Com uma sensação de as coisas serem *irreais*. Vocês se lembram de como é nauseante quando a gente é criança. Corri de um lado para outro da casa, desci até o porão, fui ao quintal, na época sem a fornalha. Não sei por que demorei tanto para olhar no quarto dos meus pais, que fica no segundo andar. Eu estava engasgado quando subi a escada correndo. O baque dos meus pés parecia abafado, morto. Quando abri a porta do quarto, vi por que tudo fedia a merda.

Arqueada sobre a cama, de joelhos, com os braços abertos em uma súplica silenciosa, estava minha mãe. Ela estava de toalha, e o interior de cada coxa estava manchado de marrom. Percebi que eu estava correndo parado. O cabelo dela, escurecido por estar molhado, estava grudado em um filete grosso nas costas, e a ponta sangrenta da língua tremia no canto da boca. "Ela está doente, ela está *doente*", eu gritei para o atendente da emergência quando ele me perguntou qual era o problema. Meu pai disse que os paramédicos me encontraram agarrado aos ombros dela e que bati no joelho de um deles com a mão aberta, gemendo "vá *embora*, vá *embora*". Estávamos sentados na sala de espera do hospital Memorial Philip Sidney quando ele me informou. Minha mãe morreu de hemorragia cerebral aos trinta e dois anos. Hemorragias cerebrais podem acontecer com qualquer pessoa, a qualquer idade, a qualquer momento. Sem nenhum motivo detectável.

Meu pai não derramou uma lágrima pela minha mãe. Não falo isso com reprovação. Não sei o que ele teve que enfrentar porque ainda não falamos no assunto. Uma vez, quase fizemos isso. Eu tinha oito anos, fazia mais ou menos um ano. Ele tinha acabado de conseguir o emprego idiota no Instituto Cochrane, e me tornei, como resultado disso e com orgulho considerável, um garoto que ficava sozinho em casa durante parte do dia.

— Sabia que eu sou uma dessas crianças que ficam abandonadas em casa? — eu perguntei a ele.

Ele deu um cascudo na minha cabeça, o que era um gesto de dispensa carinhosa na época, e me disse que estava ocupado e torcia para que eu o perdoasse.

— Eu não me importo — eu cantarolei em resposta.

Estávamos no quintal, vendo os operários que ele contratou construírem a fornalha, colocando os tijolos de cerâmica especialmente encomendados e as vigas de sustentação de um pequeno abrigo.

— Porra — gritou um deles, e passou correndo por nós, fazendo uma careta, a caminho da picape encostada no meio-fio. Seu polegar, acho que acertado com um martelo, estava arroxeado e feio.

Isso foi o mais perto que chegamos de falar sobre ela. E só perguntei sobre o envolvimento com as alunas uma vez, de um modo geral, logo depois que ele começou a sair com a primeira: Margit. Ele justificou comentando que era um instrutor consultor no Cochrane.

— Não é a mesma coisa que professor — ele me garantiu.

Mais do que isso, eu não podia perguntar. Porque eu nunca disse nada para ele sobre a minha mãe. O que, se você analisar com lógica rigorosa, me tirava a possibilidade de criticá-lo. Deixei as indiscrições com as alunas de lado e não fiz nenhum comentário. Ele às vezes as levava para casa, as alunas, Ingrid, Nadja, Fatima. Eram todas bonitas, de um jeito assustado e estrangeiro. Ou talvez fosse ele. Ele tem esse efeito nas pessoas, as abala sem que elas consigam explicar. Também tem esse efeito em mim, mas estou ouvindo o discurso de suicídio há cinco anos. Fatima ele levou em casa mais de uma vez, umas seis ou sete ocasiões durante meu segundo ano. Depois veio uma longa ausência, durante as férias dela. Chegou um cartão postal dela que dizia QUERIA QUE VOCÊ ESTIVESSE AQUI, tudo em caixa alta, com alguma coisa rabiscada em letra de mão. Parecia ser francês, que meu pai finge entender. Na frente, havia uma foto da Torre de Pisa. Fatima era ossuda, mais alta do que eu. Da altura *dele*. Com cabelo escuro azulado e comprido e perfil de ave. Dentes manchados de nicotina. Uma pulseira grossa de madeira sempre subindo e descendo pelo antebraço fino, peludo como o de um garoto.

A maioria dos garotos da minha idade nega que os pais tenham alguma autoridade genuína sobre eles. Ou alegariam admirá-los como forma de admitir derrota. Mas o meu nunca exerceu nenhuma disciplina, ponto. Ele acha que tem coisas mais importantes a fazer. Ele acreditou que cheguei a um estado aceitável de existência sem isso. É justo. É até elogioso para mim, se vocês examinarem direito. Então por que eu me ressentiria dele por isso? Faz sentido, e teria dado certo mesmo que minha mãe não tivesse morrido. As pessoas não mudam, é o que sempre se ouve. Ainda assim, não consigo deixar de pensar que, se ela estivesse viva, ele se rebaixaria ao ato de me castigar. Não sei por que acho isso. Tem alguma coisa a ver com minha lembrança dela como doceira, uma ocupação profundamente séria.

Ou, pelo menos, talvez ele tivesse gosto melhor para gravatas. A que peguei emprestada para minha ida até a polícia era hilária de tão horrorosa. Três listras azuis gordas na diagonal em um fundo verde-limão. Mas ele as ama, cada uma delas, por mais feias que sejam. Ele *se preocupa* com elas. Na verdade, as primeiras palavras dele na delegacia foram:

— Addison, essa é uma das minhas gravatas?

Fingindo bom humor, com as mãos nos quadris, falando por lábios pálidos. Vocês sabem como é. Como os adultos falam quando estão tentando levar as coisas na esportiva, sei lá. Eu estava esperando perto da mesa da policial Pontecorvo, e Huang estava ao meu lado, olhando o relógio. Meu pai chegou sem fôlego e coberto de suor. De ansiedade. Lembram que falei que ele só tem algumas qualidades genuínas? O medo reverencial da polícia é uma delas.

— Policial, fico feliz de termos conseguido esclarecer tudo. E lamento muito — disse ele, todo meloso para Huang.

— Por que você lamenta muito? — perguntou Huang.

— É que. Isso tudo. Você sabe.

— Bom, não há nada a lamentar, sr. Schacht. Eu só queria que pudéssemos ajudar mais o Addison. — Meu pai apertou os olhos para Huang sem entender. — Você está bem, sr. Schacht? Tem alguma coisa que eu possa fazer por você? — Os olhos de Huang estavam pétreos e lúcidos de novo.

— Não, não. Não quero incomodar. Temo que Addison já tenha feito isso. É meio vergonhoso. Se você pensar bem. Desperdiçar seu tempo. É isso. — Ele consegue terminar frases assim, sem problema. Tremendo por causa de alguma emoção sub-humana.

— Sei lá — começou Huang, apertando as palmas das mãos nos olhos. — Todo mundo comete *erros*.

Ele baixou as mãos. Com o olhar desobstruído, Huang parecia envergonhado agora, com pena do meu pai. E meio apavorado.

— Mesmo assim — ofegou meu pai.

— Sr. Schacht, não vejo necessidade de discutir isso. — A voz de Huang soou frouxa.

Então, meu pai mandou um:

— Bom, tenho certeza de que *todos* vamos nos sentir melhor de manhã. — Com um sorriso de escravo na cara.

Fiquei com medo de que ele pudesse dar um soquinho de mano no ombro de Huang.

— Tuuuudo bem — disse Huang. Com muita cautela. Seus olhos mostravam um leve brilho de desconforto óbvio por meu pai ficar puxando o saco. Eu não podia culpá-lo. Você também não ficaria profundamente desconfortável se um estranho aparecesse e começasse a se humilhar para você? Sem nenhum motivo aparente? Por sorte, o estoque de pedidos de desculpa do meu pai havia acabado. Então, bateu na mão de Huang e baixou as sobrancelhas em… deferência de merda? Incrível, né?

— Addison, você não pode sair por aí falando com a *polícia* assim — repreendeu ele no carro.

Nosso progresso pelo estacionamento e pelas ruas sem trânsito foi silencioso, e só falamos no quarto sinal.

— É perigoso para todo mundo. Por que você foi lá? — perguntou ele, e bagunçou meu cabelo. — Está tudo bem?

Eu nunca tive vontade de verdade de bater nele antes. Isso me torna incomum? Eu não conseguia acreditar que ele bagunçou meu cabelo. Nem que estava falando comigo daquele jeito. Embora ele aja sempre assim quando está tentando mostrar preocupação, o que não acontece com frequência. Usando gestos que parecem completamente falsos e falando como pais falam em vídeos que obrigam a gente a assistir na aula de Saúde, sobre camisinhas e drogas e essas coisas. Sei que vocês não estão interessados nesses detalhes. Eles não podem ser importantes para pessoas que não o conhecem. Fiquei tão furioso de repente que mal conseguia falar. E ele estava me olhando de um jeito típico dele, zombeteiro e impertinente ao mesmo tempo. Como se fôssemos bons amigos ou algo assim.

Ele faz aquela cara quando está tendo um espasmo de sentimento paternal.

— E o que Huang quis dizer quando disse que achou que você estava fazendo algo bom? Você está fazendo alguma coisa? Não pode me dizer o que é que está fazendo?

Quem fala assim? Quem? Só fiquei ali em obediência entorpecida enquanto ele babava para Huang, mexendo na minha gravata furtada, em vez de gritar com ele. Por que tanta mudez na vida? E a questão é que, apesar dos gestos desajeitados, ele nem ligava de verdade para o que estava acontecendo. Porque não exigia qualquer tipo de envolvimento público da parte *dele*. Exceto pelo pouco de servilidade para acalmar a raiva imaginária da polícia.

Assim, murmurei uma resposta, com voz arrastada e pesada. Se ele se importasse, teria percebido que era mentira.

— Para a escola. Estou fazendo um projeto. História oral. Está bom? É só um projeto. Sobre o Kevin. Eu já *contei* pra você. Lembra? Semana passada? Digger contou. Quando você estava... — Eu quase falei *bêbado*. — Quando você voltou da aula.

— Ah, é. Certo. Certo! — Aquela porra de concordância falsa. Ele não fazia ideia do que eu estava falando. Entendem por que é impossível lidar com ele? — Entendi, entendi, entendi, entendi, entendi. Bom, você deveria ter me perguntado de qualquer modo. É melhor não se envolver demais com a polícia. Certo? Com essas coisas? Entende por que estou certo? Pode ser perigoso.

Eu não falei nada, e continuamos pela escuridão leve. Hipóteses são inúteis. Sobre minha mãe, sobre gravatas, sobre o que for. Liguei para Digger assim que chegamos em casa. Tive que trocar um "oi" apavorado com a mãe dela, mas, quando Digger entrou na linha, logo comecei a explicar. Deixei alguns detalhes irrelevantes de fora, claro, como minha sensação total e absoluta de humilhação e idiotice moral. Só contei o básico: eles se recusaram a falar comigo; não caíram no meu plano. Ela não pareceu irritada. Só achou meio engraçado. O que tornou tudo melhor, de alguma forma. Vocês estavam esperando o *oposto*. Que, se ela risse, eu me sentiria um *babaca* ou alguma coisa assim. Mas não sou muito egotista. Pelo menos, não desse jeito. Meu pai estava cantando no chuveiro enquanto conversávamos. Agudos e graves, borbulhando arpejos. Estranho, né? Mas, ei, para que serve um filho se não for para ouvir? Eu o ouvi cantarolar e gorgolejar uma ária com um ouvido. A voz profunda de Digger vibrava no outro. Uma sensação vertiginosa e repentina de libertação tomou conta de mim, euforia, talvez, por não ter nada para fazer. Eu tentei. E falhei. E, se o pensamento das minhas mentiras para os policiais ainda me dava náuseas, nada que um pouco de erva e uma tarde na cama com Digger não fosse fazer sumir da minha cabeça. Estão vendo como é fácil, senhoras e senhores?

— Vejo você amanhã? — perguntou Digger.

Nós tínhamos planos. Ia passar *A dor e a piedade* (um documentário terrivelmente *chato* sobre o Holocausto) no Camelot sábado à tarde. O Camelot, como falei, é o cinema ao lado da Don't Shoot, onde comprei minha edição favorita de *Eneida*. Esqueci-me de mencionar que é uma combinação de cinema de filmes de arte e pornô. *A dor e a piedade* é exibido lá pelo menos duas vezes por ano, e Digger e eu sempre vamos. Para tirar sarro, vocês devem estar pensando. Não os culpo, considerando tudo que falei sobre minhas piadas do Holocausto. Mas não fazemos isso. Vi um trecho na televisão uma vez, alguns anos atrás. E não consegui tirá-lo da cabeça. Primeiro, achei que fosse um especial da televisão pública ou alguma coisa do tipo, mas meu pai me disse que era um filme, um filme de cinema de verdade, embora tivesse sido lançado muitos anos antes. E não é cheio de ação nem nada. É meio chato, como falei. É disso que *gosto* no filme. Não era chato do jeito trivial que a escola e a vida são. Tem uma chatice mais massiva. Sua chatice *intimida*, faz você calar a boca. Não se pode dizer nada em resposta. Não se pode nem criticar o filme, porque isso seria o mesmo que criticar a própria história. Havia também, depois de *A dor e a piedade*, um filme chamado *As aventuras eróticas de Marie-France*. Digger e eu brincamos sobre ficar para assistir, mas nós dois sabíamos que amarelaríamos.

— Vejo você amanhã — confirmei.

Meu pai parou de cantar e as torneiras chiaram. Não o ouvi sair, porque levou cinco segundos para que eu adormecesse. Foi um recorde, no meu caso.

Mas, naquela fração de consciência, essa lembrança me *emboscou*. Do ano passado, perto do fim das aulas. É sobre Alex Faustner. Sobre a época em que a fiz chorar *sem* contar uma piada sobre o Holocausto. Por que surgiu naquele momento, quando eu estava à beira do sono, quem vai saber? Nunca penso nela. Mas aconteceu em junho. Na aula de Inglês. Um dia quente, cheio de moscas zumbindo. Alex estava falando sem parar sobre *Eneida*, que estávamos lendo na aula de Inglês para o segmento de literatura mundial (aquela tradução ofensiva de Burton Fragment que mencionei antes), sobre como o comportamento de Eneias era horrível, que Virgílio glorificava a violência (verdade, mas não no sentido que ela quis dizer), que Eneias ou Príamo ou Virgílio ou o próprio poema "impediam o diálogo" (o quê?).

E, sim, eu admito: eu me descontrolei. Sem ser chamado e gritando acima dos gorjeios de protesto que a sra. Prather emitia, deslanchei em um discurso com voz embargada:

— Não, cara, você não está entendendo o principal. Você não pode aplicar as *nossas* virtudes aqui. Não pode! Eles estavam operando sob um grupo totalmente diferente de ideias. Você não pode *julgá-los*. Não pode julgar Virgílio. *Você* acha que consegue escrever uma coisa que ainda vão ler daqui a milhares de anos? Acha? Você não tem direito! Não tem. Tá?

Ou, pelo menos, foi isso que tentei dizer. Tenho certeza de que saiu como um ruído incompreensível, uma série de gritos e gargarejos – eu estava tentando englobar uma filosofia inteira em vinte segundos. Apesar de ser um bom sinal para qualquer filosofia, isso se ela *puder* ser destilada em uma frase ou duas. Dei um pulo, derrubei minha cadeira entalhada pelo tempo no chão com um estalo sonoro. Minhas mãos se moveram, atacando e chamando. Alex deu um sorrisinho debochado e irônico. Até eu chegar ao auge do meu discurso e apontar para ela, com o indicador rígido e doendo de raiva, gritando em uma voz trêmula de ira, o que concedeu a ela uma clareza repentina:

— Sua *cretina*. Você não sabe de NADA do que está falando.

*Cretina*, sim. Com ênfase no NADA, sim. Arcaico. Mas saiu assim, eu juro!

A sra. Prather parou com os gorjeios e olhou para mim com ódio explícito. Que mereci. E, para minha surpresa, Alex começou a chorar. Não o choro suplicante de sempre. Mas um choro de verdade. Ela aparentemente se importava, senhoras e senhores, se eu a achava cretina. Seu rosto delicado de ossos proeminentes desabou, o cabelo escuro brilhoso e liso caindo para a frente, afastando-se do pescoço moreno com graça deliberada, e ela cambaleou e tropeçou até a porta ampla, que abriu com o braço enrijecido. Não senti remorso. Fiquei chocado porque o que falei teve *algum* impacto. Eu senti… *nada*. No começo. A sra. Prather não estava dizendo nada, nem mais ninguém. Todos conseguíamos ouvir os soluços abafados de Alex. Ela estava em frente à sala de aula, eu conseguia ver o topo do cabelo brilhoso pela janelinha com grade na porta. Fiquei oscilando por três longos segundos antes de sair, com o indicador fechado dentro do livro, a bolsa pesada feito chumbo no ombro. Ainda não faço ideia do que os olhares que meus colegas me lançaram quando passei por eles significavam. Mas foram *idênticos*.

Tem um paradoxo sobre o qual o sr. Vanderleun nos contou na segunda semana de aulas deste ano. Seus olhos mostravam pequenas fagulhas de amor-próprio quando ele explicou: *não temos escolha além de nos comportarmos como se tivéssemos livre-arbítrio*. Aaaaah! Profundo! Tem toda a cara de declaração de falsa filosofia, embromação. Mas o fato triste é que é verdade. E como se pode distinguir *isso* de ser livre? A liberdade verdadeira não deveria não ter compulsão envolvida? Se você pensar por tempo suficiente, vai ver que o paradoxo aponta para a ideia de que não temos liberdade alguma. Se somos *obrigados* a usar o livre-arbítrio, que significado tem a liberdade?

Isso é uma coisa de que Virgílio entende. Acho que é contra isso que Alex protestou na *Eneida*. E, se vocês julgarem nossas ações por esse princípio, eu não fiz nada de errado, e ela não fez nada de certo. Só éramos dois atores nos comportando de certa forma, porque não tínhamos outra escolha. Faz sentido. O que mais, considerando as condições de quem sou, eu poderia ter feito? O que mais ela poderia ter feito? Mas, na época, não vi assim. Eu só estava preocupado com as caras dos meus colegas, que tinham se virado para olhar para mim. Vinte e seis adolescentes, cheios de hormônios e ideias confusas. Era de se esperar que haveria *alguma* variação nas expressões faciais deles. Mas estavam todos me olhando com uma mistura de incompreensão e… eu ainda não encontrei a palavra exata. Mas *não* era reprovação. Disso eu me lembro.

# VIII.

Não sei como são as outras cidades. Mas não podem ser tão ruins quanto Washington em um sentido: todo mundo está cagando pra todo mundo aqui, exceto no que diz respeito à capacidade da outra pessoa de te ajudar a avançar na vida. Embora também nos recusemos e apreciar o espetáculo do poder em seu estado bruto e consideremos ter dinheiro demais socialmente ofensivo. Isso é hilário. A não ser que você seja do governo, e mesmo assim envolvido só nos níveis mais altos, os interesses sociais aqui são minúsculos. Washington é pequena. Tem menos de um milhão de pessoas. E, desse milhão, uns cem ou duzentos mil estão envolvidos nos *jogos* idiotas de que estou falando. Mas, mesmo assim, existe uma classe de pessoas aqui dedicada a essa *astrologia do poder*, quem está em alta e quem já era, esses acadêmicos fracassados com vozes empoladas e rígidas. Você os ouve em rádios públicas e outros lugares do gênero, onde são convidados a participar de segmentos. Ou na TV. A cada minuto de cada dia você poderia ouvir isso se quisesse. As pessoas especulando sobre as estratégias secretas do poder, as pessoas que dá para saber que nunca vão tê-lo, porque, debaixo das vozes empostadas, dá para ouvir seus ganidos. Digo isso como metáfora. Desculpe se é confuso.

Ainda assim, sou *parte* dessa cultura. Então não tenho direito de criticá-la. Falei sobre fazer as pessoas esperarem pela erva, coisa que eu faço. Também faço questão de deixar meu *pager* em casa um dia por mês. Podia ser uma terça, um domingo, tanto faz. Faço questão de escolher o dia de acordo com meus impulsos, sem qualquer regra em mente. Mas admito que violei meus princípios quando escolhi o dia seguinte, sábado, para ser meu dia sem contato. Talvez eu tivesse escolhido por causa do telefonema da Lorriner e do meu fracasso com Huang. Talvez tenha escolhido a despeito dessas coisas. Mas elas foram a causa, sem dúvida nenhuma. Acho que todo mundo deixa de seguir suas convicções às vezes. Eu não estava com o *pager* quando fui encontrar Digger na frente do Camelot. Tinha ido buscar meu carro onde o deixei, no Tip-Top, com uma sensação de vergonha relembrada. *A dor e a piedade* estava anunciado na marquise, mas *As aventuras eróticas de Marie-France* estava mais evidenciado no interior, com um pôster de uma morena com cara de freira de anágua ou alguma coisa parecida, com os olhos um pouco vesgos, o indicador nos lábios carnudos como se pedindo silêncio. Nosso conhecimento compartilhado da aparência iminente daquela mulher na tela nos deixou mais nervosos e com maior tendência a rir do que o normal durante a exibição de *A dor e a piedade*. Eu ficava sussurrando para Digger:

— Você *sabe* que quer.

Não vou mentir: eu estava inspirando lufadas roubadas do aroma dela cada vez que me aproximava para falar. Ela ria e me empurrava com agilidade treinada.

Um resumo, vocês pedem? Do filme? Ah, claro, isso *caberia* aqui. Esse processo – a descrição de obras de arte na escrita, quero dizer – chama-se écfrase. Écfrase é um dos termos que você precisa saber se vai estudar literatura de latim. Tem um papel importante na *Eneida*, quando Eneias está olhando para um mural de Troia, que era a cidade dele. O mural ficava em Cartago, para onde ele foge depois da queda de Troia, e se envolve com uma mulher chamada Dido, que é, para ser sincero, completamente porra-louca, e a cena toda é meio apavorante. Uma pessoa só *olhando* uma imagem maravilhosa da desgraça da vida dele. Mas vocês são todos homens e mulheres cultos e já viram os clássicos de peso como *A dor e a piedade*. Então, écfrase seria uma perda de tempo. Mas *vou* dizer que *A dor e a piedade* é dividida em duas partes e que passaram a primeira naquela manhã. Digger e eu tínhamos planos vagos de ver a parte dois no final de semana seguinte. Isso sempre me pareceu obsceno. A divisão do filme, quer tenha sido ideia do diretor para diminuir o tempo ou da companhia de cinema ou sei lá. Afinal, o Holocausto foi uma minissérie? Nós não comemos pipoca. A pipoca do Camelot é péssima. É um daqueles cinemas antigos enormes. O chão com um revestimento tipo de papelão. As molas cutucam sua bunda quando você se senta. Com poeira para todo lado, flutuando pelo facho de luz claro do projetor. Et cetera. Um cara atrás estava fumando. De cardigã marrom. O cabelo cheio de frizz formava duas asas. Dava para *ver* que estava esperando que Marie-France caminhasse pela tela, lançando seu olhar vesgo provocativo.

Portanto, blá-blá-blá, combatentes da aristocracia francesa da resistência, algumas expressões sombrias e filmagem real de tanques cobertos de lama passando em uma fila torta pela Polônia. Sabemos o filme de cor. Não há motivo para ser tão interessante; é objetivamente chato. Depois de algumas imagens granuladas de desolação, a parte um terminou, e Digger e eu saímos para a luz forte do outono, com a irrealidade pairando em nossos crânios. Os sinais de trânsito na esquina da rua perto do Camelot estão quebrados, e tem muitas crianças no bairro, então a cidade espalhou cestos de tela com bandeiras laranja no formato de triângulos isósceles, que você balança enquanto atravessa a rua. Para avisar para os motoristas não atropelarem você ou algo assim. Uma tropa de crianças, uma festa de aniversário, talvez, seguia pela Connecticut Avenue com jaquetas grossas de outono, balançando as bandeiras com precisão estranha. Não estavam se movendo daquele jeito espasmódico e orgulhoso de cadetes que as crianças fazem quando entram em fila. Elas pareciam pequenos adultos. O garoto no último lugar, sem motivo nenhum, se virou ao descer do meio-fio e gritou alegremente para nós. Sem palavras. Só um daqueles gritos sem sentido que crianças daquela idade soltam, provocados por uma felicidade generalizada. Sua jaqueta era da cor do céu e tinha uma legião de patos brancos no peito pequeno, em voo geométrico. As crianças atravessaram a rua larga e seguiram para o parque de teixos do outro lado. Os arilos venenosos cintilavam sob a luz do sol nas cercas-vivas, com previsibilidade incrível. Devem matar muitos estudantes por ano, se você pensar. Até *eu* tenho dificuldade de não comer.

Depois, fizemos brincadeiras residuais sobre ver o filme pornô. Digger tentou agir com indiferença, mas ficou vermelha. E não sei como reagir a isso; sinto vertigem, se é que posso usar uma palavra com som sentimental. Então, cedi e parei de importuná-la por causa de *As aventuras eróticas de Marie-France.* Se bem que, para ser sincero, a ideia de assistir a um filme pornô com Digger ao meu lado me deu uma tremenda ereção. (Isso é muito pirado? Não estou tentando esconder nada aqui.) Considerando tudo isso, então, e o fato de que tirei o dia de folga das minhas atividades comerciais, não sobrou muito a fazer além de ficar doidão.

Por um bom tempo, ficamos rodando de carro, fumando, com o rádio ligado. Digger começava a cantar a música e parava. Até apoiou a cabeça no meu ombro, e acho que foi a primeira vez que fez isso. *Meio* que viola os termos do acordo, eu acho, mas eu não ia dizer nada. O cheiro de fumaça de madeira dela se misturava com o fedor doce da erva. Ela tem cheiro de virada de ano. De colheita. Não consigo explicar por que isso é tão importante, mas tem que ser. Continuamos sem falar muito sobre o que aconteceu no dia anterior. Mas falamos sobre Kevin. O que mais podíamos fazer?

— Lorriner — murmurei.

— Ele deve estar em uma reunião do *KKK* — respondeu Digger. — Não temos *nada* do que ter medo.

Meu carro estava cheio de fumaça prateada. Agora, estávamos estacionados perto de onde começamos, atrás do parque cercado no qual as crianças carregando bandeiras se espalharam. As vozes delas soavam pelo ar parado e frio, e até dentro do meu carro: música baixa e desorganizada. Muita gente vai lá para fumar. Muitas mães levam as crianças para brincar.

— É *claro* que iam reagir daquele jeito, Addison. Eles falharam no *trabalho* deles. Com toda aquela besteira de *gangue*. Porque Kevin era de uma *minoria*.

Não mencionei o fato de que tanto Huang quanto Baltimore eram de minorias, embora ela pudesse ter percebido sozinha. Sobre Huang, claro. Deixei que ela interpretasse errado a situação.

— Olha, olha — disse ela, e tirou uma folha dobrada de papel da bolsa, que é enorme e coberta de miçangas turquesa que estalavam, cada uma do tamanho de um olho humano.

Ela me entregou duas coisas: uma foto brilhante, uma líder de torcida no meio de um pulo, com a imagem cortada logo abaixo do queixo; e um artigo de jornal frágil. O mesmo que mencionei antes. Vocês sabem, de Archer B. Sexton, o homem com o nome intercambiável?

— Olha — disse ela, apontando para uma citação. Era do sr. Vanderleun, que Sexton entrevistara depois do assassinato: *Kevin era uma presença forte e silenciosa, embora abençoado com uma certa musicalidade, um ritmo forte. As pessoas vão se lembrar dele e sentir saudade.* — Ele não *disse* isso pra você? Quando você perguntou?

Ele *disse*. Palavra por palavra. Tentei rir, mas tudo que saiu foi uma tosse seca.

— Porra, cara, isso é tão transparente. Não consigo nem *falar* — eu disse para Digger, e ela apertou meu ombro.

— É por *esse motivo* que estamos fazendo isso — murmurou ela.

Assim que ela falou, eu *soube* que Lorriner era culpado. Um peso desapareceu. Mas não um peso físico. Éramos livres. Nós *descobriríamos*. Sobre Kevin. Apesar do sr. Vanderleun e da mentira dele. É uma palavra estranha de se usar. Mas do que mais podemos chamar a repetição de uma platitude ofensiva? Foi mentira quando ele falou para Sexton e um tipo de hipermentira quando falou para mim. Ser jovem é algo bem próximo de ser burro, eu admito. Mas você precisa ter esquecido totalmente a juventude para espalhar falsidades tão preguiçosas e desajeitadas.

— Mas por que você me deu uma foto de líder de torcida? — eu perguntei.

— Não, *olha* — repetiu ela —, do outro lado. Cortei do anuário do segundo ano.

Era ele. De colete ametista e gravata borboleta dourada que é usada quando se é o primeiro da banda em cada instrumento. (Sim, nossa banda se chama Tigres em Marcha.) De pé na frente da escola com o saxofone de aparência vertebrada, uma calma determinada e plácida no rosto impassível. A luz tinha deixado os óculos redondos esbranquiçados. Ele tinha uma pequena barriga de meia-idade avolumando o colete. Digger estava batendo na foto, fazendo-a tremer.

— É por *isso*.

Ela suspirou e se ocupou guardando o cachimbo vermelho. Estiquei o artigo de Sexton e tirei cinzas leves do rosto imóvel de Kevin, depois coloquei os documentos junto com os arquivos escolares no meu porta-luvas.

— Mas ainda não consigo acreditar que aquela porra daquele cara ameaçou me matar. Que idiotice foi aquela? Não é? Bem ao telefone?

— Ele deve ser um racista qualquer, Addison. Então, é obviamente burro.

Ela disse isso com um tom de voz... É o único aspecto da voz dela que me irrita. E ela nunca usa, ou quase nunca. Mas, quando faz, parece uma professora de jardim da infância. Piedosa. Cadenciada. Esconde a personalidade dela em, sei lá... uma espécie de elemento social, alguma coisa assim? Mas quem sabe por que uma pessoa faz certas coisas? Não sou eu quem vai criticar. Eu tinha começado a olhar os registros de Kevin em momentos de tédio no carro, embora achasse isso estranho demais para mencionar. Carregá-los por aí, examiná-los. Era reconfortante pra mim. Ou não: era como quando você tem que estudar para uma prova e, em vez de procrastinar, você estuda, e no começo parece tão falso, mas depois você se dedica. Passa a dominar um corpo de conhecimento. Mesmo um reduzido, como o histórico de aluno de Kevin Broadus. Digger nunca soube disso. Nem naquela época e nem depois, quando se tornou uma atividade ainda mais importante na minha vida. Mas ela teria encarado bem. Assim como encarava todas as minhas burrices.

Com a foto de Kevin guardada, começamos a fazer coisas. Nós fumamos e fumamos, alcançando (se for essa a palavra) um estado de cabeça leve e letargia. Muita conversa sobre o falecido, sim. Mas, como nenhum de nós o conhecia, nós só podíamos comentar sobre o fato, sem parar: e a gente nem o conhecia. Sim, parecíamos mulheres velhas ou episcopais, maldosas e encantadas consigo mesmas. Foi só o que conseguimos. Minha garganta se fechou de emoção falsa. Não é nojento? Reprimimos toda nossa alegria natural. Isso foi o pior, embora eu não tenha percebido na época. A tristeza séria e as bocas firmes e a eloquência desonram os mortos, porque a vida é o que honra a morte, sua aspereza e energia. Sei lá.

Quando estávamos adequadamente chapados, quando tínhamos nos convencido de uma superioridade moral satisfatória, era hora de seguir. Não tínhamos plano em mente. Mas a vida de adolescente é tão chata que até uma atividade sem sentido, andar por aí por andar, anima. A coisa toda pode ser exaustiva. E, quando você acrescenta um regime de nível profissional de fumar maconha... tudo fica meio pesado. Eu prometi que *evitaria* isso. Vocês já *sabem* como são as rotinas da minha vida. Tão bem quanto eu. A adolescência está presa a essas rotinas, que é o que torna as alternativas tão promissoras. Fugas rápidas de anarquia e sexo. Faculdade! A promessa, afinal, exige a ameaça de sua extinção para existir. Senão, não seria promessa, mas só mais um fato insuportável.

Então, dirigimos em longas elipses pelos bulevares de Washington, que são amplos e arborizados, até as ruas não importantes, e tudo é posicionado de acordo com o plano de Haussmann, que não sei qual é, mas também é como Paris é organizada. Bulevares irradiando de um centro com ruas maiores em anel ao redor, e abrindo caminho entre elas há ruas pequenas, nas quais as pessoas conduzem suas vidas privadas. Seus nomes dependem de uma convenção confusa e recorrente, de forma que, se um exército invadir, vai ter dificuldade de encontrar o caminho. Estou falando de um exército por terra do século XVIII. Agora existem satélites espiões para lidar com a ingenuidade patética dos fundadores. Torna dirigir divertido. Torna se perder fácil o bastante para ser divertido. A luz ficou mais fria, e Digger ficou quieta, como faz antes de me fazer propostas.

Assim que saímos do carro, Digger deu um grunhido baixo de surpresa. Uma das cortinas roxas que meu pai escolheu para nossa sala (para combinar com as paredes em laranja) estava saindo pela janela quebrada da frente, na qual havia um buraco irregular como uma estrela. A maior parte do vidro ainda estava no lugar; dava para ouvi-lo estalando enquanto as cortinas de musselina se prendiam nele na brisa leve. A cortina estava rasgada em algumas partes por causa do vidro, em cortes longos e delicados. A coisa toda era meio bonita. Ou era o que eu achava. Uma colagem ou algo assim.

— Cara? — perguntou Digger.

— Eu *não* faço ideia do que seja — eu respondi.

Ela voltou para o carro.

— Vou colocar meu cachimbo aqui. No porta-luvas. Tá?

Ela fica paranoica quando o carrega na bolsa, em momentos de estresse. E então, com cerimônia, para afastar o medo, ela trançou o braço pelo meu e entramos. Três objetos incomuns nos receberam. Dois tinham caído da minha mesa de centro, que agora estava quebrada e partida em V: uma garrafa verde grossa de champanhe, que tinha se esvaziado no chão, e um prato branco quebrado de morangos, com as frutas espalhadas em um arco.

— Que porra é essa? — disse Digger.

A mesa de centro tinha sido comprada por meu pai em um antiquário chamado Azul, onde ele compra nossa mobília, que é toda instável e desconfortável, impossível de se sentar ou usar.

A mesa tinha se quebrado em uma junta invisível no meio do tampo fino, na longitudinal, sob o peso de um embrulho enrolado em pano branco. Um barbante marrom o mantinha fechado. Foi *isso* que quebrou a janela.

— Isso é alguma porra de instalação? — continuou Digger.

Ela sabe sobre as cerâmicas do meu pai. Acho que concluiu que arrumações assim constituem a próxima fase lógica de expressão.

— Não, ele não desperdiçaria champanhe — eu me lembro de ter dito.

Acho que o embrulho já estava nas minhas mãos. Era a terceira coisa incomum. O embrulho, quero dizer. Era pesado, rígido, meio quente. Puxei o barbante, amarrado em um laço duplo bem firme. Um tijolo caiu do pano e quase amputou meu dedão do pé esquerdo, e marcou o piso cheio de champanhe ao cair de quina. Era *exatamente* da cor dos morangos.

Acho que só nessa hora os ouvimos. Meu pai e Fatima. Eu não sabia que era Fatima naquela hora. Só descobri quem era depois. Mas já estava em situação de não me importar. Quando o tijolo caiu com um baque melodioso, reparei nos gritos dos dois vindos de cima, as vozes agudas e parecidas, curtas e ofegantes. Digger colocou a mão sobre a boca e correu para a varanda, depois voltou correndo para dentro de casa com expressão de vergonha. Eu quase tinha terminado de desdobrar o pano no qual o tijolo foi envolto e consegui ver que havia alguma coisa escrita nele. O pano parecia limpo e leve, como algodão novo costuma ser. Dava para sentir aquele aroma expansivo de tecido novo mesmo com o braço esticado, e por baixo havia outro aroma, sufocante, meio infantil. Mas familiar. A cama gemeu e a cabeceira bateu na parede. Não estou tentando deixar vocês repugnados. Mas os sons eram parte integral de toda a experiência, meu pai e Fatima fodendo com um ritmo regular vigoroso e mecânico. Só estou feliz de eles estarem dando gritos de prazer e alegria sem palavras. E não falando um com o outro. Isso teria sido insuportável.

— Puta merda — murmurou Digger.

Ela pareceu impressionada. Tenho que admitir que eu também estava.

Eles chegaram a um ápice estridente agora. Indo com tudo. Eu tinha aberto todo o pedaço de pano para poder ver que mensagem o atirador do tijolo tinha escrito nele. Um lençol cortado, ainda com fiapos nas beiradas. A caligrafia era exagerada, como se o escritor fosse analfabeto e só estivesse copiando linhas e curvas. Meu garrancho é de um garoto retardado de cinco anos. Então qualquer caligrafia clara e firme, e aquela era *musicalmente* fluente, sempre me impressiona. Independentemente do que diga.

— Cara, cara, cara — Digger ficou repetindo.

Ela leu a mensagem antes de mim. Demorei mais tempo porque precisei virar o pano em uma posição estranha para decifrar as palavras. A mensagem era breve e inconfundível.

COM MEDO AGORA JUDEU

Estava escrito no alto. Sem ponto de interrogação, sem vírgula. Embaixo:

CALA ESSA BOCA JUDIA

Essa parte não tinha o ponto de exclamação que era de se esperar. A fonte do cheiro infantil familiar era a tinta guache preta que o autor usou, que tornava cada letra uma paisagem irregular. A curva de baixo do segundo U na palavra JUDEU estava mais perto do meu rosto. Dava para ver os pedacinhos já secos da tinta, além dos respingos na parede, em relevo impressionante.

E, entre essas duas frases, uma interrogativa e uma imperativa, havia uma suástica grande e quadrada com linhas firmes. Que seria tão perfeita quanto a caligrafia se Lorriner não tivesse invertido a orientação. Então dava a impressão de ser o desenho esquematizado de um homem correndo cegamente, girando os membros. *Dança de São Vito* – a expressão surgiu na minha mente. Eu conseguia ver as palavras, em violeta em um fundo de noite escura. As palavras aparecem para mim assim às vezes. Eu tinha começado a falar, comigo mesmo, com ninguém.

— Como ele *sabe* que somos judeus? — eu perguntei.

— Schacht é um sobrenome judeu — murmurou Digger. E então: — Ele *tinha* identificador de chamadas. Certo? Você disse que ele tinha. Ele deve ter pesquisado o nome do seu pai na lista telefônica. O endereço.

Ela passou o pano entre o polegar e o indicador, como se para avaliar a qualidade do material, e respirou fundo pelo nariz, o som que uma gazela prestes a sair correndo faz. No andar de cima, o barulho de motor a vapor continuava, e as vozes misturadas e exultantes não mostravam sinal de desânimo.

# IX.

Provavelmente por tudo que escrevi até agora, senhoras e senhores, vocês estão com a impressão de que meu pai é um péssimo pai. Mas não é. Ele me criou sozinho. Ia para as reuniões de pais. Planejava festas de aniversário sem graça. Preparava refeições repetitivas para mim quando chegava cedo o bastante em casa e deixava dinheiro para pizza quando não chegava, até eu ter quatorze anos. Todas as coisas que os pais fazem. Mas mesmo para mim fica óbvio que ele é fraco. Ou que escolheu ser fraco. Talvez depois que minha mãe morreu, talvez antes – afinal, meu conhecimento sobre ele é restrito ao período da minha própria vida.

Mas a fraqueza dele é inegável. Exemplo: quando eu tinha dez anos, quebrei o pulso. Não foi de um jeito extraordinário; eu só tropecei nos meus próprios pés e estiquei os braços para amortecer a queda. Em frente à biblioteca do bairro, que eu visitava feito doido todos os finais de semana. Meu pai estava dois metros à minha frente, andando para o carro. Ouvi o osso quebrar quando caí, e ele também deve ter ouvido, porque voltou correndo, com o rosto lívido, e me levantou no colo e me colocou no banco do passageiro. Eu estava gritando loucamente, eu me lembro, do jeito constrangedor de boca frouxa que as crianças têm. Se bem que a dor *foi* considerável. Fomos para o pronto-socorro enquanto eu berrava e berrava, com o olhar hipnotizado pelas subidas e descidas dos cabos telefônicos acima da rua. Meu braço ficou meio dormente depois de uns três minutos, meus berros viraram choramingos, os fios se curvavam e subiam e o sol brilhava. Eu estava começando a me sentir melhor, como se talvez não fosse passar o resto da vida sentindo uma dor agonizante, que é o que pensamos quando nos machucamos quando criança, que a dor vai ser permanente.

E foi nessa hora que eu o ouvi. Meu pai. Ele estava chorando agora, lacrimoso e sem ar, gemendo:

— Addison, Addison, ah, Deus, Addison, o que vamos fazer, o que vamos fazer?

Enquanto dirigia! Isso, como vocês podem imaginar, me deixou apavorado. Então, renovei os gritos de puro terror, que tem aquele gosto único de metal, e, quando chegamos ao hospital, meu pai e eu estávamos totalmente histéricos. Os médicos, claro, acharam que ele tinha quebrado meu pulso e estava morrendo de remorso, então me levaram para uma sala e me fizeram perguntas confusas. "Você pode nos contar como isso aconteceu, Addison?" "Tem certeza, Addison?" "Addison, essa foi a única vez que você teve que vir para o hospital?" Eu respondi tudo com a mão boa segurando a grade da maca bamba. Mas, como eu não conseguia mais ver meu pai chorando, fui ficando cada vez mais calmo, ao ponto de ficar difícil de manter os olhos abertos, e caí no sono de estado de choque. Devo ter passado no teste, porque não prenderam meu pai. Fomos liberados em uma noite de primavera e voltamos para casa. Eu sentia vergonha. Não conseguia dizer por que na época. Meu pai não olhava para mim. Então, vocês entendem o que quero dizer quando falo da fraqueza dele. Embora eu saiba que foi por amor e preocupação.

O fato de meu pai ser um *péssimo* artesão surpreende vocês? Parece acompanhar a fraqueza dele. Não há como verificar isso. Mas as evidências disponíveis sugerem que seja o caso. Ele não vende um único vaso há anos; só segue criando, e Viktor Alguma Coisa lhe faz uma visita ocasional, e eles se lamentam. Estou disposto a admitir que ele é um fracasso como fazedor de vasos. Nunca vi os méritos dos que ele quebra. Como falei antes, os vasos me fazem lembrar dele próprio. Talvez isso atrapalhe a questão. Mas, sejam quais forem os defeitos dele como artesão de vasos, ele é inquestionavelmente um excelente fazedor de máscaras. Temos uma coleção inteira sobre a lareira, e mais dezenas em uma caixa de pinho que ele guarda no armário do porão, onde o aquecedor de água murmura sozinho. Meu pai as faz com velocidade e segurança incríveis. Não sofre por elas como faz com os vasos. Também nunca vendeu uma máscara. Ele se recusou a tentar. Acho, e falo como filisteu aqui, acho que venderiam. Quem não quer uma máscara?

Mas a coleção na prateleira acima da lareira não mudou em dez anos. Ele fez outras máscaras. Aquelas são os ícones entre todas, sei lá. E ele as deixa em exibição permanente. Elas dominam a sala, como era de se esperar que uma variedade de rostos de feições amplas e derradeiras faça. Da esquerda para a direita, são: uma versão caricata de William F. Buckley, com uma nota de cem dólares acesa no lugar do cigarro; uma máscara para o Carnaval com o nariz com formato de falo e fendas amendoadas no lugar dos olhos; um demônio chinês de boca grande; um velho de cabelos desgrenhados, talvez um rei deposto; uma lua com cara inchada;

o deus Cernuno, de cuja testa saem chifres de cervo. Ele está na extremidade direita, e o chifre direito chega até a beirada da janela estreita e alta. E no meio? No meio há o rosto oval de uma mulher. O único rosto feminino. Diferentemente das outras máscaras, ela não é pintada, e tem a bênção de pálpebras, para aliviar o olhar vazio e ardente. Meu pai a fez usando o rosto da minha mãe como molde quando eles se casaram. E, desde que ela morreu, eu sempre lhe dou um aceno com a cabeça. Há dez anos. Eu aceno quando entro ou saio da casa. Como se eu estivesse dizendo oi ou agradecendo. Digger está acostumada a esse meu movimento. Ela me perguntou quem era uma vez. Não consegui responder; meu rosto ardeu de vergonha enquanto eu tentava falar. Acho que ela entendeu e não falou mais nada depois. Mesmo naquela tarde, quando parei na frente dela. O telefone tinha começado a tocar. Dez, quinze vezes. Eu não atendi, só larguei o pano e peguei o tijolo (por quê?) e corri para a porta. Parando para olhar a máscara.

Digger pegou o pano de Lorriner e foi atrás de mim, com os passos rápidos ocupando os intervalos dos meus, irregulares. Ela o colocou na bolsa – o pano, quero dizer – enquanto corríamos para o meu carro. Fiquei feliz de ela ter a precaução de pegá-lo. Percebi que eu não queria que meu pai o encontrasse, nem ao tijolo. Seria mais constrangedor do que dá para imaginar. Uma janela quebrada... bem, uma pessoa quase consegue ignorar. Se é que vocês me entendem. Joguei o tijolo no banco de trás e me sentei no do motorista. Digger não me perguntou aonde estávamos indo. Eu também não sabia, até me ver dobrando a esquina da casa de Noel. David Cash estava do lado de fora quando chegamos, virando o restinho de uma garrafa de um litro. Ele nunca usa casaco, só uma camisa pesada com jaqueta de brim por cima. Nem mesmo no tempo mais frio. Ele nos deu um aceno rápido enquanto estacionávamos, depois entrou para avisar Noel. Meu carro é reconhecível; como falei, é laranja, uma cor de carro que foi gravemente negligenciada por mais de duas décadas. Digger ficou quieta durante todo o trajeto. Não quieta por medo, mas quieta pensando.

Noel, embora tenha tentado esconder com uma gargalhada densa de boas-vindas, ficou chocado de nos ver. Começou a falar com a gente, aos berros, quando ainda estávamos a dez metros de distância. Eu nunca tinha levado ninguém comigo quando ia vê-lo. É possível sentir vergonha de alguém com quem você não tem parentesco? Nem por sangue e nem por casamento, quero dizer. Vergonha de alguém com quem se relaciona por escolha? Ele ficou parado no degrau de entrada por um tempo. Os olhos ficavam desviando para os peitos de Digger. Involuntariamente. É *impossível* não olhar para eles. Acho que ela está acostumada. E eu também. Com outros caras dando olhadas nela, digo. Qualquer sinal de ciúme violaria nosso acordo. Então, não sinto nenhum. Além do mais, como alguém pode sentir ciúmes de Noel? Quando ele cumprimenta você dizendo "Caraaaaaaaaca, moleque! Você está *se borrando*!".

Talvez estivesse na minha cara. Talvez eu estivesse pálido, sei lá. Não havia espelho por perto. Digger se encolheu ao ouvir as palavras, e fiquei com medo de ela pegar o pano na mesma hora – para explicar a situação, sabe? Os velhos negros que moram na área de Noel foram até suas varandas e suas entradas. Um drogado oscilou no meio-fio, murmurando e rindo. Isso é típico no local onde Noel mora. As pessoas chamam, nos jornais e tal, de "bairro transicional". Conforme nos aproximamos, vi que o viciado era, para (me perdoem, por favor) minha satisfação, Stokey. Lembram?

"Definitivamente, caguei"? Ele não me reconheceu. Não parecia estar em situação de reconhecer nada. Estava falando consigo mesmo enquanto oscilava. Eu o ouvi murmurar, juro por Deus:

— É a eternidade não importa para onde vocês olhem, meus amigos.

Ele estava usando o colete azul de veludo. A boca aberta em movimento ainda mostrava os dentes da cor de omelete. Ele movia o tronco em contratempo com o discurso.

— Podemos entrar — pediu Digger. Ou melhor, instruiu.

E Noel, que, apesar de suas idiossincrasias, é um cara educado, se espremeu contra a parede e encolheu a barriga, para que pudéssemos entrar na sala dele.

Eu esperava mais objeções da parte de Digger. Quando entramos e ela viu o nada da casa de Noel, quero dizer. Havia uma garrafa vazia de uísque de malte no chão na frente do sofá, ao lado de um cinzeiro de metal na forma de um porco sorridente. Duas cadeiras dobráveis de metal, com pintura branca lascada, que eu nunca tinha visto. Arrumadas como se ele estivesse nos esperando. O que, obviamente, não era possível. Havia algumas vigas de madeira em um canto. Ele sempre estava planejando alguma reforma absurda. Eu tinha me acostumado às merdas visuais dele. Mas estar com Digger junto me fez *perceber*, sabe? A flâmula de CHANDLER ainda pendurada na parede, imaculadamente vermelha e branca. David se recostou na tinta suja embaixo dela. Com os olhos oitenta por cento fechados, os lábios imóveis. Noel se espalhou no sofá de couro, mexendo no cinzeiro vazio. Ele estava com uma camisa azul-vibrante, que tinha SHABAZZ GEAR escrito na frente, em um arco distorcido em razão de seu volume. Ninguém tinha ideia de como começar.

— Aí, cês querem *fumar* ou algo assim? — perguntou Noel sem entusiasmo.

— Ele jogou um tijolo pela janela. Pela janela *dele*. Aquele cara sobre quem você contou pro Addison. — Digger estava apertando as alças da bolsa.

— Que porra é essa? — disse Noel.

— Ela está falando do Mike Baixinho — eu expliquei.

Ele se ergueu um pouco.

— Não, cara, eu nem posso dizer que *conhecia* aquele nego.

Ninguém o tinha acusado de conhecer Lorriner. Mas as bufadas debochadas de Noel, que ele deu com um peidinho dos lábios grossos, pareceram irrefutáveis.

— Não, cara, ele é surtado.

— E? O que você quer de mim, nego? — seguido do movimento dos lábios.

— Você pode parar de usar essa *palavra*, por favor? — Era Digger falando de novo. — Soa ridículo.

Juro por Deus que David riu disso, embora, quando lancei um olhar para ele, já tivesse recuperado a postura de olhos fechados de estátua orgulhosa. Noel tentou sorrir. Foi uma expressão *triste*. Foi um sorriso, em um sentido *técnico*. As bochechas dele estavam com um brilho meio nauseado, os olhos se moviam de um lado para o outro. Sua respiração era alta, tão alta que você se sentia *mal* por ele. Ele vive em combate com a própria forma física, como todos os homens gordos.

— Olha, Noel, você pode nos dar uma *ajuda* aqui. Falando sério. Foi *você* que *falou* desse cara.

Ele já estava balançando a cabeça, os lábios já em movimento de recusa. Então, continuei falando.

— *Noel*. Não seja *escroto*. Não estou *pedindo* nada. Para *fazer* nada. Só informação. Certo? Vou *pagar*, porra. Tenho *dinheiro*. Pago tipo *mil* dólares. Posso ir para casa pegar agora.

— Nego, cê acha que eu preciso da sua porcaria de dinheiro?

— Mas é por *nada*, cara. Você não precisa nem *vender* nada pra receber.

— Já falei que nem *conheço* o filho da puta, não falei?

Era preciso admitir que ele estava sustentando o vocabulário bem. Eu o tinha incomodado com minha perturbação. Quando se é gordo daquele jeito, qualquer mudança nos sinais vitais e nas emoções é aparente: suor, respiração, tudo fica amplificado pelo esforço de seu coração sufocando. David estava se empurrando para frente usando só os músculos das costas na parede, fazendo barulhos altos. De impaciência, sei lá.

— Não *falei* isso — Noel quase suplicou, com a voz ficando suave. — Não falei isso.

Ele pareceu assustado. No momento, achei que fosse de Mike Baixinho. Eventos posteriores me convenceram de que não podia ser verdade. Acho que deve ter sido medo da *exposição*.

Estou me adiantando. Não tive tempo de me preocupar com suas motivações porque Digger começou a falar. Ela estava usando sua voz mais sensata. O que sempre é sinal de grande perturbação.

— Seu gordo filho da puta — começou ela —, você *vai* nos *ajudar*. Vamos *resolver* isso. E, se você não ajudar, se não der nenhuma contribuição com esse problema todo, quero dizer, não com o problema, sei lá, você sabe o que quero dizer, juro por Deus que vou dar uma surra em você agora mesmo. Eu consigo! Sei que consigo! Vou dar uma *surra* em você. Vou bater em você com aquela porra de *tábua*. E a porra do seu *namorado* ali no *canto* não vai fazer nada.

David gritou de tanto rir disso e subiu a escada correndo, como se confirmando.

Digger tirou o pano amassado da bolsa e jogou no colo enorme de Noel enquanto ele emitia o obrigatório *não sou veado, porra.*

— Cara, eu não acho necessariamente que violência seja indicado. Mas ela está certa por princípio.

Eu me vi falando com o pano branco, com a mensagem de Lorriner claramente visível na parte de trás. Noel estava com o pano esticado nas mãos, encobrindo o tronco, sendo que duas fatias da barriga eram visíveis dos dois lados. Azul-branco-azul, a disposição da bandeira de Israel.

— Cara, me deem dois segundos e, tipo, vou pensar um pouco, tá?

Noel falou isso por trás da suástica, agora virada na orientação correta. Ele soltou o pano, que cobriu seu colo, e nos perguntou de novo se queríamos fumar.

— Claro — eu respondi, com um olho em Digger.

Eu estava preocupado. Mas ela ficou calma. Ela tinha desabafado, eu acho. Noel é um cara que pode assustar, é verdade, além de ser mercenário, mas você também prescisa ter em mente que vocês são amigos. Então fumaríamos e ele nos contaria sobre Lorriner.

— David está *puto* ou algo assim? — eu perguntei enquanto Noel desmanchava a erva em um papel de charuto, que ele abriu com a unha pontuda do polegar, e espalhava o tabaco. Ele olhou para Digger e depois para as tábuas antes de responder. Ele acreditou na ameaça dela, senhoras e senhores, e estava certo em acreditar. Como falei, ela vai atingir a grandeza.

— Não, moleque, ele só está *fulo*. O nego fica desse jeito.

David ainda estava andando no andar de cima. Estava *vasculhando*: vocês sabem como é, barulhos e perguntas abafadas para ele mesmo. As paredes da casa de Noel conduzem som, e o vazio do local também não ajuda, no que diz respeito à amplificação acústica. Mesmo a própria voz falando pode ser ampliada a um grito alterado.

Hora do baseado! Eu falei que Noel me considera seu amigo, e é por isso que me conta as histórias inventadas de sexo. Ele fica doidão comigo como outra prova/declaração irrecusável dessa amizade. É meio nojento, a ideia de um baseado, porque é fechado – o papel sendo selado, digo – com uma chupada íntima: o troço todo entra na boca de quem enrola e é puxado para fora, umedecido e fechado. É meio apavorante quando sai da boca cavernosa de um cara gordo. Mas fomos todos educados. A única indicação de pressa de Digger era o calcanhar batendo no chão, que fazia todas as miçangas na bolsa estalarem. Um estalo sólido, como o bater de ossos. Ela teve um grave acesso de tosse depois da baforada inicial. Charutos de erva são pungentes, as tragadas são intensas, e o papel amargo de charuto ao redor da erva não alivia o sabor.

— Mas minha merda é *sinistra* — disse Noel.

Ele estava olhando para os peitos de Digger de novo, que oscilavam de forma evidente por causa do ataque de tosse. Com o pano branco cobrindo as pernas e os olhos esbugalhados, ele parecia um depravado, obeso e prematuramente envelhecido, acostumado a ter suas vontades satisfeitas. Hermann Göring ou alguém assim. Sendo sincero, eu também estava hipnotizado. Pelos peitos dela. Nós dois tínhamos sorte de ela estar ocupada demais tossindo para reparar no nosso olhar conjunto.

E essa não é a essência de todas as situações sociais? Um grupo no qual linhas de relacionamento existem como fragmentos incapazes de unir o todo? Eu tinha uma ligação com Digger e eu tinha uma ligação com Noel. Mas eles não tinham nada a ver um com o outro. Eu dei uma longa tragada no charuto capenga e úmido de baba. Fumar erva sempre faz você pensar, ainda que pensar em coisas idiotas; deixa você relaxado no começo. Quero dizer, estávamos sentados ali sem nada nos unindo. Como isso servia ao meu propósito maior? Eu estava com vontade de me levantar e gritar. Mas era tarde demais. David parou de fazer barulho lá em cima. Digger conseguiu controlar sua tosse e seus peitos. Noel tinha aberto o sorriso confiante falso que significa que está prestes a concordar. Todos os elementos idiotas e sem sentido estavam no lugar. Para vocês saberem, vou destilar o que Noel nos contou em linguagem um tanto razoável, condensando tudo. Ele demorou um tempo über-longo para terminar. Tinha que ficar parando para respirar, para se contorcer no sofá. Ele fala pausado quando está doidão. O que fez a história toda demorar uma porra de eternidade. Então: Mike Lorriner, Noel disse, era

> tipo, um nego de, tipo, *Maryland* que é, tipo, amigo daquela Kelly baixinha, sabe aquela com a bunda enorme? Então, tipo, ele é, tipo, um nego bem caipira, sabe como é, tipo bem *racista*, essas porras, e acabou, tipo, vindo tipo pra Washington pra resolver uns negócios, essas porras, e, tipo, *ir pras festas*. Aí, tipo, um fim de semana ele foi até, tipo, uma festa na porra do Chevy Chase, um tipo de merda assim, na casa de um nego branco chamado D, sabe como é, tipo só pra relaxar. E esse nego *Kevin* tipo tava falando um monte de merda, que *Maryland* era um tipo de merda, sei lá, então, tipo, *Mike* começou a responder cheio de merda, e, tipo, *aí* eles começaram a se empurrar e a

*gritar* um com o outro e essas merdas, e, tipo, Mike chamou ele de nego, e Kevin ficou, tipo, muito *puto* e tal e, tipo, pegou um copo de *rum* ou alguma merda assim e, tipo, jogou essa porra *bem* na cara do Mike. E *aí*, tipo, Mike deu um soco naquele outro nego, quero dizer o nego Kevin, e, tipo, Kevin retribuiu o soco, e eles começaram tipo a se *bater* e tipo a se empurrar e essas porras, e todo mundo começou a, tipo, gritar, mas aí dois *outros* negos tipo apartaram a merda toda e, tipo, todos os outros negos se acalmaram, e, tipo, Mike foi embora, mas ficou falando, tipo "vou te foder, moleque!". Aí aquele nego disse, tipo, uma porra maluca sobre cemitérios, sabe como é? Pelo menos foi, tipo, o que *Kelly* disse, cara, e ela tava, tipo, na casa do nego, cara, uma porra de mansão, ela disse. Acho que você deve *conhecer* esse nego dono da casa, cara, sei lá. O nego, tipo, joga *lacrosse*, essas porras. E, tipo, isso é tudo que sei sobre o Mike, cara, ele é um tipo de nego branco maluco, sabe, tipo todo racista, essas porras.

— Cara, ele é tipo *você*, Addison — terminou Noel, soprando uma espiral impressionante de fumaça. — Só que você não é, tipo, *racista*, essas merdas.

Ele falou como se *nós* estivéssemos sendo interrogados. Noel pegou o pano e começou a dobrar, depois entregou com a mão branca leitosa. Digger inspirou pelo nariz mais uma vez. Teríamos que passar por outro ciclo disso, das exigências dela, das hesitações e fingimentos dele e da minha conciliação tépida se David não tivesse, com passos barulhentos e seguros, descido a escada carregando alguma coisa enrolada em um pano de prato quadriculado verde. Sem sorriso e sem testa franzida. Só o mesmo olhar semicerrado (de desdém?) que nos lançou o tempo todo. Havia um cachorro bordado no pano de prato, e o excesso do pano se espalhava no punho esquerdo de David. Puta merda! Minhas bolas se encolheram assim que David *desenrolou* só a coronha. Dava para ver o cabo texturizado cinza da arma, que brilhava da forma sutil que concreto brilha.

— Porra, nego, cê tá maluco? — gritou Noel, batendo com os pés no chão em um esforço de se levantar do sofá. (E falhou.) David o calou erguendo a mão aberta.

— É pra *ele*. Ele devia sair com alguma coisa útil disso, seu gordo filho da puta.

Essa foi a frase mais longa que já o ouvi falar. Deu voz aos meus sentimentos sobre o assunto, e ao que imaginei que fossem os de Digger. Mas, o tempo todo, eu só conseguia pensar, se é que dava para chamar aquilo de pensar, *Puta merda, é a porra de uma arma! Para atirar nas pessoas!* Vocês sabem o que quer dizer ter uma arma? É incrível! Não no sentido de *meu pau é maior do que o seu*. Você tem essa *coisa* que o coloca em contato com o absoluto. Todo mundo morre, não importa o que aconteça. Não importa o que você faça. *Todo mundo* morre. Inclusive vocês, senhoras e senhores, inclusive todos *vocês*. David puxou o pano de volta sobre a coronha e entregou o embrulho para mim.

— É uma Glock. Você sabe usar?

Eu assenti, uma mentira absoluta. Um sorriso bobo se espalhou na minha cara, eu conseguia sentir.

— O nego tá sorrindo como se fosse Natal. Ele não tá com um sorriso tipo de Natal? — disse Noel com deboche na voz.

Era pesada. Era tão pesada.

— Também incluí um pente. Está escondido aí dentro. Mas não carreguei — disse David.

Mas daria na mesma se ele tivesse dito: *oitenta e sete anos atrás nossos antepassados criaram este continente* etc., de tanta atenção que eu estava prestando. Eu estava *flutuando*.

— Ei, Noel — eu disse. — Noel.

Eu queria perguntar sobre Huang e Baltimore, se ele conhecia algum dos dois. Mas percebi que isso exigiria que eu contasse para ele que procurei a polícia. O que parecia talvez a coisa mais burra que já fiz.

— O que cê quer, nego? Tá com *medo* ou algo assim?

Os lábios de baleia se abriram de escárnio. Só queriam voltar ao controle, eu acho. Mas! Minhas mãos estavam se movendo agora, desembrulhando o resto da arma. Por vontade própria. Incrível, né? Coloquei o pente no bolso e aninhei a arma desnuda. Uma Glock. Quem sabia o que isso *significava*? E então, tomado de um impulso seguro e perverso, mirei para a cabeça oscilante e pontuda de Noel e apertei o gatilho.

— Addison, não, fala sério, *não faça isso*, Addison, por favor — arfou ele, levantando os braços em defesa.

Precisei usar todas as minhas forças para apertar o gatilho, fazer a arma emitir o som seco, sedento, introdutório. Como lamber os lábios e separá-los. Assim. Só que bem mais alto, mais metálico. Bem mais assustador. Porém idêntico em espírito. Sabem? Como se estivesse se preparando para falar. Como se tivesse uma coisa complicada e constrangedora a dizer.

— Nego, merda, não, cara, não *brinca* assim — gorgolejou Noel. Ele retomou aquele jeito de falar.

— Tudo bem, cara — eu disse.

Eu estava pronto para correr para casa e trazer para ele *todo* o meu dinheiro, desde que significasse que podia ficar com a arma. Para botar um brilho final em tudo, enrolei a arma de novo e ofereci de preparar um fornilho para todo mundo. Digger pegou seu cachimbo sem protestar. Ela olhou para Noel e para David como se estivesse decidindo entre duas possíveis vítimas. Até deu um tapa depois de Noel, que molhava o cachimbo demais com os lábios. Até David participou, e ele nunca fuma. Ele me disse uma vez que era ruim para o coração. Tentei refutar – "Na verdade, tem muitos benefícios médicos", como o que o pessoal da legalização diz –, mas ele só se afastou de mim sem ouvir nem dizer nada mais.

— Então é uma Glock? — eu perguntei a Noel.

— É, nego, é só apontar e bum! Mas você pode pagar depois.

David estava flexionando os músculos do pescoço. Ele faz isso quando está entediado, para matar tempo.

— E *quanto* você queria? Uns dois mil? — eu perguntei.

Dois mil era menos de vinte e cinco por cento do meu dinheiro guardado. Um valor über-razoável por toda essa glória. David, saindo do silêncio profundo, interrompeu a conversa ao gritar para Noel.

— FODA-SE, nego.

Foi a primeira vez que o ouvi levantar a voz. Todos paramos de nos mexer surpresos, inclusive David, que agora estava com um meio-sorriso surpreendente. Digger soltou um filete de fumaça. Juro por Deus que ela deu uma gargalhada baixa. Ninguém *discutiu*. Ninguém disse *mais* nada sobre dinheiro.

# X.

O resto da nossa saída? Escondida em uma névoa mental. Noel desceu para sua cela de monge. David nos viu ir embora. Stokey, o drogado, ainda estava falando sozinho no escuro. Disso eu me lembro. Seguimos de carro sem conversar, pelo menos por um tempo. Nós dois estávamos solenes e chapados. E então, Digger disse:

— Nunca *vi* uma arma na vida.

Sem críticas. Sem sermão moral. Só o mesmo prazer drogado e assustador correndo pelo meu corpo. Vocês entendem como são raras as coincidências de os dois se sentirem assim? Outro motivo para eu valorizar tanto a companhia dela. Vocês não vão ficar surpresos de saber que, apesar de ser tarde – sete minutos depois das vinte horas àquelas alturas –, seguimos para o Lixão. É uma segunda casa para nós, por mais triste que isso seja, de tão confiantes que ficamos da nossa solidão lá.

— Tipo, que porra vamos fazer com isso? — eu sussurrei.

Ela não respondeu. Eu estava indo rápido demais, coisa que nunca faço, por motivos profissionais. As luzes da cidade passavam rapidamente em duas asas baixas cintilantes.

— Não consigo acreditar que nunca nem vi uma, não uma de *verdade* — sussurrou Digger, enquanto meu motor gemia e bufava.

Chegamos lá em doze minutos, tempo recorde da casa de Noel. Estacionamos na sombra irregular de um monte de lixo, uma pilha de chassis de carros, e nos agachamos na escuridão marrom. Digger desenrolou a arma com delicadeza evidente, levantou-a, sentiu o peso. Conseguíamos ouvir a respiração um do outro.

— Você tem que lubrificar, ou alguma coisa assim? — perguntou ela.

Coloquei o pente no lugar. Por algum milagre de instinto.

— Não pegamos, tipo, as *instruções*.

— O que acontece agora? — perguntou Digger, puxando o lábio inferior enquanto falava.

— O que você quer dizer com *agora*?

— Você não vai disparar?

— Sei lá. Eu deveria?

— Como vamos saber se funciona? Certo? Quero dizer, considerando a fonte. Acho que você deveria ao menos dar um tiro. Pode ser armação, sei lá.

*Armação*, senhoras e senhores. Como pode-se deixar de admirar uma pessoa tão focada nos detalhes? Afinal, tínhamos mesmo um monte de lixo para usar como alvo, então andamos pelo local para escolher. Aleatoriamente, com movimentos de queixo de quem avalia, escolhemos uma caixa de papelão firme e a ajeitamos sobre uma cadeira amarelo-gema. Em seguida, colocamos uma garrafa imunda em cima da caixa e recuamos para longe de um jeito cômico, como se aquela cadeira também estivesse armada. Digger chegou para o lado e colocou as mãos sobre as orelhas, agachada e pronta. Eu levantei a arma, sentindo o peso forçar meu pulso, e puxei o gatilho.

Uma tosse alta e rouca, do nada. Um recuo simultâneo da própria arma. Meus nervos cantaram. E uma batida de gongo reverberante subiu pela pilha de carros, e aves noturnas indistintas levantaram voo em ambas as margens do rio.

— Jesus da *porra* — gritou Digger, indo ainda para mais longe e mexendo as mãos: a direita agora sobre o coração e a esquerda ainda sobre a orelha. Numa pose de telefonista das antigas. Sabem aquelas garotas telefonistas ou algo assim? Ouvindo uma conversa ultrajante. O barulho rápido e tremendo do tiro por si só me deixou eletrizado. Simples assim: me *eletrizou*. Não vou mentir. Se bem que o alvo esquisito que montamos sobreviveu ao meu ataque, intocado. Digger voltou e se encostou em mim, ombro a ombro, em um cumprimento camarada. O coração dela estava vibrando, e senti seu aroma enquanto massageava meu braço do tiro, que formigava.

— Puta merda, cara — sussurrou ela. — Puta *merda*. Posso tentar?

Entreguei a arma, com a coronha virada para ela, que escorregou pelas nossas mãos esticadas e caiu na terra poeirenta do lixão. Demos um pulo para trás, gritando. Não disparou. Então, Digger a pegou.

— Sinto que não sei como me sinto — disse ela por entre dentes trincados e virou o olhar azul para a garrafa. As aves do rio tinham se acalmado. A luz amarelada do lixão manchava tudo. Ela firmou os calcanhares na terra com dois guinchados baixos. E puxou o gatilho. Todo seu pequeno corpo foi envolvido no tiro. O recuo a abalou; os ombros oscilaram, como se ela tivesse soltado um soluço preciso. Houve a mesma percussão vinda de todos os lados. Desta vez, a garrafa explodiu e a pilha de metal deu um segundo *bong* lúgubre. Aves levantaram voo em pânico de novo.

— Puta *merda* — disse ela. — Puta merda do CARALHO.

Sem humilhação! Não sou esse tipo de cara, eu juro. Tenho muitos problemas, como vocês sem dúvida perceberam, mas pareceu justo que Digger atirasse melhor. Com talento natural.

Sempre deixo um mapa no carro, um mapa de Washington, D.C., da Virgínia e de Maryland, que a empresa de mapas considera parte da mesma unidade, eu acho. É velho e está com estragos causados por água, as páginas amassadas, marcadas com as manchas anônimas da cor de merda que o papel adquire quando fica negligenciado. Ou (nesse caso) quando é enfiado na parte úmida e suja embaixo do assento do passageiro do meu carro. Herdei o mapa do meu pai, assim como a tendência paranoica de sempre mantê-lo por perto. Digger, como sempre, tem moedas para usar em telefones públicos. É um hábito neurótico dela. Embora tivéssemos dado o pano de Lorriner para Noel, o tijolo que ele encobrira estava no banco de trás do meu carro. E agora nós tínhamos uma arma. Sei que pode ser difícil para vocês entenderem. Mas, com esses componentes simples e comuns, nós desenvolvemos um plano. Ou o plano ganhou existência espontânea porque esses objetos em particular estavam próximos pela primeira e última vez na história do universo. É assim que as coisas são. Pensem naqueles experimentos com proteínas e luz simulada, nos anos 1960 ou algo assim, que produziram aminoácidos. Vocês entenderam a ideia. Nós nem precisamos *discutir*. Ambos sabíamos o que aconteceria: iríamos de carro para o cu do mundo de Maryland e devolveríamos o tijolo de Lorriner jogando pela janela *dele*. A arma era só uma *garantia*. Da qual nós nem precisávamos. Nós não escreveríamos mensagem. Não éramos dois caipiras racistas. Só uma jogadinha e "violà", como meu pai diz. (Ele ri *todas* as vezes.)

Os eventos conspiraram a nosso favor. Encontramos um telefone público depois de sairmos do lixão, debaixo de uma luz pesada e barulhenta, preso na parede de um posto de gasolina fedendo a urina na New York Avenue. Às vezes, sou meio apavorado com esses lugares porque são vazios, desertos, e porque o nome deles costuma vir depois, em oito dentre dez vezes, da frase: *Ela foi vista pela última vez em...* É terreno natural para assassinos em série. Mas a moça do auxílio à lista foi tão gentil quanto da primeira vez que perguntei sobre Lorriner e pareceu satisfeita em me ajudar novamente. Se bem que foi uma telefonista diferente agora. Eu me lembrei até do nome bizarro da rua de Lorriner. Fico satisfeito em dizer que isso a impressionou. Ela me deu o endereço exato, que eu tinha esquecido. Aí, voltei para o meu carro idiota, onde Digger tinha acendido um cigarro em alegria muda, e partimos na escuridão.

Todos os alunos dos Jovens Talentosos consideram como certo o fato de que Maryland contém o segundo maior número de integrantes do Ku Klux Klan nos Estados Unidos. Há um debate se Ohio ou Indiana ocupam a primeira posição. Mas *sabemos* que Maryland é o número dois. Não é impossível acreditar nisso quando se está nas áreas amplas de vazio depois dos subúrbios, que viram território rural genuíno, com fazendas e vacas que olham com estupidez quase humana quando você passa de carro. Em um crepúsculo de inverno, dá para identificar galhos nus de carvalho e lagos de aparência escura, e uma prontidão sinistra exala de toda a paisagem. Não faço ideia se essas desconfianças sobre as atividades do KKK são verdade ou se derivam do desprezo pelos brancos pobres que é ensinado aos integrantes letrados da classe média dos Estados Unidos a sentir e esconder, desde muito cedo.

Eu diria que principalmente os alunos do Programa de Jovens Talentosos da Kennedy, que é um *supercompressor* para o desenvolvimento de ideais burgueses. Bons *e* ruins. É hipócrita falar mal só da sua própria classe.

Digger e eu também tínhamos essa crença, claro. E, para combater a pura sensação de expectativa que ela gerava, nós gritamos junto com o rádio, com a cara na janela. As estações viram estática uma atrás da outra lá, e em pouco tempo só resta a você a música country anestesiante e de partir o coração. Nós não sabíamos as letras. Mas improvisamos. Estávamos com muito entusiasmo. Até recebemos algumas buzinadas de aprovação. Inclusive de um caminhão enorme, na frente do qual aceleramos. As lâmpadas nas estruturas arqueadas ao longo da estrada foram ficando cada vez mais raras, e o zumbido agudo foi ficando mais e mais intenso. Passamos por postos de gasolina, com os rostos impassíveis de pessoas da nossa idade reunidas debaixo das luzes fluorescentes intensas. A estrada subiu; estávamos nos campos vazios, com placas verdes de aço marcadas pelo tempo para nos guiar. Não conseguíamos ver muito além do gradil, que nos dava uma sensação ruim e pesada da escuridão. Nauseante, de alguma forma. Não havia estrelas visíveis, e só o deserto das fazendas mortas se espalhava para todos os lados. A monotonia continua sendo a coisa mais apavorante imaginável. É por isso que a morte é tão horrível, ou boa parte do motivo. É, mórbido, mas o que vocês esperam de mim?

Por duas horas nós dirigimos. Porra! Mesmo quando se mora em uma cidade pequena e pretensiosa – como Washington –, a velocidade com que a vida urbana some impressiona. Você pode estar no meio do campo de verdade, da merda rural de verdade, em noventa minutos, e depois na total desolação do deserto ou de campos não cultivados se dirigir por mais meia hora. Mas o engraçado aqui é o quanto todo mundo é antagônico nesse assunto. As pessoas da cidade debocham das pessoas do campo, que por sua vez olham com desconfiança indignada para os moradores da cidade. Mas todos compartilham a mesma moralidade, certo? O racismo aberto, por exemplo, que se encontra entre os caipiras que dizem AQUELA PALAVRA em conversas casuais é pior do que o racismo disfarçado dos nossos professores, que nos apresentam a alguns poucos não brancos e nos enterram em nossas vidas separadas e consideram o dever cumprido? E as pessoas para quem as minorias étnicas funcionam com um propósito instrumental? Pessoas que colecionam amigos de etnias variadas como ornamentos, para se exibir para os outros amigos brancos e para provar para si mesmos sua própria tolerância e generosidade de espírito? Vocês podem dizer com alguma confiança que alguma dessas duas coisas é pior? Apresentei essas teorias para Digger, que concordou e concordou, mantendo o dedo no mapa. Foi um prazer über-masculino estar declarando esses julgamentos sem oposição em um carro veloz, jogando uma guimba acesa após a outra pela janela, onde sumiria na corrente.

— É como um monumento para todo o horror do século XX!

Eu me lembro de ter gritado isso. Fez sentido na hora, eu juro.

O mapa se tornou desnecessário depois de um determinado ponto: tudo se resumia a uma estrada, que seguia por amontoados de casas, algumas poucas lojas, voltava a passar por campo aberto, depois por mais casas. Ali era Brander's Hollow, eu acho. A cidade de Lorriner. E então, do nada, enquanto Digger cantarolava uma letra de música, alguma coisa sobre um coração partido e vinho, uma onda tomou conta de mim. Eu me senti como um bebê. À deriva, alerta, feliz, seguro. Não sei por quê. Não sei o que causou isso. Talvez a natureza precipitada e sombria do que estávamos fazendo. Por algum motivo, eu queria conhecer todo mundo naquelas casas deterioradas, saber sobre suas vidas no ensino médio, suas amizades e desventuras. Vocês já vivenciaram isso? Quando olham pela própria janela, para sua cidade?

Tínhamos saído da rodovia havia algum tempo, seguindo por uma estrada esburacada – com clematites murchas e trepadeiras nos gradis, esse tipo de absurdo – quando Digger gritou:

— Ei, ei, pare. Chegamos.

Eu estacionei. Saímos para olhar a placa. As chamas amareladas dos nossos isqueiros erguidos revelaram o nome da rua: FORK LUTE ROAD. O mapa não tinha mentido. Isso sempre me impressiona. Agora, passavam onze minutos das vinte e duas horas. Digger carregou a arma e escondeu-a, sem deixar de segurá-la, no bolso do casaco. Aninhei o tijolo rosado de Lorriner.

— Tudo bem, *você* dirige para trás dos arbustos.

Eu estava sussurrando, apontando com o tijolo. Havia uma cerca de zimbro um pouco distante da entrada da rua. Digger estacionou o carro e me alcançou no começo escuro da Fork Lute Road, e compartilhamos um silêncio curto. Havia duas casas que conseguíamos ver, uma perto da estrada principal e outra no final da rua. A caixa de correspondência da casa mais próxima, sob a chama do meu isqueiro, tinha o número 9778, composto daqueles algarismos dourados adesivos tristes, com alguns cantos soltos e curvados para fora. Demos uma risada muda por causa disso. E seguimos pelo asfalto esburacado que nos separava da segunda casa, pisando em folhas caídas que fediam a chá.

— Deve ser essa — Digger suspirou.

Havia outra caixa de correspondência e um pequeno celeiro perto da extremidade da propriedade.

— Só pode ser, né?

Isqueiros em mãos, caixa de correspondência examinada: era mesmo o número 9780. O endereço de Lorriner, de acordo com as mentes oniscientes da empresa telefônica. Tínhamos *chegado*.

O pequeno celeiro era uma garagem disfarçada de celeiro. Madeira vermelha, vigas brancas. Isso é popular no interior. *Havia* uma cerca, mas era feita só de pinheiro cortado. A respiração de Digger estava acelerada pela empolgação e pela raiva enquanto a pulávamos. Joguei o tijolo à frente, e Digger disse:

— Bom braço.

Nós dois rimos e um mandou o outro calar a boca. Juro por *Deus* que estávamos agindo como crianças de jardim de infância. Na pouca luz amarronzada, conseguíamos ver o contorno pesado de uma casa.

— É uma casa estilo rancho — sussurrou Digger, rouca e tensa. Como se isso tornasse o problema de jogar o tijolo ainda mais complicado. — Então vamos chegar mais perto e escolher uma janela?

Eu estava com o tijolo debaixo da axila direita. Estava começando a doer. Eu segui em frente, mas ela ficou.

— Digger... — eu sussurrei.

Ela demorou para se aproximar.

— Tem certeza de que é uma boa ideia? — perguntou ela.

Isso acabou comigo. Simplesmente me destruiu.

— Está falando sério? Digger, você trouxe a arma. Perdeu a disposição depois disso? Você trouxe a arma e agora virou a Comandante Violência Moderada da Polícia Montada, ou coisa assim? — Eu não conseguia mais sussurrar-gritando, de tanto que estava rindo.

— A arma é para uma emergência — disse ela, mas também estava arfando de tanto rir. Estávamos mais nervosos do que imaginávamos. Estávamos tendo essa conversa sussurrada enquanto andávamos na direção da casa de Lorriner e chegamos no meio de um amontoado de pinheiros, onde nos ajoelhamos nas agulhas cheirosas. Digger enfiou um pedaço da gola do casaco na boca, e consegui ver suas íris claras como gelo apesar da falta de luz. Coloquei o tijolo no chão e ela fez o mesmo com a arma, e ela olhou para mim com uma cara esquisita, com uma expressão aberta e avaliadora. Não dava para não ver isso, mesmo no escuro.

— Ei, cara — eu comecei a dizer, porque isso era atravessar para áreas declaradamente proibidas do nosso acordo.

Não quero dizer que estávamos prestes a começar uma sessão de amassos idiotas. Mas apenas tentamos ser adultos em relação a tudo entre nós. Deixar sem complicações. E certos momentos põem o acordo em perigo. Mas o absurdo crescente do dia, de tudo associado àquela tarefa toda, explodiu com força em falação e tagarelice. Eu estava tão exausto. Ela também deveria estar. Dá para culpar a gente por isso? Fomos de carro até aquele fim de mundo escuro, com um mapa, um tijolo e uma arma – homens das cavernas, ou não homens das cavernas, eu acho, mas primitivos. Vocês podem nos culpar por quase violarmos os termos básicos da nossa associação? Então, abri a boca e disse "Ei, cara", forçando um tom intenso e bem-humorado nas palavras, para prepará-la para não sei qual comentário sarcástico ofensivo. Para destruir o clima, sabem?

Digger agiu mais rápido do que eu. Colocou o dedo em seus lábios franzidos. Luzes estavam sendo acesas na casa. E isso era estranho, porque era noite e não havia luzes antes. Mas, ei, quem sabe o que anima a mente de caipiras burros, né? De qualquer forma, as luzes estavam sendo acesas, uma de cada vez. Os moradores estavam acordando. Digger gesticulou com a cabeça. Ela tinha pegado a arma e parecia uma líder de esquadrão fazendo sinal para eu ir para o combate, sei lá. Levantei o tijolo e andei até o pátio escuro, tentando escolher uma janela. Eu não estava com medo. Só estava calculando qual seria o pior impacto. Também torcia secretamente para acertar Lorriner com o tijolo. Mas eu só conseguia ver sombras imprecisas se movendo atrás das cortinas, que eram azuis com desenhos de patos de cabeças verdes voando em infinitas fileiras fascistas. Havia três janelas dentro do que eu considerava distância de lançamento, então separei as pernas e joguei. Com as duas mãos, um arremesso oscilante e desajeitado. O tijolo girou impassivelmente enquanto voava na direção da janela do meio. A janela na qual mirei. Felicidade, senhoras e senhores. Talvez a mais pura. O vidro quebrou, com o estalo confuso universal que vidro quebrando emite. O tijolo bateu dentro da casa, empurrando a cortina o bastante para eu ter um vislumbre do aposento: uma televisão brilhando em azul, ou talvez um aquário? Sei lá. Eu já estava correndo de volta para a cerca de pinheiro para esperar e olhar.

— Não consigo acreditar que você jogou, não consigo acreditar que você jogou — gemeu Digger com alegria.

Naquele momento preciso, as luzes nas paredes externas do rancho se acenderam. E vimos (*puta merda!*) a porta da frente se abrir e revelar o grande Michael Lorriner em pessoa.

Ele era baixinho mesmo, como seu apelido sugeria: da minha altura. Redondo e com aparência atarracada. O rosto era tão branco quanto a lua escondida e desfigurado com óculos de aros grossos com aparência barata, sabem? Daqueles que deixam você com a cara de macaco retardado? Ele estava usando uma camiseta preta do Baltimore Orioles, calça jeans surrada e tênis brancos pesados. Infantil na aparência geral. Isso foi uma decepção. Eu tinha toda uma teoria. Queria poder olhar nos olhos dele. Saber. Ver aquela determinação, aquela precisão da intenção. Seja lá o que o tenha feito andar até o Stubb's e executar três pessoas. O jeito como ele se portava me incomodou. Um fraco, um nada. E então, ele começou a falar, e o tom de toda a ocasião mudou.

— Tem alguém aí? Estou te ouvindo, seu babaca de merda — gritou ele.

A voz dele, apesar de alta, era surpreendentemente firme. Desprovida de raiva, sabem? Ele podia estar gritando para alguém passar o sal. Era a mesma voz do telefonema. Isso, pelo menos, foi satisfatório.

— É você, judeuzinho? Sai da minha propriedade! Eu tenho meus direitos! Eu tenho meus direitos! Judeu de merda.

E então, ele caminhou até a lateral da casa, para ver se o jogador de tijolo estaria escondido lá. Seu andar era desajeitado e com pernas arqueadas. Lembrou meu jeito desastrado. Ele estava meio cambaleando. Embora nem fosse tão gordo, só rechonchudo. E isso era hilário, esse andar de pato. Agora, tive que cerrar os dentes para não gargalhar. Nem o fato de Lorriner ter descoberto que era eu fez diferença. Era perfeito demais, sabem? Um cara com camisa dos Orioles? Que porra era aquela? As novas gargalhadas estavam fazendo meu diafragma se contrair. Digger beliscou minha mão, e vi que ela também estava lutando contra as gargalhadas, e ficamos ali agachados, unidos na semiescuridão, vendo Lorriner andar com fúria pela casa de telhado plano. Um espantalho de macacão estava em uma cadeira de balanço ao lado da porta, com a cabeça nos joelhos, e um flamingo rosa de plástico estava enfiado na terra. Vocês também teriam um ataque de gargalhadas se estivessem lá.

— Apareça, seu merda! — gritou Lorriner. — Conheço meus direitos. Seu judeu de merda!

As luzes na única casa vizinha, perto da curva, foram acesas, e outra voz masculina gritou:

— Cala a boca! Dá pra calar a boca!?

— Não, eu TENHO meus direitos — gritou Lorriner de novo.

E foi isso! Nós jogamos o tijolo; nós vimos o homem em pessoa. Fizemos o que planejamos. Em vez da raiva virtuosa, fomos tomados de gargalhadas sufocadas com músculos frouxos. Digger e eu decidimos ficar. Talvez tenha sido a confusão pós-comédia. Talvez tenha derivado do simples fato de podermos confiar que os seres humanos vão cometer o máximo de erros retardados possíveis. Talvez tenha sido só porque ele parecia tão inofensivo. Aquele era o assassino de Kevin, aquele cara comum – nós podíamos vencê-lo! Eu sabia disso. Eu me lembro de ter pensado isso. Eu não sabia em que consistiria essa vitória, mas sabia que venceríamos. No final, não importa por quê. Nós ficamos, na terra fria, com as barulhentas agulhas dos pinheiros caídas embaixo de nós.

— Aposto que é difícil para ele agora. Aposto que está morrendo de medo de ser pego. Sabe? — murmurou Digger.

Fazia sentido. Ela tem uma boa visão do lado prático das coisas. Então, ficamos ali, congelando e cheios de expectativa. Lorriner não decepcionou. Com um grito final de "Judeuzinho!", ele voltou para dentro de casa e saiu novamente logo em seguida, bem melhor equipado. Tinha colocado uma jaqueta de náilon azul-petróleo para se proteger do frio, que parecia bem pior no campo. A jaqueta deixava sua cara de lua ainda mais redonda. Em uma das mãos, segurava uma lanterna comprida e preta de policial, do tipo sobre a qual se lê em artigos de brutalidade policial. Na outra, uma espécie de raquete. Uma raquete de tênis, mas menor. De *badminton*, eu acho.

— Ah, fala *sério* — disse Digger, rindo.

— Ainda está aí, judeuzinho?

Lorriner avançou gritando até a beirada do perímetro de luz e começou a apontar o raio da lanterna em arcos amplos pelo pátio escuro. Passou pelo rosto de Digger, na curva macia da bochecha, e ela se jogou contra uma árvore e envolveu seu torso nos próprios braços.

— Seu filho da puta imundo! Apareça! Judeuzinho de merda!

Não vou mentir: as ofensas me atingiram. Não tenho alma de pedra. E, naquele instante cegante e glorioso, eu soube o que tinha que fazer. Sem dúvida nenhuma. Eu dei um rosnado. Entenderam? Que nem um cachorro! E uns latidos roucos. Digger parou de abraçar o próprio corpo e se juntou a mim. A voz de cachorro dela era aguda e límpida; a minha estava mais para tenor. Nossas imitações, que devem ter sido terríveis, irritaram o vizinho de novo, que implorou sem parar que todos calassem a boca. Que, por favor, calassem a boca.

— Vocês podem, por favor, calar a boca!?

— Fora da minha propriedade — respondeu Lorriner, balançando a lanterna e a raquete de *badminton* em uma iluminação irregular.

Por pelo menos um ou dois minutos, o facho enevoado apontou para todo lado, cerca, espantalho, copas das árvores. Sumiu no céu. Digger e eu mantivemos os uivos e latidos. Começaram a ficar dolorosos. Mas eu não poderia ter parado, um embalo alegre estava me fazendo seguir em frente; nós latimos e latimos, agudo e grave, até nossas vozes ficarem roucas e termos entrado em um ataque de histeria cômica. E então, jogando a raquete no chão, mas ainda com a lanterna, Lorriner foi até os fundos da casa novamente e sumiu de vista. Nós o tínhamos vencido! Eu sabia que venceríamos. Digger soltou minha mão. Desdobramos os joelhos doloridos.

Uma voz animal grave, de verdade desta vez, começou a berrar.

— Fodeu — sussurrou Digger, como se fosse um eco: ela percebeu antes de mim.

Fiquei sem entender até que, anunciado pela batida leve de uma porta de tela, o cachorro de Lorriner saiu correndo na direção das árvores. Lorriner o soltou em resposta aos nossos latidos. Parecia grande como um cavalo tomando esteroides, e a pelagem castanha tinha um brilho de arma, com a saliva grossa pingando na grama marrom sobre a qual corria. Digger e eu disparamos em um movimento único, cego, para o abrigo das árvores mais ao fundo da propriedade. Lorriner começou a gritar a palavra *Murphy*. O nome do cachorro, percebi enquanto corríamos.

— Murphy! Pega eles! Murphy! Pega eles! Judeuzinho de merda! Pega eles! Mur-phyyyyyyyy! — gritou ele, batendo os braços e fazendo os punhos de criança branca esmagarem um inimigo invisível.

Digger e eu paramos, ofegantes, e nos esprememos contra um enorme carvalho real. Não sei por que achamos que isso ajudaria.

O cachorro saiu da área iluminada e correu direto para nós, com os gritos aumentando em fúria genuína.

— Cala a boca, cala a boca, cala *a boca* — cantarolava o vizinho na estrada à frente.

— Pega eles.

O mundo estava girando na direção do fim. Eu estava me cagando de medo. Toda a confiança flatulenta que a aparência física de Lorriner havia inspirado sumiu. E havia um cachorro monstruoso disparado feito um torpedo na minha direção.

Lembram o que falei sobre o talento natural de Digger? Quero dizer, com a arma. Imaginem o que uma pessoa com talento natural faria nessa situação. Ter talento natural para uma coisa quer dizer que você precisa fazer essa coisa. Ao contrário de querer fazer. Não estou dizendo que Digger estava ansiosa por usar a arma. Mas ela a levou. Ela deixou David entregá-la sem comentar nada, disparou no lixão e destruiu o alvo. Tudo isso é sinal de consentimento, certo? Agora, considerando que estávamos prestes a sermos atacados por um labrador gigantesco de campo de concentração, ela agiu como uma pessoa com talento natural. Ninguém pode culpá-la. Eu não a culpo. É ainda mais prova, eu diria, de que ela estava destinada a uma vida über-memorável. Então, eu fiquei ali, paralisado, e Digger se agachou em posição de atiradora, com os antebraços oscilando e as sobrancelhas unidas.

Então, a arma disparou. Vocês já viram qualquer coisa viva levar um tiro? Duvido que tenham visto. Eu também nunca tinha visto, até esse dia. Nada parecido havia acontecido na esfera da minha experiência antes. Absolutamente nada. Eu moro em uma cidade de bosta. Não há necessidade de preocupação com a morte violenta de animais em uma cidade. E foi violenta, no pior sentido da palavra. Talvez a impotência relativa do animal tenha tornado tudo mais repugnante: ele não tinha compreensão da própria situação. Nem antes e nem depois do tiro, que o converteu em uma coisa inanimada, exceto por alguns estertores finais de vida. O cachorro tremeu e caiu, com as pernas abertas, como se tivesse se chocado em um obstáculo invisível. Os uivos de perseguição enraivecida sumiram. O cachorro choramingou. Dava para ouvir um gargarejo leve de fluido jorrando, um assobio sugado por baixo dos gemidos. Outros cachorros começaram a latir em solidariedade ao camarada caído, sei lá. Em toda a vizinhança mais próxima.

Aqueles impostorezinhos de cérebro vazio! De onde vieram? Onde estavam quando nós estávamos latindo? Não havia sequer outras casas! Lorriner correu até o animal moribundo e se ajoelhou para protegê-lo de outros ferimentos com todo seu tronco coberto de náilon. Inclinado como em reverência. Talvez fosse reverência. Quem sabe? Eu estava sem palavras, pelo menos. Silencioso como concreto. Digger já estava saindo do meio das árvores e indo para a direção das luzes que traziam segurança. Mirando o Lorriner com a arma o tempo todo. Então, mesmo com toda aquela confusão me cercando, o que eu podia fazer além de ir atrás? Murmurando "Puta merda, puta merda, puta merda" enquanto corria.

# XI.

Não tenho uma lembrança muito clara dos dois minutos seguintes. Apenas momentos isolados, como *flashes*. A vida foi substituída por fotos ou tapeçarias medievais, sei lá. Sabem como é? Em que a perspectiva é toda errada, ou não é uma perspectiva adulta, e tudo é do mesmo tamanho, e todo mundo parece estar de pé no ar, mesmo que os pés estejam firmemente plantados no chão castanho e destruído, e todos estão com expressão de devoção vazia no rosto. Nunca sorrindo, nunca fazendo careta. As pessoas ficam satisfeitas por viverem para sempre naquelas poses absurdas.

Portanto:

Imagem um: escuridão do pátio. Imagem dois: Lorriner ali, de pé com o cachorro moribundo erguido nos braços. Imagem três: todos nós em um círculo desajeitado, sem ninguém dizer nada. Imagem quatro: uma procissão. Lorriner na frente. Digger paralisada no umbral da porta. Ela cambaleou sem fazer barulho, mas Lorriner não reparou. Imagem cinco: luz quente da cor de pera dentro da casa. Esses cortes limpos, sem nada ligando as imagens. Exceto o contraste intenso.

Mas o tempo deve ter continuado passando do seu jeito tedioso e inexorável. Nós acabamos mesmo na casa de Lorriner. E as leis da lógica ou sei lá o que ainda seguiam. Ele tinha que nos deixar entrar. Nós estávamos armados. Não consigo acreditar que acabei de escrever isto: *armados*. Pisquei e apertei o olhar para ajustar minha visão lá dentro. Lorriner estava carregando Murphy nos dois braços, como faria com uma criança morta ou com um tapete pesado enrolado, e havia duas manchas de sangue preto e viscoso no peito de sua jaqueta feia. Digger tinha se recuperado do tropeço, o que achei incrível. Eu estava impressionado comigo mesmo por ter conseguido não foder com tudo até o momento. Estávamos no caminho certo, sei lá, para usar uma das expressões do sr. Vanderleun. Apesar da convulsão do meu registro mental, tudo estava indo de acordo com o plano.

A casa na qual forçamos entrada era hilária. Já descrevi os detalhes da parte externa. E isso pode fazer vocês esperarem latas de cerveja espalhadas para todo lado lá dentro e tapetes fedendo a mijo de cachorro. Seja lá qual imundície rural vocês queiram imaginar. Mas o lugar, antes de tudo, era über-arrumado. Não havia nem um pouco de lixo, nenhum objeto fora do lugar. A sala era cheia de mobília, toda entalhada com pompa em madeira preta e pesada. Vocês devem saber o que quero dizer: esferas desajeitadas em todas as juntas, cada peça pesando meia tonelada. Almofadas vermelhas e pesadas. Ele deve ter comprado em uma única visita a alguma loja de móveis. Há muitas naquela região. Nada de estante, nada de televisão, nada de tapete, só um sofá pseudoimperial de duas toneladas, duas poltronas e uma mesa de centro. A luz azul vista de fora vinha de um aquário vazio e totalmente limpo. Eu me lembro de uma peça de decoração: um pôster de um esquiador saltando, no embalo de uma rampa que parecia um traço único e firme de tinta, voando alto acima da multidão, com braços rígidos, pernas rígidas… Havia cheiro de chocolate. Juro por Deus.

E Lorriner estava pálido, mais pálido do que antes. Eu podia observá-lo o quanto quisesse agora, tremendo pelo esforço de segurar o cachorro. O rosto tinha uma aparência inacabada, flácida. Ou não exatamente. *Inacabada* é uma descrição usada demais para rostos, de qualquer modo. Mas cautelosa demais, tensa demais, o trabalho de alguém de segunda linha. Um tipo de trabalho manual com o qual estou acostumado. Uma expressão de temor mesquinho surgiu no rosto dele. Uma que um fraudador com olhar de coelho faria quando fosse preso. Os soluços de Murphy tinham cessado, e o jorro irregular de sangue e fluido do peito do tamanho de um cavalo tinha parado. Apesar de não ter treinamento clínico, eu sabia que o cachorro estava morto. Lorriner também parecia saber, porque começou a fungar. Só duas ou três vezes, depois se controlou. Com um avermelhamento breve do pescoço por causa do esforço. Eu estava começando a ter minhas dúvidas. Mas a presença de Digger as abrandou. Ou talvez tenha sido a arma. Ela a estava balançando para ele, dizendo:

Não tem problema colocar o cachorro no chão. Está tudo bem. Você pode se sentar agora. Só queremos fazer algumas perguntas. — Ela falou com cadência perfeita e sem pressa.

— O nome dela é Murphy — disse Lorriner com a voz aguda e cautelosa. Saber o gênero do cachorro me deixou nauseado. — Você é aquele porra de judeuzinho? — perguntou ele, ainda sustentando o cadáver do labrador. — Cara, esse *povinho* de merda. Qual é a porra do problema do seu povinho de merda?

— Não tem nada a ver com isso — eu respondi.

Que inteligência impressionante! O temor de funcionário de banco sumiu do rosto de Lorriner. Ele estava de volta em terreno familiar, sei lá. Judeus são úteis para isso: para oferecer um ponto inicial estável para todos os tipos de retórica.

— Posso me sentar?

— Ela já *disse* que podia — eu respondi.

Ele se abaixou com cautela no sofá de três lugares e ajeitou o corpo de Murphy na mesa de centro. Uma das pernas dela estava vibrando. Para compensar meu fracasso anterior, acrescentei:

— Seu merda, quer dizer, seu caipira de merda filho da puta.

Isso soou falso. Uma expressão de vergonha surgiu no rosto de Lorriner. Eu esperava que ele ficasse furioso. Foi meio insultante ele não ter ficado, eu acho. Algumas pessoas não conseguem fazer insultos com autoridade. Até Digger, na minha visão periférica, demonstrava certo constrangimento e reprovação.

— Cês querem grana? Eu tenho grana. — Lorriner sorriu agora. E isso me abalou. Como um cara com uma arma apontada para a cabeça consegue sorrir? Um cara culpado, sem dúvida. — Tenho uns três ou quatro mil aqui. Em dinheiro vivo. — Ele ofegou essa última expressão. — Também tenho outras coisas. Merda da boa, cara.

Eu sabia que ele estava falando de algum tipo de droga. Provavelmente maconha, e também, considerando a localização rural, metanfetamina, que é preocupação constante em relação a Maryland. Mais um dos muitos motivos para ser o pior estado. Ele direcionou todas essas ofertas para Digger. Senti vontade de dizer para ele que isso era um erro. Caso vocês ainda não tenham percebido, ela é insubornável. Quero dizer, isso se o resto da personalidade dela, com defeitos e tudo, for levada em conta. Então, ela não hesitou. Nem fez pausa. Os dois ficaram se olhando. Lorriner, mesmo sentado, projetava dignidade ferida. Algo incompreensível pra caralho para mim. Digger tinha um escrutínio clínico nos olhos. Eu podia muito bem ser uma das poltronas de quarenta quilos de Lorriner, considerando meu envolvimento naquela situação.

— Por que você fez aquilo? — perguntou ela.

— Cara, eu fiz porque vocês pensam que são os donos da porcaria do mundo!

Isso foi dito com arrogância assobiada, um tremor complacente do corpo, um sacolejo do cabelo sem vida. Vocês estão pensando que eu estava com raiva. Com raiva de Lorriner e com raiva de ser ignorado. Eu não estava. Não conseguia parar de cerrar os punhos e tremer as mãos, pois elas estavam coçando pela arma, não para usar, mas para segurar. Eu não podia pedir à Digger a dela. Ela estava se sentando, baixando a bunda insubstancial (bunda de garota branca, dizem por aí) na poltrona pesada de Lorriner. O movimento dela me fez sentir ainda mais deslocado. Eu teria iniciado uma diatribe. Mas Digger falou de novo. Aparentemente, ela sabia por telepatia que eu estava prestes a iniciar um discurso idiota.

— Não estou falando de jogar o tijolo pela janela. — Ela parecia calma e cansada, mais nada. — Estou falando de Kevin Broadus. Por que você o matou? Foi porque ele insultou você naquela festa? Porque vocês brigaram? Isso é mesmo um motivo para matar alguém?

— Cara, eu não… — começou Lorriner.

Digger o interrompeu. E ela nunca faz isso intencionalmente. Ela sempre espera a outra pessoa terminar.

— Se você mentir, eu te mato. Atiro em você. Não estou nem aí, Mike.

Chamando-o pelo primeiro nome. Incrível, né?

— É, ela está falando sério, cara — eu disse para ele.

Eu também me sentei agora, com a pose tranquila de uma autoridade. A boca redonda de Lorriner estava aberta, a boca silenciosa, estúpida, irregular. Ele tentou uma nova tática. Vocês têm que admirar a adaptabilidade dele.

— Olha, cara, vocês têm ideia do quanto estão sendo buuurros? Tem polícia de verdade aqui, não aqueles negos buuurros que tem na cidade. — Ele tinha recuperado o tom: mestre do território. — Se eles pegarem vocês, vai ser ruim. Se vocês forem embora agora, não vou chamar eles, eu juro. Eles não são como aqueles negos burros da cidade. Entendem?

Sim, ele usou aquele tom. Mas estava com o olhar tremendo e piscando agora. Suor surgiu em gotas dos poros largos de sua testa.

— Não use essa palavra, por favor — instruiu Digger.

— Não, olha, cara, se vocês forem embora agora, não vou fazer nada, tá? Tudo bem?

Digger suspirou e firmou a mão.

— Conte por quê.

Ela tinha fechado os olhos parcialmente para mirar melhor no crânio dele.

— É, pode ficar com toda essa merda pra você, cara — eu ecoei.

— Addison — disse Digger. Não sem gentileza.

Eu calei a boca. Lorriner fungou o que deveria ser uma bola colossal de muco, a julgar pelo som. Em seguida, houve um estrondo melódico enorme, e todo mundo gritou de surpresa.

Sei que vocês estão esperando o tempo todo a imensa merda feita por nós. Desde que a arma apareceu. Não é agora, embora pudesse ter sido. Ficamos todos über-assustados com o som, por ter acontecido na hora que aconteceu. Lorriner deu um pulo, mas foi detido pela mesa de centro com o cadáver, e segurei os braços da poltrona, duros como ferro. Foi o tipo de explosão que resulta em alguém levando um tiro nesse tipo de situação. Uma confusão de movimentos caóticos, barulhos agressivos. Mas Digger não atirou. Ela tem as mãos tranquilas assim. O barulho – ficou aparente depois da nossa explosão inicial de terror – veio de um canto escuro, onde um relógio cuco tinha entrado em ação, projetando um cavaleiro azulado por portas altas de madeira perseguindo um dragão avermelhado ao redor de uma muralha de aparência barata. Tocou uma música irritante e apitou onze vezes. Já era tão tarde assim? A explosão de terror que o barulho inspirou em mim morreu. A respiração de Lorriner estava curta e alta, e o suor em gotas no rosto dele se transformou em uma camada uniforme. Digger manteve a arma firme. A pata direita traseira de Murphy chutou e chutou nas contrações de *rigor mortis*, batendo na madeira. Nós representávamos um microcosmos inteiro de atividade vibrante. Eu não culpava Lorriner por demorar tanto para considerar a resposta. Quero dizer, até assassinos têm lógica, certo? E então, o fedor único de fezes humanas chegou aos nossos rostos. Achei que eu tivesse me cagado e gritei um ruído incipiente de medo e arrependimento.

Percebi que estava vindo de Lorriner, que também tinha começado a chorar. Ele tinha se cagado de choque por causa da melodia berrante do relógio. Ao escrever, parece sensato e talvez até inevitável. Mas, ainda assim: ele se cagou e começou a chorar. A chorar, senhoras e senhores. Um homem esvazia os intestinos e chora. É nisso que todo o propósito humano se resume. Porra! Ainda dava para detectar o leve aroma de chocolate que nos recebeu, o que tornava a situação toda impossível.

— Você é aficionado por relógios? — eu falei, com minha total perplexidade.

— Addison — repetiu Digger em tom exasperado.

— Olha, eu nunca, quer dizer, é que não sei, cara, onde vocês ouviram... — Lorriner parou para respirar. — Por favor, não, cara, eu nem conhecia aquele garoto. — Ele estava hiperventilando. — Foi Noel que disse isso? Noel Bradley? Vocês trabalham pra ele?

Percebi que ele era no máximo um ano mais velho do que nós. Como diabos ele podia ser dono daquela porra de casa absurda? Onde estavam os pais dele?

— Não, cara, não não não não não — repetiu Lorriner.

— Mike — disse Digger com aquela mesma voz doce e baixa. — Cale a boca sobre Noel. Mas não minta, tá?

— Por que vocês mataram meu cachorro, cara? Como posso acreditar no que vocês vão dizer agora?

As mãos dele estavam levantadas, como se ele pudesse afastar a bala quando Digger decidisse atirar. Vocês acham que eu também estava com medo. Mas não estava. Só interessado. Absurdo, né?

— Não, cara, não não, *por favor*, cara, *por favor*.

Vocês já ouviram alguém implorando pela vida? Não ficou nem claro para mim que Lorriner estava em perigo real. A perplexidade provocada por toda a anarquia daquela noite meio que dominava todas as emoções. Estávamos com uma pessoa sob a mira de uma arma. Vocês já experimentaram isso? Descarta outras considerações. A ideia de vitória? Já era. Planos de vingança? Já eram duplamente. Tornei-me um retardado impotente ao ser confrontado com tudo isso.

— Por favor, cara — dizia Lorriner. — Eu juro que não fui eu. Juro que não fui eu. Por favor. Cara, vocês trabalham pro Noel? Posso pagar o que ele estiver pagando pra vocês, eu juro. Não fui eu. Eu juro. Não fui.

Ele parecia... resignado. Acho que é assim que interrogatórios funcionam. Tem um ponto em que nosso medo da morte some, e além desse ponto fica a verdade. Ou isso, ou o silêncio permanente. Lorriner não era do tipo que fica em silêncio.

— *Por favooor* — disse ele.

Ele juntou as mãos. Estava sussurrando uma oração. Puta merda.

— Mike, está *tudo bem* — entoou Digger em consolo, com a arma firme.

E, ágil e aquecido com fúria repentina, comecei a gritar com Lorriner. Só porque ele teve a audácia de se cagar e chorar depois de nos arrastar até aqui. Ele não tinha direito! Aquele babaca da escória branca! Foi assim meu monólogo interior. Rugi alguma coisa nada clara e apressada, com variações absurdas de tom, sobre ele ser racista e assassino, sobre nós não deixarmos as ações dele prevalecerem, sobre justiça. Justiça! Ah, Deus, mesmo enquanto eu falava, eu já sabia que ele era inocente. Nenhum assassino se caga.

— E você acha que pode fazer o que quer porque é ignorante pra caralho! Você acha que pode agir como quiser e fazer qualquer coisa!

Eu estava balançando o indicador para Lorriner, que não parou de chorar em nenhum momento. Se Digger fosse menos moderada e sensata, talvez tivesse apontado a arma para mim para me calar, ou talvez me acertado com a coronha. Isso teria funcionado. Mas ela continuou mirando, tomada de calma, e ficamos os três sentados ali no fedor de merda, enquanto Lorriner chorava e se lamentava.

— Só não se *meta* mais com a gente, tá? — eu balbuciei. Como se a repreensão fosse necessária. Falei aquilo porque eu tinha que seguir em frente, porque o impulso me forçava, e continuei fazendo os barulhos que o animal humano faz, os barulhos de dignidade ferida e raiva pura, os barulhos da falsidade.

Falando sério, para onde a gente vai depois disso? Sim, Lorriner era inocente. Mas, em um sentido técnico, a noite contava como tendo sido um sucesso. Certo? Podíamos até ter ido atrás do homem errado. Mas nosso plano transcorreu sem erros. Desde a concepção até a execução. A até B até C. Rápido e enevoado como um sonho. Atirar em um cachorro não conta como dar merda. Eu odeio cachorros. Digger não gosta de cachorros. Eu diria que devemos desconfiar de qualquer pessoa que não os odeia. (Vocês sabem quem tem uma foto do cachorro, Aurelius, na mesa? O sr. Vanderleun!) Matar um cachorro chega a ser assassinato? Quem sabe? Nada de ruim aconteceu com a gente. E Lorriner mereceu. Certo? Mereceu quinze minutos de terror abjeto e perder o cachorro. Mesmo não sendo culpado. Mas, de alguma forma, apesar do nosso sucesso, toda nossa energia tinha sumido. E isso não deveria ter acontecido. O sucesso deve levar a mais sucesso. Nossa sociedade toda é construída ao redor desse princípio.

Lorriner também ficou desprovido da força que o levou a caminhar desajeitado e orgulhoso quando estava nos ameaçando com a lanterna e a raquete de *badminton*. Ele parecia ainda mais infantil do que antes. A postura curvada tinha uma aura de fraqueza, uma curvatura estranha. Do jeito que a adversidade afeta crianças pequenas. Ultraja o sentido inato de justiça delas, as machuca, mesmo não sendo física. Ainda assim, as machuca.

— Onde estão seus pais, cara? — eu me vi perguntando.

— Addison — sibilou Digger. Ela parecia chocada.

— O quê — perguntou Lorriner —, qual é o problema de vocês? — E deu para ouvir as lágrimas surgindo novamente. — Meus pais? — ele choramingou. — Seus judeus de merda.

A voz dele estava em frangalhos. Digger lançou um olhar de decepção intensa pra mim.

— Sinto muito por Murphy — disse ela.

Só faltou ela esticar a mão para cumprimentar Lorriner. Digger e eu estávamos os dois de pé. Era hora de ir embora. Lorriner escondeu o rosto.

— Não, cara, tudo bem — disse ele, com o rosto aninhado nas mãos. E, pelo tom dele, foi inconfundível: ele estava nos perdoando.

O ar da noite estava com cheiro de frio. Sabem? Aquele cheiro intenso, limpo e cortante? Digger foi andando na minha frente, com a arma pendurada na mão por alguns passos, antes de enfiá-la novamente no bolso do casaco. As nuvens que obscureciam a lua tinham sumido, e a luz escura pratcava tudo enquanto seguíamos pelas folhas barulhentas até a curva.

— Ei, cara — eu disse para Digger.

Ela não respondeu. Só seguiu andando na frente em meio às folhas. As luzes da casa na beira da estrada ainda estavam acesas, e Digger passou por elas e foi para a escuridão além, olhando rigidamente para a frente. Ela não me respondeu, embora eu continuasse falando. Achei que estivesse furiosa. Mas sorriu, deu para perceber, mesmo no escuro, quando cheguei no carro, e deu um pequeno suspiro quando saímos dali e colocou um cigarro nos lábios. Ela nem parecia perturbada. Passamos pelo caminhão que buzinou para nós antes em admiração à nossa cantoria, agora parado no acostamento, com a cabine acesa e dois rostos de chumbo dentro. Reparei no logotipo na lateral pela primeira vez, o que me fez ir um pouco mais devagar de surpresa: nossos faróis revelaram que pertencia à Rex Rentals. O cachorro castanho, emblema da Rex, olhava com expressão lamentosa e dócil do painel branco para a terceira dimensão. Mas logo estávamos nos campos de grama de novo, Maryland exalando sua vigília muda.

Se eu estivesse escrevendo um romance, tudo isso precederia uma cena de reconciliação óbvia. Silenciosa e sutil: *A estrada se abria à frente deles. Digger, sem olhar, deixou sua mão a roçar o joelho de Addison*. Ou com pirotecnia, repugnante e exagerada. Talvez a gente acabe trepando no meu carro gelado, ou em um motel obscuro de beira de estrada, sei lá. Afinal, somos apenas adolescentes, e é assim que as coisas funcionam nos livros, certo? Nada genuíno está em jogo. E a juventude é, para dizer o mínimo, resiliente. Mas o que aconteceu foi o seguinte. Nós dirigimos. Digger ficou meio adormecida. Não havia necessidade de navegação. Só há uma estrada, como já falei, em lugares assim. É uma questão de direção. Antes das duas, estávamos de volta à casa de Digger. Eu não tinha sentido o frio da noite até então, quando meu sangue voltou para as mãos. Nós estacionamos, e Digger saiu do torpor. Ficamos em silêncio pela última hora no carro. Achei aquele longo silêncio meio provocador. Então comecei, enquanto ainda estávamos no carro, a *explicar* tudo de novo. A história idiota inteira. O que vocês estão lendo aqui, mas na versão condensada de um minuto. Para mim mesmo, assim como para ela. Desta vez, sem o Mike Baixinho. Inventando outro assassino anônimo e poderoso. (Eu quase preferia assim.) Ela assentiu lentamente quando terminei e mordeu o lábio em concentração. Interpretei isso como sinal de encorajamento. (Errado!)

— Cara — eu prossegui, assumindo um ar jocoso —, só precisamos encontrar o cara de verdade e chegar a ele antecipadamente. — Digger não respondeu. Então eu fiquei preocupado. O silêncio dela sugeria dúvidas. — Ei, Digger. Certo? O que devíamos fazer? Na sua opinião.

Ainda, nada. Fiquei falando, tentando fazer com que ela voltasse a simpatizar com a causa. Até citei o ângulo racial de novo, que funcionou antes. Ela só me pediu para ficar quieto. Isso não me fez parar.

— Ei, olha, cara. Nós dois achamos que era ele. Nós dois. Certo? E agora, você não pode repudiar a ideia toda. Certo?

Isso a fez falar. A voz, embora modulada, soou fraca, meio falhada.

— Não use essa palavra. *Repudiar*. Você fica falando sem parar sobre esse cara, e nós fomos e matamos o cachorro dele? Um pobre coitado gordo. E não foi ele, tá, Noel é um mentiroso, e você também, por extensão, e foi tudo uma coincidência terrível. Tá? Coincidência. Como todo o resto. Só aparências e coincidência. Talvez você esteja passando por uma coisa esquisita por causa do Kevin. E talvez eu tenha feito o que você quis. Mas é tipo azar. Só azar. Pra todo mundo. Estou muito cansada, Addison. É como aquilo que você fica sempre repetindo. Do Latim. "O Fortuna" ou sei lá o quê. Aquela música idiota. Tipo isso.

Dava para ver que ela estava com raiva, apesar da voz controlada. Comigo, com a situação. Mas não há motivo maior do que estar errado para ligar a velha torneira do moralismo, e soltei umas expirações de gorila, com as narinas dilatadas, enquanto planejava a resposta. Eu tinha um discursinho inteiro elaborado.

Ela começou a falar antes que eu pudesse abrir a boca. Sobre o último assunto possível que eu esperava. Nosso acordo. Não percebi de cara, porque ela não deixou sua opinião muito clara. Ou, devo dizer, fui burro demais para entender o que ela quis dizer quando falou:

— Você está sendo muito injusto comigo. E está fingindo não saber.

— Cara, como estou sendo injusto? Você está sentada aqui. É, nós erramos, mas você não pode ficar sentada aí sem dizer nada.

— Não é isso que quero dizer.

Ela não olhou para mim.

— O que é, então? O que você quer dizer? Não me dizer não vai resolver o assunto.

— Se você não consegue descobrir, por que eu deveria dizer? Não fale comigo como se estivéssemos participando de um debate, tá? Só fica quieto.

Demorei dois minutos para responder, a julgar pelo relógio do painel, pálido e azul. Eu não fazia ideia do motivo para ela estar tão furiosa quando abri a boca. Então, decidi tentar adivinhar, como dizem para fazer em provas padronizadas.

— Você quer dizer injusto em relação ao sexo? — eu balbuciei.

— Não. Não sei. Não. Mas você não é uma porra de pessoa que não conheço. Então por que está falando comigo como se fosse? Por que você diz *repudiar*? Não somos da equipe de debate. E, certo, tudo bem, talvez o sexo seja parte disso. É, então não falamos sobre isso. Mas pare com isso, cara. Não seja obtuso. É, o sexo é parte disso. Tudo bem? Tudo bem? Era o que você queria ouvir, seu babaca de merda?

Ela continuou sem olhar para mim.

— Achei que você quisesse isso, cara — eu disse. E acabou sendo uma péssima ideia.

— Então, você não — rebateu ela na mesma hora, como se estivesse esperando a noite toda que eu dissesse exatamente isso, e enfiou o polegar na boca.

— Não, Digger, você é minha melhor amiga, cara — eu murmurei, para meu leve horror.

Essa talvez seja a pior coisa para dizer a qualquer pessoa, em qualquer momento. Eu esperei, com o maxilar cerrado em autoproteção, que ela gritasse comigo, fizesse algum comentário maldoso. É isso que as violações ao nosso acordo merecem. O que eu disse foi, além de intrinsicamente idiota, uma enorme violação do acordo. Mas ela não fez nada disso: não gritou, não usou sarcasmo. Ela se inclinou e me beijou, coisa que ela nunca tinha feito antes. Em público. Quando não estávamos transando. Vocês sabem o que quero dizer. Nós dois falhamos no beijo, ansiosos e inertes demais. Além do mais, considerando que ela tinha acabado de me chamar de babaca de merda, eu não estava esperando que isso acontecesse. Então, talvez eu seja um babaca de merda.

— Você é tão escroto, Addison — disse ela, com voz precisa demais, depois que nos separamos. — E todas as outras pessoas são mentirosas pra caralho.

Ela me devolveu a arma. Pela coronha. Uma profissional. Olhamos um para o outro de um jeito oscilante e perturbado, um reconhecimento de intenção séria. Ou só o olhar de aproximação que estranhos trocam depois de um acidente de ônibus, sei lá. E então ela saiu do meu carro, entrou em casa e fechou a porta com um estalo seco, e fiquei sentado no meu banco gelado, fumando cigarros. Abri o porta-luvas para esconder a arma, mas mudei de ideia, prendi a trava e coloquei no bolso do casaco. Concluí que podia escondê-la no cofre. Vi o arquivo de Kevin no compartimento: um pouco sujo agora. Eu queria ficar lendo por uma hora. Mas não fiz isso, não naquele momento, embora o desejo tenha me importunado enquanto dirigi para casa.

Meu pai estava na varanda quando estacionei. Ele estava me esperando, mas não disse nada. Só queria que o fato de ele estar acordado me fizesse admitir que estou com uma dívida com ele. Coisa que nunca faço! Ele estava com a expressão cansada e enrugada, o rosto franzido e furtivo. Essa expressão é como se sabe que ele está feliz. O único sinal. Vocês conseguem acreditar que me esqueci de dizer o nome dele esse tempo todo? É Theodore Franklin. Ele foi batizado em homenagem não a um, mas a *dois* Roosevelts assassinos e sorridentes. As pessoas o chamam de Ted.

— Alguém quebrou a janela, Addison — disse ele. Sua oração constante e inconsciente por sofrer alguma perseguição foi atendida, depois de um atraso injusto. Eu não respondi. Estava tão cansado — Foi no começo desta tarde. Onde você esteve o dia todo, Addison?

Ele nunca pergunta isso. Não consigo nem lembrar a última vez que ele perguntou aonde fui. Nem quando me perguntou qualquer coisa sobre mim. Não que eu me ressinta. Gosto de privacidade.

As luminárias da sala estavam todas acesas. Temos seis, todas são antiguidades. Com corpos de metal e cúpulas multicoloridas de vidro – a ornamentação exagerada que meu pai adora. Elas não emitem luz de verdade, então é preciso acender as seis para conseguir uma iluminação razoável na sala. Para minha total falta de surpresa, Fatima estava deitada no sofá, fumando, usando uma camisa de botão comprida masculina. As mangas dobradas exibiam seus braços peludos. Eu poderia ter concluído que era ela quando ouvi os sons da foda deles mais cedo. Por um processo básico de dedução, sei lá. Ela fingiu não me notar. Meu pai ficou na varanda e passou um sermão de treinador para o ar noturno, falando da tarde e da noite dele enquanto eu continuava a caminhar. A voz dele foi ficando mais vazia a cada passo que eu dava.

— Varremos o vidro, Addison — ouvi meu pai gritar. Ainda da varanda. Por que ele não estava entrando em casa? Quem faz isso? —A polícia veio. Eles foram muito respeitosos. Aquele alto. Você deve se lembrar. O policial Huang.

Eu já estava descendo para o meu quarto e caí na escada quando ele gritou isso. Simplesmente perdi o controle dos meus membros e escorreguei pelos degraus que faltavam em um tropeção desengonçado. A arma voou do meu bolso e deslizou pelo piso do porão, girando.

— Eles vieram e foram totalmente respeitosos, Addison. Por onde você andou? Vai dormir?

As palavras dele desceram pela escada enquanto a arma girava cada vez mais devagar, até parar com o cano preto virado diretamente para mim. Eu nem gritei desta vez, só me levantei e comecei a procurar ferimentos. Mas querem saber? Nenhum ferimento. Nem um hematoma, nem um arranhão. Só um atordoamento leve de náusea de quem está acordado há muito tempo. E uma dor vaga que não consegui localizar.

# XII.

Agora é um bom momento na narrativa ou sei lá como isso chama, para responder a uma pergunta que sei que deve estar na cabeça de vocês. *Por que, Addison, você fala tanto sobre* Eneida*?* Só para poder fazer uma grande exibição na qual me comparo a um personagem nobre mitológico, vocês estão pensando. Talvez o próprio Eneias? Ele é um sujeito adorável. Talvez Anquises, que foi estuprado por uma divindade feminina. Talvez o filho de Eneias, Ascânio, porque é inocente e bom? Ou, melhor ainda: um dos deuses! Isso seria incrível, certo? Mas me deixem corrigir essa ideia de vocês. Não sou muito egotista, de nenhum jeito normal, e o personagem de *Eneida* com quem mais me identifico não é moralmente esplêndido. Não chega nem ao nível de Heleno nem nada. Nem é *troiano*. É o garoto detestável chamado Neoptólemo. Um personagem secundário. Um grego. Duvido que vocês se lembrem dele: o jovem zangado tão arrasado pelas circunstâncias do próprio nascimento (ele é filho bastardo de Aquiles) que assassina Príamo, o venerável e idoso rei de Troia. *Só um sociopata*, vocês estão dizendo. O nome dele quer dizer "Nova Guerra", caramba!

Mas ele é mais do que isso. Tá certo, ele é um assassino brutal, mas é meio interessante: sempre está fazendo alguma coisa relacionada, mas terrivelmente diferente do que pretende. Veja a história com Príamo. O que ele *queria* era que alguém dissesse para ele: *sua linhagem não é vergonhosa; você não tem nada de que se envergonhar.* Em vez de encontrar uma pessoa para isso, ele coloca uma armadura e corre pela Troia em chamas e assassina um velho indefeso, como se não houvesse dezenas de pessoas mais *desafiadoras* para matar. Ele até mata Polites, um dos filhos de Príamo, bem na frente dele, nos apartamentos reais. E o tempo todo em que comete essas atrocidades estúpidas, mostra o quão *impassível* ele é, provocando Polites com a lança, ridicularizando Príamo antes de arrastá-lo para o altar da família e decapitá-lo. Isso é prova suficiente de que se trata de uma consciência confusa: insistência pública, austera e incessante.

A história dele também demonstra uma verdade obscura. Ter um plano, qualquer plano, significa que você sabe em algum nível que vai falhar, que está errado. Isso contradiz tudo que me ensinaram, todos os maiores princípios da vida moderna, que se baseiam totalmente em planos e cálculos. Mas, se você vai ser bem-sucedido, por que precisa pensar em tudo antecipadamente? Se tivesse a confiança necessária – em todos os casos, confiança perfeita e inabalável –, a ideia de um plano faria você rir. Quem tem esse tipo de confiança? O sr. Vanderleun diz que nenhum texto vale a pena ser escrito se você não falar sobre ele antes. Conversar sobre ele, é esse seu conselho. Todos os aspectos, todos os pensamentos. Com um amigo. Com um grupo de amigos. Ele cita a si mesmo como exemplo de "escritor" moldado por esse processo parlamentar. Pura bosta! Como *ele* saberia alguma coisa sobre escrita de verdade? Ele vive com um olho em uma plateia invisível. Só consegue pensar na aparência dos próprios gestos.

Então, imagina que as outras pessoas são consumidas e arruinadas por sempre olharem para trás, para a escuridão do teatro, para a escuridão não responsiva. Virgílio não sofria dessa espécie de vaidade. Como ele poderia ter sobrevivido por dois mil anos se tivesse sofrido? É uma convenção agora os artistas ficarem olhando para trás em busca de aprovação, para fazer essas demonstrações de seu comprometimento.

Não posso alegar ser inocente nisso. Não como artista. Não sou artista. Estou falando como ser humano. No dia primeiro de outubro, enquanto eu estava saindo de casa, um garoto sem supervisão de adultos bateu na minha canela com o triciclo vermelho-sangue dele. O franzido pétreo e constipado de seu rosto conforme ele passou voando, curvado e bufando, teria sido digno de um ditador vitorioso. "Você… foi… derrotado!", gritou o triciclista. Eu o vi dobrar a esquina. Minha mochila estava pesada com todo o meu dinheiro. Literalmente, todo. Em dois sacos de supermercado. Era um daqueles dias indeterminados de cor de chumbo que antecedem o inverno, que chega tarde em Washington. Nossos cidadãos ficam histéricos aos primeiros sinais de tempo ruim. Você pode ir a qualquer mercado e ver que o estoque de água mineral acabou. Acontecem acidentes de carro, depois dos quais os motoristas se reúnem em duplas ou trios lúgubres aceitando seu destino, com os cachecóis pulando e tremulando com liberdade depois de toda aquela expectativa plúmbea. E a neve, quando chega, o que só acontece no final de dezembro ou em janeiro – é sempre em pouca quantidade, uma poeira cinzenta. Frágil. Nunca atinge aquela qualidade de escuridão branca. O desejo frustrado por ela, na minha opinião, é o que deixa as crianças tão nervosas aqui nos meses de inverno.

Voltar a isso aqui foi difícil, não vou mentir. Vocês percebem que tive que pegar leve em meu retorno ao mundo da escrita com material especulativo. O que aconteceu naquela noite na casa de Lorriner acabou sendo um momento divisor de águas na minha carreira social. E não o prenúncio de uma tremenda mudança positiva. Escrever sobre o assunto me deixou bastante cansado, e tive que dar um tempo antes de voltar a escrever. Não quero parecer dramático nem misterioso. Tudo isso vai acabar em algum lugar. Até o sr. Vanderleun aprovaria. Ele fala muito sobre determinação. Corta o ar com a mão sem um dedo quando fala no assunto, como se tivesse um envolvimento profundo e pessoal na conclusão bem-sucedida de histórias. Mas acreditem em mim. Eu tenho um evento enorme de encerramento a caminho, que mais parece um circo. Só preciso incluir algumas coisas explicativas antes. Eu poderia soltar tudo de uma vez, mas aí nem eu conseguiria entender. E olha que aconteceu comigo. Espero que vocês me desculpem por um novo começo tão abrupto. Vou tentar resumir abaixo, para vocês não ficarem perdidos.

Nº 1: Digger e eu matamos Murphy no dia doze de setembro. Durante o resto do mês, meus níveis de energia despencaram. Na escola. Se bem que meus professores consideraram isso uma melhoria. O sr. Vanderleun me chamou de lado depois da aula para me dizer o quanto minha atitude tinha melhorado.

— Estou muito surpreso com você, sr. Schacht. Isso traz a pergunta retórica de onde *este* Addison estava escondido antes.

O cotoco dele balançou em apreciação. E ele não sabia usar a expressão "*begs the question*". Não fazia sentido. Acho que estava se referindo ao fato de que fiz o trabalho pedido, esse tipo de coisa, como se estivesse fazendo um *favor* aos meus professores e à escola. (E acredito que estava mesmo.) Mas comecei a deixar todo tipo de coisa passar, coisas que antes eu não deixaria, não sem ofender o falante deliberadamente. Alex Faustner passou uma aula de Inglês inteira pronunciando errado a palavra *folhagem* como *foliagem*. Eu não falei nada. Parei de gritar as traduções certas quando meus colegas se enrolavam em latim, uma atividade que a sra. Erlacher não podia punir, porque, tecnicamente, provava que eu estava envolvido com a aula e por dentro do assunto, embora desse para ver pelo sorriso tenso de lábios brancos que ela não conseguia suportar essas interrupções. Eu fazia para humilhar as pessoas. Embora não fosse humilhante para ninguém, porque ninguém se importava; as pessoas ficavam aliviadas de me deixar assumir suas traduções hesitantes, de lábios molhados no meio da frase. Elas não deveriam nem estar lá, para começo de conversa. Parar foi fácil. Que importância tinha para mim se um cara qualquer não consegue aprender latim? Era melhor ele não aprender. O conhecimento não deveria ser espalhado entre os sem talento e os desajeitados. Nada é pior do que a presunção.

Nº 2: Meu pai, e realmente não tenho linguagem adequada para descrever isso, comprou uma fantasia de Sherlock Holmes para ir ao baile de gala de outubro do Instituto Cochrane. Era de se esperar que esse baile fosse no Halloween, certo? Errado! Aqueles escrotos pretensiosos não conseguem nem seguir as velhas datas pagãs como o resto de nós. É sempre na segunda sexta-feira de outubro, normalmente duas semanas antes de todo mundo comemorar, é sempre festa à fantasia, e meu pai vai todos os anos desde que foi contratado. Ele começa a falar sobre o baile já no final de setembro. Levou a fantasia (e Fatima) para casa no dia que a comprou. Fez com que ela se vestisse de dr. Watson. Para experimentar. E a festa era só na outra semana. Foi um ensaio completo. Eu estava presente quando essa apresentação grotesca aconteceu. Meu pai estava tão comprometido. Ficava correndo de um lado para o outro, procurando o cachimbo, o chapéu, a lupa, todos os acessórios pelos quais pagou um preço exorbitante em uma loja de fantasias, como se fosse absolver seus dias tediosos, seus hábitos irritantes. Fatima ficou sentada fumando no sofá vermelho baixo na nossa sala, só olhando. A expressão de desprezo no rosto dela era ainda mais corrosiva por falta de um objeto visível. Ela estava meio vestida como Watson, usando um conjunto de calça e colete em estampa *pied-de-poule*, mexendo nas costeletas e no bigode que meu pai a fez grudar com adesivo forte, fumando e fumando.

— Já está pronto, *estimado* doutor? — Meu pai ficava gritando isso repetidas vezes (que grande piada!) do quarto lá em cima. Eles demoraram um tempo para colocar roupas comuns e sair: ficavam indo de um lado para o outro, e a rara gargalhada do meu pai, que quase sempre é falsa apesar de rara, soou várias vezes, como um pedaço de metal largado no chão.

Nº 3: Eu não senti mais medo de Mike Lorriner. Qualquer pessoa que caga na calça na sua frente e na frente de uma garota com uma arma não vai chamar a polícia. Isso só confirmaria a humilhação dele. Ele enterraria sua cadela e ficaria de boca calada. Diria para as pessoas que ela foi atropelada. Afinal, o que ele poderia dizer: *joguei um tijolo com um símbolo nazista pela janela de um cara e a namorada dele matou meu labrador?*

Nº 4: Digger e eu não nos falamos desde a manhã seguinte à morte de Murphy. Na verdade, eu até tinha falado com ela. Naquela manhã, me aproximei dela logo cedo, pronto para fazer um comentário sobre o fim de semana. O domingo passou para mim em uma névoa frouxa, uma névoa dourada de letargia. Não consegui entender. Não tinha ideia do que esperar. Não que fôssemos abandonar nosso acordo. Isso nunca. Cambaleei pela escola, com a boca grudada de tanta expectativa. O barulho dos meus colegas sufocava o corredor. Atravessei o portal de aço. Vi parcialmente a cabeça de Digger se virando.

Mas agora ela estava com um *olhar*... Eu nunca tinha visto aquilo antes. Um olhar de *mágoa*. Como se eu tivesse atirado nela em vez de ela em Murphy. Com os lábios esticados. Os olhos brilhando. Ela não disse nada, literalmente nada, quando eu disse "oi". Fiquei meio sem fôlego, mas depois ficou só uma tênue despreocupação. Que durou até o fim das aulas. Depois, a sensação virou de pânico. Passei a tarde ligando para a casa dela e desligando antes de a outra linha tocar. Quando esperei resposta, a secretária eletrônica atendeu. Deixei três mensagens, cada uma menos compreensível que a anterior. Na minha quarta tentativa, a mãe dela atendeu, soltou um grasnado agudo predatório e disse, com a alegria suprimida que os médicos guardam na voz para anunciar mortes para pessoas da família:

— Por favor, pare de ligar, Addison. Phoebe não quer falar com você. — Um suspiro intenso. — E quer saber? Eu gostaria de aproveitar esse momento em particular para dizer que sempre achei você um cretino. Um cretino meio alcoólatra. Você e todos os seus amigos alcoólatras.

— O nome dela não é Phoebe, sua puta — eu murmurei, e desliguei, com a enorme obscenidade me fazendo suar de orgulho transitório. Ainda sinto orgulho de ter dito isso sem nenhuma hesitação. Por que a dra. Zeleny me chamou de alcoólatra ou supôs que eu tinha amigos... Não consigo explicar.

Houve outras tentativas nos dias iniciais desse exílio. Ou seja lá o que fosse. Esse exílio interno. No almoço, tentei pegar um cigarro com ela. Ela só ficou ali, dando mordidas precisas no sanduíche. Mais uma vez, não disse absolutamente nada. Depois da aula naquele dia, fui atrás dela, corri até alcançá-la na área de grama seca entre a Kennedy e onde começam as casas do bairro. Segurei a manga do casaco dela. Ela se virou para me olhar. Eu estava esperando raiva, nojo, repulsa... Estava torcendo por qualquer uma dessas coisas. Qualquer coisa teria sido melhor do que aquela expressão, aquele olhar mudo e equilibrado de certeza e dor. Soltei o casaco dela, a lã áspera arranhou um pouco as pontas dos meus dedos, e ela saiu andando e entrou no carro, cujo escapamento estourou duas vezes. Fiquei olhando até ela sair dirigindo, com meus joelhos ficando cada vez mais fracos de desespero.

Sei que parece meio exagerado. Vocês têm que acreditar em mim: eu não fazia ideia de que aquilo me afetaria desse jeito. Então, ficou meio que óbvio para mim que ela se sentia... traída, talvez, pela forma como agi em Maryland. Era o único jeito que eu sabia de interpretar o comentário dela sobre estar na equipe de debate. Mas que porra! Se os sentimentos dela tivessem mudado, ela teria dito alguma coisa, certo? Se ela queria acabar com o acordo, poderia ter dito. Não tenho experiência com mulheres fora ela. E a única vez que cheguei perto de me comportar de forma imprópria, ela ficou meio puta. Logo depois que nos conhecemos, eu a convidei para sair. Ainda não tínhamos feito sexo. Eu estava operando de acordo com os protocolos que via meus colegas usarem para desenvolver a vida social. Ela só riu, não sem gentileza, mas bem na minha cara. Estranhamente, não senti mágoa nem humilhação, só que tinha entendido errado um problema de matemática ou algo assim, e depois ficou tudo bem. Nosso acordo meio que se desenvolveu depois desse evento: ainda terminamos dormindo juntos três ou quatro vezes por semana. Não havia ninguém, literalmente, a quem eu pudesse pedir conselhos. E não ter ideia dos motivos dela tornava o exílio pior.

Digger e eu ainda tínhamos que nos ver. Na escola. Nos corredores. Tínhamos o tempo da chamada juntos. Os alunos dos Jovens Talentosos são divididos em dois blocos, e eles têm horários complementares de aula: enquanto eu tenho Inglês, Digger tem História do Mundo etc. Assim, havia quinze minutos do tempo da chamada para nos encarar todas as manhãs, e depois evitar olhares entre as aulas. No total, vinte e oito ou vinte e nove minutos por dia. Era excruciante, doloroso de torcer a espinha para mim. Coisa que eu não esperava. E isso, por sua vez, foi uma nova humilhação: sentir dor quando não se tem ideia se a outra pessoa sente a mesma dor. Essa deveria ser a expressão máxima de servidão e falta de coragem. Qual é o sentido de ter um acordo com uma pessoa se não for para impedir absurdos emocionais de acontecerem? Por que tínhamos observado todos aqueles protocolos rígidos? Então, Digger e eu passávamos um pelo outro nos corredores. Não havia mais o contato entre os joelhos que me deixava de pau duro. Não havia mais sexo. Isso estava me matando. Eu não entedia por que, e isso era parte do problema. A dor era uma afronta à minha honra! Se é que vocês me entendem. E à dela. Era um testemunho sobre o lado vergonhoso e emocional das nossas relações, que tentamos ignorar para podermos nos concentrar em coisas mais importantes.

Ela estava sendo consistente. Sem sentimento, sem remorso. Estava seguindo os termos. Nem mesmo o extraordinário, nem mesmo o inexplicável, poderia justificar o afastamento deles. Eu disse que ela está destinada à grandeza. Estou falando sério. Essa determinação constante é a marca qualificadora para a futura grandeza. Eu tinha que admirar. Mas foda-se ela! Foda-se de qualquer jeito. Eu não precisava dela, e ela que se foda por pensar isso. E daí se eu ficava infeliz cada vez que a via andando rígida para longe de mim no corredor. A questão não era ela! Havia mais coisa em jogo aqui. Estou deixando tudo isso claro para vocês não pensarem que o problema era Digger, para vocês não pensarem que sou um babaca que fraquejou de amor. O fato de que eu conseguia imaginar tudo diferente era o que tornava a dor assassina. E se não tivéssemos ido para Maryland? E se eu nunca tivesse feito aquela ligação idiota para Lorriner? Isso é que é foda! Sua mente oferecer tantas alternativas para a situação atual. A minha não era de desespero. Nem de tristeza; tristeza não descreve direito. Era a dor do nada. E se eu não tivesse metido meu nariz de judeu xereta em toda aquela história? Isso não teria feito sentido moral, pelo menos? *Ah, um garoto inocente qualquer leva um tiro? Lá vem aquele judeu maluco do Addison Schacht com a sensação arrogante de obrigação para nos lembrar disso! Olhem para ele! Ele está esfregando as mãos como um agiota espiritual! Além disso, está descobrindo disposição e intenção onde não podem ser encontrados! Que gênio moral!* Esse tipo de pensamento, quando você atribui pensamento a casos em que não existe, é chamado Falácia Patética.

Nº 5: Eu tive três semanas. Três semanas dessa merda! Mas fiz coisas. Não ver Digger liberou trechos enormes do meu tempo.

Eu não tinha mais ninguém com quem conversar, lembram? Vocês sabem quanto dinheiro dá para se ganhar em três semanas sem ter ninguém com quem conversar? Ganhei três mil dólares. Não gastei nem um centavo. Minha produtividade impressionou Noel. Ele nunca tinha precisado me reabastecer três vezes em um mesmo mês. Lidar com ele era fácil. Ele não sabia sobre a catástrofe toda com Lorriner. Ele nunca perguntou. Eu nunca contei. Mas ele acharia engraçado termos matado Murphy. Consigo ver. Ele teria dito: "Caraaaaaaaca, moleque! Você matou o cachorro do filho da puta? Esses brancos são loucos!". Talvez seja por isso que nunca contei, porque não sabia se conseguiria suportar ouvir isso.

Noel era agora uma parte maior da minha vida, de qualquer modo, então fazia sentido omitir algumas coisas. Ele, David e eu dividimos várias noites na casa gelada de Noel, com ele falando sem parar enquanto David virava garrafa atrás de garrafa. Ele conseguia beber dez ou onze delas. Ele é um armário. A bebida nunca teve efeito perceptível. A voz dele não ficava arrastada. Se os olhos se entrefechavam, era de orgulho. Noel, à medida que ia ficando mais alto e mais bêbado, também ia ficando incoerente. Suas histórias das conquistas entravam no reino da fantasia óbvia: histórias vulgares estilo "cartas para a *Penthouse*", banheiras de hidromassagem e lésbicas e corpos lubrificados, filtrados pelo vocabulário autolimitado de Noel. Pontuados por um ocasional risinho incrédulo de David. Eu só assentia e concordava. Noel não reparava na falta de comentários. Época divertida! Três caras em uma casa gelada sem mobília. Vocês entendem por que nunca mencionei a história de Lorriner. Qual seria o sentido? Eu talvez acabasse levando uma surra de David. Noel não é psicopata, mas tem seus interesses a manter. E daí que Lorriner sabia quem Noel era? E daí se talvez também fosse um dos distribuidores de Noel, que as palavras dele naquela noite me levaram mais e mais a pensar? Não significava nada e não provava nada. Nada mesmo.

Fora esses interlúdios alegres, eu gastava várias horas todas as noites servindo meus clientes. Não muito bem. Eu aumentei os preços. Parei de prolongar crédito. E quer saber? Em vez de afastá-los, em vez de fazer com que parassem de comprar, eles ficaram mais sérios e leais. Até mesmo mais respeitosos comigo. Quanto pior eu os tratava, mais eles me queriam. Desconfio que haja uma lição a ser tirada disso. Mesmo que você não torne isso a regra de ouro da sua conduta, dá para aprender alguma coisa. Eu transportava erva o bastante para garantir minha ida para a cadeia se fosse pego ou revistado. Mas, como falei, você é invisível para a polícia em Washington se é branco. Tem que fazer uma coisa incrível para chamar a atenção deles.

Nomes, vocês dizem? Fico feliz em listá-los. O cliente está sempre errado, lembram? Jason Rosset; Tim Carcanet; Hannah Loughlin; Mason Chatto; Blake Bonder, que, apesar do nome "Harvard vence Yale" é uma garota com uma gargalhada solta e melódica; Evan Osterreich e Katie Bayern, os outros medalhistas de ouro do Exame Nacional de Latim da minha turma; Hamilton Bray, cujo pai tem noventa e dois anos; os gêmeos Eichman; Andrew Bammler, um babaca que vivia boquiaberto e era universalmente desprezado ("Porra, cara, Andy *Bammler* está aqui!") e a ex-colega de Noel da Chandler, Magdalena Beinmark, vizinha de Digger (não vou mentir, passei todo o trajeto até a casa de Magdalena fantasiando sobre encontrar Digger e exibir minha über-casualidade); os arrogantes e mudos Amanda e Pyotr Metzger, gêmeos e parceiros na banda Bringdowns; Octavio Machado, que raspava fendas nas sobrancelhas; Tehran Wall, de um metro e meio, campeão de debate, e, depois da morte de Kevin, vinte por cento da população negra da minha turma dos Jovens Talentosos; Victoria Blanning; Alex Hamden-Court; Ashton Denvir; Drea Skalnick. Pelo menos seis pessoas chamadas Jonathan.

Minha *tribo*. E, como comentei antes, sei tão pouco sobre essas pessoas quanto vocês. Fora essas trivialidades. Casas quentes e idênticas: confere. Mobília quadradona e cara: confere. Tapetes fofos que abafam o som: confere. Pais fingindo não saber: confere. Cumprimentos calorosos e nada sinceros: confere. Um piano coberto de pó, um samoiedo branco como uma nuvem, um irmão mais novo curioso, uma festa se desintegrando, uma solidão terrível, uma briga, um beijo teatral de língua, uma mãe que virou lésbica, um espelho com moldura de bronze, um vaso Ming falso com um bando de gatinhos trêmulos, confere, confere, confere, porra! A viagem solitária de volta para casa, ocupada pelo meu pai, por meu pai e Fatima, ou por ninguém. Confere. Sono pesado e vazio. Confere. Manhã. Confere. Et cetera. É tudo *encenação*. A qualidade implícita, o relaxamento sonolento, nunca se dissipa, e não há nenhuma autoridade se intrometendo para dar às suas atividades um gostinho de crime. Tudo é permitido. Quando tudo é permitido, a mediocridade é a regra. Árvores nuas ladeavam o meio-fio, com redes de galhos como pulmões desenhados, e postes de luz sombrios iluminavam de cima. Tudo é tão calmo que é vertiginoso.

Algumas pessoas provavelmente conseguem tirar inspiração disso, de um grande arrependimento, do nada. Sou filisteu demais para isso. Filisteu é uma das palavras favoritas do meu pai. Embora ele nunca a tenha dirigido a mim, sei que exibo muitas tendências filisteias. Quer dizer ser distanciado das coisas mais nobres, o que certamente sou, e quer dizer não ter reações emocionais explosivas às coisas, o que certamente não tenho, só respostas glaciais, entorpecimento ou medo ou, no lado positivo, admiração e gratidão. E às vezes essas tempestades repentinas de felicidade, só que mesmo essas são meio calmas, nem um pouco apropriadas a discussão, da forma como meu pai está sempre falando sobre sua atividade interior mais particular. Estou falando daquela história de querer se jogar debaixo de um ônibus.

Acho que vocês vão concordar que a outra atividade que consumiu meu tempo durante essas semanas pertencia ao reino do comportamento filisteu. Fiquei über-dedicado a ela. Durante os minutos gastos preso no trânsito. Durante meus agora solitários períodos de almoço. Esperando que clientes fossem se encontrar comigo. Na escuridão antes de dormir, quando substituiu minha obsessiva releitura da *Eneida*. Estou falando do arquivo de Kevin. Ainda mais gasto do que estava quando o roubei. Àquela altura eu já o conhecia de trás para a frente. Não que fosse difícil de decorar. Era só uma lista de duas páginas de aulas e notas, com uma anotação embaixo em letra de forma: NÃO É MAIS ALUNO; um artigo de jornal em frangalhos; e uma foto com as pontas curvadas. Fragmentos. Mas não havia mais nada. E cada momento livre que eu tinha, cada momento não dedicado a vender erva, comer, dormir ou à escola, eu dedicava ao estudo do arquivo. Como se fosse revelar uma resposta sobre o assassinato de Kevin. Ainda consigo recitar longos trechos. Porra, acho que consigo desenhar o rosto de Kevin com uma venda nos olhos, segurando o lápis com os dentes. Embora eu ainda não tenha tentado. Vocês vão ter que acreditar em mim.

Isso é tudo que há para vocês, no final. Esses meros traços públicos. Nada além disso. E se esses fatos públicos continuam sendo impressionantes ou originais, você é chamado de gênio, e se envolvem a morte de milhões, você se torna herói ou tirano. E, seja como for, as cidades e os governos erigem monumentos em sua homenagem. Nos quais ninguém nunca repara, a não ser que esteja em visitação ou fazendo algum tipo de pesquisa histórica. Monumentos são apenas garantias pesadas de sua predestinação ao esquecimento. Então, não importa se você deixa para trás uma guerra, uma catedral ou só um fino maço de papéis. Você está eternamente fodido. E suponho que seja por isso que vocês pediram tantos documentos e querem que eu coloque as respostas às suas perguntas no papel. Porque vocês sabem que o que chamamos de vida *interior* não tem significado externo.

Exemplo: cerca de um ano atrás, em um metrô sufocante no inverno, vi entrar um cara, não velho demais, mas também não tão jovem. Ele tinha cabelo castanho curto, óculos grandes, pulsos finos, uma barriga prematura, esse tipo de coisa. Duas bolsas, uma carteiro e uma bolsa de academia de lona, o que achei estranho, uma daquelas coisas insignificantes e inexplicáveis. E o que ele estava fazendo? Começou a revirar a bolsa assim que se sentou. Eu estava encostado nas portas, e ele estava do mesmo lado que eu, olhando para o outro lado. Então, pude olhar para o colo dele e vê-lo abrir e fechar todos os compartimentos. Eu não fazia ideia do que ele estava procurando. Ele suspirou, um suspiro zangado e andrógino, ao pegar uma *porra de giz de cera*, e logo o lilás. O tipo de cor eternamente impopular entre crianças. E então – isso me impressionou – ele enfiou a mão com dignidade grave dentro da outra bolsa, a de academia, e tirou uma pilha de papéis meio amassados, com os cantos cheios de orelhas. A coisa toda estava encardida. Ele estava procurando um lápis para corrigir as páginas, agora vi; estava desesperado para corrigi-las. Um ponto a favor dele. Mas estava fazendo isso em público, o que queria dizer que ou ele era um cretino horrível ou era tão habilidoso que seu talento o deixava indiferente.

Nem preciso dizer que era a primeira opção. E o que ele estava fazendo era incrível! Ele trocava uma palavra, a palavra *suja* pela palavra *imunda*, por exemplo, depois cortava fora a mudança. Ele mudou pontos e vírgulas para pontos-finais e letras maiúsculas e vice-versa. Cortou a palavra *asfixia* e substituiu por *sufocação*, usou errado a palavra injuriar... E assim por diante, com a mão branca e limpa voando pelas páginas surradas, fazendo correções menores. Comecei a ficar enjoado. Sempre que vejo pessoas cuidando de assuntos particulares, como manuscritos, em público, fico enjoado, mas não consigo desviar o rosto da humilhação horrível de observar a mediocridade de outra pessoa, que ilumina sua própria mediocridade sufocante. Ele estava tão derrotado, esse homem com trinta e tantos anos, uns vinte anos mais velho do que eu, com um manuscrito que parecia ter anos e anos de idade, talvez começado quando eu era pequeno, um livro no qual ele ainda tinha muita esperança, mesmo agora, apesar da evidência manifesta de seu fracasso, com a mão voando com precisão e cuidado, corrigindo e mudando coisas que não fariam diferença. E o giz de cera! Um pedaço solto, um medidor atmosférico de algum tipo, uma coisa não mais humana, uma coisa degenerada. Ele me viu olhando, claro, e olhou para mim. Eu desviei o olhar. O som de inseto do giz de cera não parou. Ele desceu na estação seguinte. Eu estava encostado nas portas, como falei, então ele teve que passar por mim, coisa que eu temia. Mas ele só sorriu, inabalado, sem enxergar. Nós todos nos sentamos em público corrigindo nossos manuscritos insuficientes, torcendo para Deus estar olhando, o qual todos acreditamos ser uma espécie de espectador; nós acreditamos que nossa devoção inútil prova alguma coisa, que demonstra alguma coisa sobre nós, que somos todos artistas. Seu sorriso de conclusão angelical revelou isso para mim enquanto cinco ou seis outros passageiros, totalmente desconhecidos, olharam para o meu rosto com gentileza ardente e indiferente.

# XIII.

Mas esperem. Tenho que *retroceder* um pouco aqui. Fui direto para os cinco maiores aspectos da minha vida nas semanas depois que Digger atirou em Murphy. Deixei de fora o sexto componente. Seis é o que se chama de número perfeito: é a soma dos divisores positivos excluindo ele mesmo (1 + 2 + 3 = 6). Por que isso o torna perfeito, não faço ideia. Mas muita falação mística sobre o número seis derivou desse fato. Então, talvez seja *auspicioso* eu estar chegando nisso agora. Além de todos os absurdos e de toda a correria, eu estava dedicado a *outra* atividade relacionada a Kevin. Um último esforço. Não tinha gerado nenhum fruto até aquele momento.

No dia primeiro de outubro, um garoto sem supervisão de um adulto bateu na minha cancela com o triciclo vermelho-sangue. Eu estava com a mochila sem nada dentro além de um pouco mais de doze mil dólares. E, coisa que não mencionei antes, uma pilha grossa de pôsteres. Eu estava na minha terceira. Na terceira pilha de pôsteres. SE VOCÊ TIVER ALGUMA INFORMAÇÃO SOBRE KEVIN BROADUS, MANDE MENSAGEM, seguido do número do meu *pager*. Lembram? Eu já tinha espalhado duas pilhas. Bem mais rápido do que esperava.

Também estava com um grampeador em forma de pistola e um rolo de fita transparente. Eram os pôsteres que fiz na manhã que roubei o arquivo de Kevin. *Ille dies primus leti*, para citar Virgílio. Quer dizer (em linguagem moderna bem vulgar) "Foi quando tudo começou a dar errado". Não vou desperdiçar o tempo de vocês com uma tradução literal. Ele estava falando sobre a primeira vez que Eneias e Dido – a rainha maluca de Cartago, lembram? – fazem sexo. Em uma caverna no bosque, durante uma tempestade. Quando ele sai para prosseguir com sua missão, ela taca fogo em si mesma até morrer em uma pira composta de todos os presentes diplomáticos e refinados que ele havia dado a ela. Acho que já mencionei a insanidade dela.

Enfim: *Os pôsteres.* (Nº 6) Como se Kevin fosse um gato perdido. Coloquei em todos os lugares que consegui. Encontrei a pilha de velhos pôsteres em cima de uma prateleira, onde tinha deixado para não ter que pensar neles. Estou falando dos primeiros. Encontrei-os na tarde em que a mãe de Digger me chamou de cretino alcoólatra, na verdade. O canto da pilha de pôsteres, aparecendo ali como um pequeno polígono branco, em forma de vela de navio, invadiu minha solidão complacente depois que desliguei. Eu os peguei e tirei a poeira. Não demorei para encontrar a fita e o grampeador. Que meu pai sempre deixa carregado. Como parte de sua missão artística, caso ele acorde um dia como pintor precisando emoldurar telas, ou talvez como artista conceitual que ama grampos. Em seguida, saí correndo de casa, em frenesi, grudando pôsteres em cada superfície receptível que encontrei. Acabei com a pilha toda em duas horas. Tive até que arrancar o último que prendi. Senão eu não teria um modelo para usar, para fazer mais. As árvores nuas ocupando meu quarteirão tinham cada uma um retângulo branco oscilante. Eu fiquei sem fôlego. Estava correndo. Sem casaco, sem chapéu. O frio da noite que caía queimava meus pulmões. Et cetera.

Foi assim que acabei com a primeira pilha. Botei a culpa do possível fracasso na pequena área de distribuição e na baixa definição da imagem. Parecia que uma pessoa maluca concentrada demais tinha atacado aquela área de Washington e deixado por isso mesmo. Um velho triste ou um pervertido ou um tipo barbado esquizoide. Vocês sabem: um frequentador de bibliotecas públicas. De chapéu de lã em todas as estações do ano. Com um fichário de manuscritos gritando TUDO EM CAIXA-ALTA. O tipo de pessoa que deixa flores baratas em um memorial público para os mortos. Fiz melhor na segunda vez. Dei mais espaço entre eles, fiz os civis pensarem que eu estava mais tranquilo. O que foi uma representação errada. Mas não se pode deixar ninguém saber o que você está passando, senão só vai ter zombaria corrosiva jogada em cima de você. A minha segunda pilha, de cores fortes e com a foto obstinada de Kevin copiada, durou mais. Fui mais prudente. Espalhei mais os pôsteres. Cruzei e recruzei a cidade. Suportando os olhares incomodados de crianças, operadores de caixa arrogantes, motoristas de ônibus, caras parados em esquinas, defensores ferrenhos de gramados. Toda a *tipologia* da vida aqui, uma boa simulação geral da vida em cidades de quinta categoria em toda parte.

Colar pôsteres, afinal, é uma daquelas habilidades que você só aprende se estiver envolvido em alguma atividade idiota de grupo. Montando uma peça. Ou anunciando uma manifestação política ou algo assim. Muitos dos alunos dos Jovens Talentosos fazem isso, prendem folhetos políticos que recebem dos irmãos mais velhos. Ou, em alguns casos, do sr. Vanderleun, que se considera *inspirador* da juventude e quer levar nossas consciências sociais para uma vida nova e passional. A arte de afixar pôsteres era estranha para mim, porque nunca participei de nada, peça ou manifestação. E se o sr. Vanderleun tivesse me dado folhetos para distribuir, eu os teria jogado no lixo. Não que ele confiasse em mim. Ele dava para os seguidores que tinha na turma, sendo a mais proeminente Alex Faustner. Como resultado, fui über-péssimo na missão quando comecei. Agora percebo isso. Eu não entendia o que estava fazendo. Quando se afixa pôsteres, você está pedindo ajuda ao Grande Anônimo. O fervor tem que ser sublimado. Não que seja como *rezar*. Não que eu reze.

*Pensei* sobre isso. Rezar. Mas qual seria o sentido? O que você quer que aconteça nunca acontece mesmo, por definição. E a única coisa que eu já quis o bastante para rezar por ela, que minha mãe não estivesse morta, bem, de acordo com minhas leituras superficiais sobre o assunto, é uma coisa pela qual nem se deve pedir. Que o passado seja diferente. Alguns teólogos católicos até dizem que o Próprio Deus não tem como mudar o passado. Que é um dos paradoxos inerentes na ideia de onipotência, eu acho. Ou só parte da comédia natural das nossas aspirações maiores. O sr. Dwight, meu professor de Religião, foi quem me contou sobre essa teoria da onipotência. Ele já foi de tudo, desde budista a monge trapista. Então, tenho um respeito estranho pela opinião dele. Se bem que, se o Deus dos judeus quisesse modificar o passado, ele poderia. Considerando toda a ambivalência sobre ele na Bíblia e tal, a gente acaba tendo que acreditar que os poderes dele são ilimitados. E deve ser por isso que a história caga tanto na cabeça dos judeus. Por compensação.

*Você está fugindo do assunto outra vez, Addison! Isso não é jeito de se comportar!* Desculpem. Quando eu me *acalmei*, quando perdi os hábitos de pendurar pôsteres de um stalinista fervoroso, comecei a usar os sistemas de transporte público da nossa cidade. Que, em Washington, significa ônibus e metrô. Dá para ir a qualquer lugar de ônibus e metrô. Você só precisa usar os dois em conjunto, porque o metrô é construído seguindo o mesmo plano das ruas: linhas axiais atravessando anéis irregulares concêntricos. Você perde um monte de terreno fértil se ficar só no metrô. Mas, se usar os ônibus, consegue ir para todo o lado. Comprei passes mensais de estudante, aqueles cartões cor-de-rosa modestos. Acho que a cor é a mesma para quem é idoso. Os metrôs em Washington são construídos, rezam as lendas da cidade, para resistir a ataques nucleares. Duvido que seja verdade. Dá para ver as marcas de vazamentos da chuva que desce das ruas, explosões enegrecidas de ferrugem. Às vezes, nas grades acima das luzes fluorescentes nas laterais dos trilhos, musgo e plantas compridas nascem de sementes caídas, molhadas por água vinda de cima e iluminadas de baixo. As próprias estações têm tetos altos com painéis de concreto prensado, cujo odor úmido permeia o ar parado. A luz esbranquiçada subaquática faz todo mundo parecer perdido e infeliz lá, além de fraco. Os trens fedem a tecido surrado e, normalmente, a urina ou a cachorro. Você tem que colocar seu bilhete em um leitor de bordas grossas duas vezes: não tem tarifa fixa, ela é sempre calculada pela distância. Os funcionários se escondem em aquários escuros, poliedros irregulares de vidro, e se você for perguntar alguma coisa, consegue ver o brilho cego dos monitores de segurança, e às vezes até uma versão sua com olhos arregalados inclinada na direção do microfone de metal, em súplica. Azulejos hexagonais ocre. Baluartes ocre. Longas esperas. Policiais desinteressados e ineficientes acenando da beirada da plataforma e fiscalizando ciclistas. Infelicidade. E malícia indiferente e burocrática.

Mas os ônibus são bons. Azuis e brancos, manchados com a imundície cinzenta do ar das cidades grandes, sim, mas ainda azuis e brancos. Cores meio *nobres*. Difícil dizer por quê. Com muitas pichações nas janelas de acrílico. Os jovens usam pedaços de concreto ou navalhas para fazer isso. Não há tantas obscenidades. Só o anúncio de nomes, um desejo compreensível. Alguns dos ônibus são velhos, da época em que se podia fumar nos transportes públicos. De antes de as pessoas negras poderem sentar na frente. Alguns são mais novos, mas, ainda assim, são desconfortáveis e de aparência ridícula. E sempre chegam atrasados, e os motoristas são exilados desgostosos da raça humana. Comecei a desenvolver uma relação de olho no olho com alguns deles, apesar disso. Nunca aprendi seus nomes, então inventei designações: Doutor Bolinho, Bundão McGee, Madame Atrevida, Rei da Comédia. O Rei da Comédia era um velho de rosto enrugado com um amontoado de cabelo branco, que murmurava piadas e monólogos incompreensíveis no microfone durante todo o trajeto. Ida *e* volta. Ele dirigia o M2 nas tardes e noites durante a semana. "Mama lama hama namahamanownow wamalamanow." E então, o sistema digital, assexuado e feliz em ajudar, anunciava a parada, e o Rei voltava a orar. "Nah *teya* damalamanamanow!" Acho que ele estava próximo de se aposentar.

Apesar dos meios problemáticos, dá para ir a qualquer lugar. E foi o que eu fiz. Fui cegamente, descendo depois de um número aleatório de paradas, e, com frieza suprema, colando pôsteres em algum bairro. Recebi alguns olhares, admito. Mas ser jovem afasta a maior parte deles. Ninguém liga se você parece ter menos de dezoito anos, e eu pareço. Mesmo em uma pseudocidade de merda, dá para encontrar o anonimato. Fiz isso antes e depois das aulas, e nos fins de semana, então vi os bairros nos momentos mais vulneráveis, cheios de pessoas sonolentas e irritáveis, ou relaxadas e felizes. Uma vez, na beirada de um conjunto de lojas lotadas, vi David Cash e trocamos um olhar. Mas ele se virou com um sorrisinho visível de repulsa. Nem me afetou. O peso na minha mochila dos pôsteres a pendurar me reconfortou. Determinei uma cota: afixar um em uma vitrine de barbearia, mas perguntei antes para o barbeiro se não tinha problema, uma coisa que normalmente ficaria sem graça de fazer. Senti orgulho disso. Era amarelo e se destacava como uma pétala em meio a todas as cores da cidade, tijolo e asfalto. Como se fosse natural.

Fiz isso *todos os dias*. Eu devia ter dito isso antes, mas achei que merecia seu próprio espaço. Porque foi um empreendimento e tanto. E não deu retorno nenhum. Não recebi um único contato sobre o assunto. Talvez as pessoas achassem suspeito por eu ter colocado um número de *pager*, que tem certas conotações. Cada vez que eu via um número desconhecido surgir na tira amassada da minha tela cinza, ficava nervoso e enjoado. Mas sempre era gente querendo marcar uma hora para comprar maconha. Eu consentia, com os lábios frios de decepção. A questão de vender mais drogas é que a notícia de que você tem mais tende a se espalhar, e isso pode aumentar a demanda. Existe um termo econômico idiota para isso, não tenho dúvida. Mas Economia é matéria eletiva na Kennedy, e optei por fazer Religião. Nossa professora de Economia, a sra. Mehta, é tão larga quanto alta. E deve ter sido por isso que não fiz Economia. Ainda assim: essa foi minha escolha. Então, não faço ideia de qual seja o termo correto. Só tenho meu conhecimento prático que diz que, se você não tem as credenciais apropriadas, não vale nada. Senão, eu poderia escrever um livro. Sobre imbecilidade. Sobre como não obter resultados.

Isso não alterou minhas ambições. Eu simplesmente continuei com o procedimento: fazer cópias, afixá-las, esperar. Não é essa a definição que alguém dá para insanidade? Fazer a mesma coisa repetidas vezes esperando resultados diferentes? Dá para ver a imagem de um cara de camisa de força batendo com a cabeça em uma parede acolchoada, ou alguém pegando cada pedacinho de papel alumínio que vê no caminho, ou alguém contando em voz alta, o tempo todo, esperando o momento de sua redenção. O que eu estava fazendo tem alguma semelhança com essas atividades. Consigo admitir isso agora. Eu me lembro do dia em que minha segunda pilha de pôsteres acabou, porque o ônibus no qual eu estava quebrou não muito longe do meu bairro. Eu tinha feito quinhentas cópias, de cores vívidas – violeta, azul-cerúleo e verde-grama – e incluí a foto de Kevin. A do anuário, que Digger me deu, que mostrava Kevin com o saxofone enorme. Saiu embaçada e com aparência mais trágica. Mas acrescentou um elemento humano que faltava aos pôsteres. Isso tornaria as respostas mais prováveis, eu concluí. Era noite, verde e roxa. Fica assim no final do outono aqui, a luz, com essas cores chocantes. Eu tinha feito um bom trabalho durante a tarde. Minhas pernas queimavam. E o ônibus, com um grunhido flatulento, fedorento e mecânico, tremeu e parou, e todos fomos jogados para a frente nos bancos, soltando um grito unitário de consternação. Estávamos na Connecticut Avenue, perto da fronteira de Maryland. Perto do Camelot, na verdade. O Rei da Comédia estava dirigindo. Ele pareceu satisfeito de explicar nosso problema: "Hamanowlamanownowmamanow!".

Depois desse anúncio rítmico e cheio de vogais, eu me levantei e andei até a frente, onde ele mexeu na alavanca da porta com um movimento decisivo e memorável do antebraço, e desci na Connecticut, em uma das ruas residenciais cheias de árvores e difíceis de diferenciar da minha, embora as casas fossem maiores e estivessem em melhor estado. Algumas tinham imitações de lampiões a gás perto do meio-fio, esticando braços de metal nos quais havia pendurados os números dos endereços. Cada número em sua placa. Alguns tinham barbas de hera escondendo a base de madeira. Era aquela hora universal de luz interior calorosa entre a burguesia. Dava para ver famílias jantando ou em andares separados. Ouvi alguém treinando bateria com vigor incompetente. E continuei andando no crepúsculo. Eu já tinha reconhecido a rua: McKinley, batizada em homenagem ao primeiro presidente a usar o telefone para fazer campanha e o único a ser assassinado por um anarquista. Minha mochila estava leve. O arquivo de Kevin, um pacote de cigarros e mais nada. Uma felicidade repentina e imbecil tomou conta de mim. A McKinley Street me era familiar, embora eu nunca tivesse colocado o pé naquele quarteirão dela. Por que a familiaridade, vocês perguntam? Por causa de uma certa casa naquela rua: a 3549. Eu estava saindo do quarteirão do grupo do 3400, as placas me informaram, e minha garganta estava cheia de alegria eufórica. Era um presságio. Prova de que eu estava fazendo a coisa certa. De que toda a minha peregrinação infrutífera (até então) pelas ruas da minha cidade de merda tinham sentido e propósito. Vocês sabem quem morava na McKinley número 3549? *Preciso* dizer?

Supus, ofegando como um cão de caça, que os pais dele ainda estavam lá. Então vou apresentá-los. Porque vocês só vão ter um breve vislumbre deles no que vem em seguida. Stanford Broadus, o pai de Kevin, nasceu em Grimshawes, Carolina do Norte, em 1948. Estudou no Instituto Franklin, *uma faculdade historicamente afro-americana* – como aquele "uma" pretencioso! Obrigado, Archer B. Sexton, seu filho da puta! *Formou-se com um mestrado em Administração Pública*. A mãe, Ellen Maskelyne, se formou na Faculdade Antioch em 1964, depois na Escola de Direito de Columbia em 1967, sendo contratada depois disso pela Godwin Howe, *uma empresa historicamente afro-americana*. Quem fez a preparação do seu texto, Archer B. Sexton, seu lambe-saco!? *Os Broadus são residentes de Washington desde 1970*. Kevin, o único filho, nasceu na primavera de 1981. (*Em dezenove de março*, de acordo com o artigo.) *O legado de Kevin como aluno na Escola John F. Kennedy Senior de Ensino Médio talvez seja mais bem-expressado nas palavras de Conrad Vanderleun, um professor de Inglês do Programa de Jovens Talentosos de lá: "Kevin era uma presença forte e silenciosa, embora abençoado com uma musicalidade genuína, um ritmo forte. As pessoas vão se lembrar dele e sentir saudade"*. Vocês conseguem acreditar que um ser humano escrevia assim? Nossa espécie é nojenta. Mas vocês já devem ter determinado isso de tanto me observarem.

Bastou uma caminhada de cinco minutos, e eu estava lá. Não havia criança alguma na rua. Meu cigarro estava mais doce do que o normal. Ou mais complicado. Também machucou meus pulmões mais do que o normal, e gostei disso. O vento, bem suave, soprava nos galhos nus. A uns dez metros da casa, parei de andar. Conseguia ver, mesmo de longe, que o 3549 era meio grande, com aquelas janelas verdes insuportáveis e tristes, como folhas em uma planta inútil, e uma cerca-viva na frente, exibindo as frutinhas laranja venenosas. Um caminho de tijolos, no qual cada tijolo parecia poeirento. Mas todos esses fatos inegáveis me interessavam bem menos do que a figura alta e barriguda que vi sair pela porta da frente e entrar em um sedã azul-escuro, cujo motor ganhou vida. O pai de Kevin, indo fazer alguma atividade noturna trivial. Eu quase vomitei de alegria. O carro passou por mim, e captei a imagem emoldurada do sr. Broadus no banco do motorista. Seu rosto estava calmo, vazio. Música baixa, um piano, soou vinda do carro, apesar das janelas fechadas. O carro chegou à esquina e virou, levando a música consigo. Apaguei o cigarro e continuei andando e ofegando, com os pés mais leves do que nunca. Eu estava prestes a perder contato com a calçada. Só mais alguns passos e cheguei na primeira borda do caminho de tijolos. Não consegui seguir em frente, ao menos por um longo minuto. Vi uma luz viajando dentro da casa de janela em janela, como um servo obediente. A aura azul da televisão tremeu em um quarto superior. Meu hálito tinha gosto de fumaça e folhas, de queimação. Suor escorria pela minha caixa torácica, fazendo cócegas. Juro pela porra de Deus que conseguia sentir todos os pelos na cabeça e nos antebraços.

O caminho de tijolos brilhava à luz da rua. Eu não sabia quanto tempo o sr. Broadus demoraria para voltar. Mas eu tinha que agir. Não tinha um plano, só uma maré desgovernada de impulso. E antes que eu pudesse me impedir, saí correndo até a porta da frente e mexi na maçaneta de metal. A porta estava destrancada.

Acho que eu estava contando com isso de forma subconsciente. No bairro de Kevin, muita gente não tranca a porta. Isso era um fato que Noel certa vez contou para mim. Eu não tinha nem pensado em entrar na casa no começo. Nem queria. Agora, estava mexendo na porta, tão óbvio quanto o governo. Um dedo nu de galho de olmo ficava roçando no telhado. Foi a última coisa que ouvi antes de atravessar a soleira. A casa, por dentro... puta merda! O ar estava quente e pesado. O aroma intoxicante de cera de assoalho e alguma especiaria comum, mas não identificada. Toalhinhas rendadas, de aspecto leproso como de costume. E armários com portas de vidro. Um deles continha trinta e um (sim, eu contei; o que mais tinha para fazer?) papagaios de porcelana de várias cores e tamanhos. Só faltava uma mesa de velas votivas, para acrescentar o cheiro de cera de coisas sagradas. Andei nas pontas dos pés pela sala, passando o dedo pelas toalhas rendadas, encostando a palma da mão no armário de papagaios. Havia um relógio de chão tão alto quanto eu ao lado da entrada da cozinha, nos fundos da sala. Precisava de corda. Parecia estar quebrado por tempo suficiente para os contrapesos estarem cobertos de sujeira, na qual passei o dedo. Respirando pelo nariz o tempo todo. Parecendo alguém obsceno ligando pelo telefone, sem dúvida.

Não reparei nos assobios, ao menos nos momentos iniciais da minha invasão. A sra. Broadus estava assobiando no andar de cima. Ela assobiava bem. O tom era intenso, com fôlego firme. Captei a melodia sem muito esforço. A ária de abertura, o tema, das "Variações Goldberg". Não pensem que sou especialista em música clássica só porque cito as "Variações Goldberg" de forma tão casual. Não sou. Não sei nada sobre música, como já falei. É que meu pai coloca muito o disco dessa obra em nosso aparelho de som. E vocês têm que admitir que é razoavelmente memorável: uma subida geométrica de uma montanha na solidão mais pura e viva, uma campina onde toda a imperfeição humana some. Eu a amo. Eu a odeio. Faz com que eu cerre os punhos e contraia o maxilar e encolha os dedos dos pés de tensão.

Aquilo estava me chamando para o andar de cima. Decidi que era um sinal, me atraindo para o andar de cima. Andar foi complicado. Escadas fazem barulho, nos filmes e em outras situações em que alguém está tentando se esgueirar. Na vida real também. Mas arrisquei. Não consegui me deter. Enquanto eu subia, dando passadas arqueadas, agonizantes, cuidadosas, o rosto de Kevin de todas as idades me olhava das fotos na parede. Subindo comigo. Tudo arrumado em molduras pretas uniformes. Ele tinha sido ainda mais gordinho quando criança, com aquele brilho de garoto gordo, cheio de alegria e medo, nos olhos. Em seguida, começou a parecer qualquer um (e todo mundo) passando pela adolescência. Ele carregou a mesma corpulência sólida e gorducha durante toda a vida. Parecia capaz de aguentar qualquer coisa. Ele começou a usar óculos cedo. Aos oito ou nove anos, era uma armarção enorme que fazia o rosto redondo parecer ainda mais jovem. Ele estava dando um sorriso naquela foto, faltando um dente, um sorriso que não traía percepção de coisa alguma. E, apesar da submersão na generalidade da adolescência, ele não perdeu o sorriso infantil à medida que envelhecia. Isso é raro. Não consigo sorrir como sorria quando era criança. Conseguir fazer isso demonstra uma reserva interior tremenda.

As fotos pararam quando Kevin tinha dezessete anos. No alto da escada. Onde eu também parei. Sem ideia de aonde ir em seguida. Por sorte, isso foi decidido por mim. Uma tábua gemeu debaixo do meu pé. O assobio decoroso parou, e a sra. Broadus gritou:

— Olá? Olá?

Prendi a respiração e me agachei. Um segundo depois, os assobios começaram de novo, retomando o ponto preciso onde ela parou o recital, e eu desci a escada nas pontas dos pés. Não fui capaz de ir em frente. Não consegui suportar. Esgueirei-me escada abaixo até a sala arrumada e lotada dos Broadus, depois fui até a cozinha.

O que vi lá revirou meu estômago. Não que o que eu tenha visto fosse bizarro. Só meio careta, do jeito que pais abertamente preocupados com esquemas de decoração são. Mas me deixou enjoado porque era tão doméstico e bem-executado. Um sinal da vida que eu estava invadindo, eu acho. Teria sido totalmente impossível na minha casa. Eles decoraram o aposento inteiro, com o que parecia um esforço tremendo e doloroso, usando objetos com tema de frutas. Um relógio no formato de uma laranja, com uma fatia cortada entre o onze e o doze. Colunas alternadas de abacaxis e cachos de uvas feitos com estêncil nas paredes. Seguradores de panelas da cor de cerejas pretas. Guardanapos com desenhos de pêssegos mordidos empilhados nos armários com portas de vidro, ao lado de pratos pintados com imagens de mamões papaia. Um saleiro e um pimenteiro com formato de uma maçã vermelha e uma verde. Cortinas com desenhos de cachoeiras de limões quimicamente amarelos. A porra toda. E então, reparei – juro que é verdade – em uma estátua de uns vinte e dois centímetros, uma daquelas caricaturas horrendas e racistas de pessoas negras, com roupa de jóquei, abraçando com os dois braços uma melancia enorme de aparência molhada, de pé ao lado da prateleira de temperos. Passei o dedo no crânio protuberante do boneco e na melancia sem acreditar: cerâmica, com uma alça pequena no alto. Um pote de biscoitos, cheio até quase a borda com biscoitos de gengibre. Em retrospecto, faz sentido. Quero dizer, tipo a Digger e o apelido dela. Um jeito de oferecer um foda-se preventivo para qualquer um com intenções ruins. Mas, naquele momento, fiquei perplexo. E achei graça, mas de um jeito horrorizado. *Por que eles teriam isso?*, eu pensei, e sufoquei uma gargalhada. Então, sussurrei:

— Me desculpem, me desculpem.

Em voz alta. Para o ar morto com cheiro de especiarias. Minha voz fraca me enojou.

Quanto tempo fiquei na cozinha de decoração exagerada como um estuprador hesitante? Não faço ideia. O ponteiro grande e fino como um fio de cabelo do relógio de laranja tremia em cada momento vazio que chegava. E então, meu transe se dissolveu: o assobio harmônico e habilidoso estava ficando mais alto, acompanhado de passos, e a porta da frente bateu. Eu não ouvi o carro voltar, e agora tudo estava acontecendo de uma vez: o sr. e a sra. Broadus estavam se cumprimentando no hall de entrada, murmurando calorosamente um com o outro, e não consegui entender, ele era muito mais alto do que a mulher e ela estava com uma toalha azul enrolada na cabeça. Fiquei totalmente imóvel, encostado na geladeira (para me camuflar). Eles se abraçaram por cinco, dez segundos, a voz dela abafada pelo suéter do marido, a dele pela toalha da esposa. Falando o tempo todo em tons baixos e simpáticos. Foi ela quem soltou o abraço para levá-lo para o andar de cima pela mão. Os passos dos dois combinaram, se afastando. Uma porta do andar de cima se fechou com delicadeza solene. E, torcendo para que eles não ouvissem, saí da cozinha e passei pela porta da frente, abrindo-a apenas o bastante para eu passar. Eu estava congelando agora. Coberto de suor. Mas, apesar dos tremores de meu corpo inteiro, segui pela leve inclinação da McKinley Street no escuro. Na direção da minha casa. Mantendo a caminhada da inocência, meu gingado retardado e agressivo. Vinte e sete de setembro de 1999, dezenove horas e quarenta e oito minutos.

# XIV.

Pela porra da *terceira* vez, senhoras e senhores! No dia primeiro de outubro, quando eu estava saindo de casa, um garoto sem supervisão de um adulto bateu no meu tornozelo com o triciclo vermelho-sangue. Eu estava preparado para ir distribuir minha pilha de folhetos. Eu tinha me resignado a uma vida de desespero, por estar sem Digger. É uma sensação bem voluptuosa. Eu estava com a mochila, com as porcarias de pôsteres e meus montinhos de dinheiro presos com elástico. Quando a dor do golpe do triciclo diminuiu, e depois que o eco do grito do garoto foi sumindo, meu *pager* tocou. Isso foi às nove da manhã. Eu nunca tinha recebido um contato tão cedo. O número não era familiar. Um número de Washington, um prefixo (os três primeiros números depois do código de área) que eu conhecia: 202-364-1889. Mas às nove da manhã de um sábado? A ideia de alguém precisando de erva logo de manhã cedo me impressionou. Afinal, não é heroína. É só maconha. O quanto seu desejo pode ser forte? Não há dependência física. É verdade que algumas pessoas fingem serem totalmente viciadas, mas é só a exuberância de ser jovem mostrando as garras desajeitadas e compridas. Então, decidi ignorar.

Quatro dias tinham se passado desde a minha invasão à casa dos Broadus. Perdi a noção das coisas nesse intervalo. Não consigo me lembrar de nada específico ter acontecido. Quando se está em queda livre a partir de algum evento bizarro, como fiquei naqueles dias e nas semanas anteriores, uma catástrofe, o tempo ganha uma uniformidade impressionante. Um dia se torna indistinguível de qualquer outro, simplesmente porque o fato dominante que ilumina a todos não muda, o fato constantemente presente de sua perda ou seu crime ou seu remorso, sei lá. A probabilidade dita que, nas noventa e seis horas que se seguiram, tomei banho, caguei, comi, dormi, fui à escola, vendi drogas, bati punheta sete ou oito vezes, fingi não pensar em Digger. O frio que senti na noite da minha invasão permaneceu comigo, assim como uma tensão irritante no fundo da minha garganta, uma dor áspera atrás dos olhos. A única coisa de que me lembro nesse período é minha determinação crescente em me livrar do meu dinheiro. Estou falando do dinheiro da maconha. Todo. Logo de cara pensei em queimá-lo. Mas isso seria suspeito demais. Pensei no forno do meu pai. Isso foi descartado pela possibilidade de ele descobrir o dinheiro, ainda que um fragmento queimado. Eu tinha fantasias de dar para um mendigo, sei lá, mas percebi que isso criaria mais problemas do que resolveria se alguém descobrisse. Então, comecei a pensar em jogar no Potomac, e, assim que imaginei, soube que estava certo.

Doze mil dólares. Em um sentido absoluto, não é muito. Mas era mais do que já tive na vida. Três mil vieram das vendas constantes que fiz no último mês e meio. Eu nem tinha contado. Estou fazendo uma estimativa aqui. Eu queria jogar no rio. No Potomac, que varia de cor no outono entre preto e azul. Com teias de espuma cinza manchando a superfície. E até algumas gaivotas, mesmo tarde assim no ano, mergulhando aqui e ali procurando comida. O rio é a única coisa em Washington que não tem opinião e nem ideia sobre qualquer assunto. O que faz dele o candidato ideal para ofertas conciliatórias. Quem ou o que eu estaria apaziguando? O Grande Anônimo, o rio mudo e acerado? Eu não sabia. Não sou daqueles que acreditam nas divindades aquáticas clássicas, apesar do meu envolvimento com a cultura morta que as venerava. Sei lá. Eu estava péssimo naquela manhã.

Então, ignorei o *pager* e saí dirigindo pela Wisconsin Avenue. A maior parte das principais artérias de tráfego em Washington tem nome de estados. Como gesto de união federalista ou algo assim. Eu ia seguir dirigindo reto, na direção sul-sudeste. A avenida se curva um pouco para leste e oeste, fora de esquadro, passando pela Kennedy, passando pela Cochrane, até a M Street. Onde a terra desce até a água, debaixo de um viaduto barulhento com sustentação de vigas de aço. São da cor exata de algodão sujo como gelo velho, mas o ano todo. Restos de um mar congelado ou algo parecido. Ao chegar lá, eu jogaria o dinheiro. Os montinhos se espalhariam, uma frota vagando na direção da baía de Chesapeake. Com sorte, nenhum dos pescadores loucos de outono (sim, eles existem, e na verdade mesmo no verão o rio não tem vida, pelo menos onde passa pela cidade) que ocupam o passeio estreito ao norte da Roosevelt Bridge fisgaria um. Não haveria perguntas. Esse tipo de merda de interesse humano sempre vai parar nos jornais daqui, porque mais nada acontece. E eu acreditava com todo fervor que, se fizesse isso e pendurasse meus pôsteres antes do pôr do sol, o deus que cuida dos rios atenderia meu pedido. E eu encontraria alguém com a informação necessária para me levar ao homem que imaginei, o homem com o propósito hediondo iluminando os olhos. Não Lorriner, que violou todas as minhas ideias estéticas de como um assassino devia ser. Mas um assassino calmo e indiferente. Que nunca estava sujeito a alterações emocionais. Um homem livre. Em certos sentidos, um homem invejável. Se é que dá para falar assim.

Cruzamento da Wisconsin com a M. Lembram? É lá que fica o Stubb's. Onde Kevin foi morto. Eu tinha escolhido meu trajeto simbolicamente. Tenho uma sensibilidade tremenda para isso. Gestos vazios. Como vocês já repararam. Tudo parecia normal no começo. Eu me antecipei ao tráfego do fim da manhã de sábado, e aquela teatralidade estranha de pré-atividade tinha ocupado as ruas. O que restava do memorial medonho ao Kevin era um laço comprido roxo clareado pelo tempo, soprando na brisa do rio. De repente, tive uma sensação estranha de deslocamento, uma falha da memória. Uma equipe de operários, quatro caras gordos de coletes laranja por cima dos moletons e das jaquetas, se movia com lentidão e descuido infinitos. Havia uma vitrine de loja vazia. Mais ou menos onde eles estavam quebrando a rua. Percebi, quando minha sensação de ter perdido alguma coisa explodiu, que era onde o Stubb's ficava.

— Porra! — eu gritei e soquei a buzina, e os operários viraram a cabeça para mim com fúria. Um deles mostrou o dedo do meio! Um gesto clássico. Tão clássico que nem percebi que era para mim. Seguindo a linha de movimento, procurando o homem que mereceu esse gesto, inclinei a cabeça como um animal encurralado, e puta merda! Eles (eles? O quê?) tinham aberto outro Stubb's DO OUTRO LADO DA RUA.

Isso não deveria ter me afetado do jeito que afetou. É o *plano de negócios* da empresa. Dá para encontrar um Stubb's a intervalos de cinco quarteirões em qualquer bairro. Em qualquer cidade. Do mundo. O logo verde idiota, com o cara com jeito de pirata naquele estilo falso de madeira cortada, sabem? Com o cachimbo na boca, apontando uma espada para o céu? Em todo lugar aonde você vai. Eles nem fazem comerciais. Alcançaram a onipresença. Então, por que não? Por que não do outro lado da rua? Aceitável e até elogiável, de acordo com a ordem natural das coisas. Mas eu só fiquei olhando. O operário com a placa de PARE virou-a para SIGA, de vermelho para verde. E eu tinha começado a virar para descer a colina baixa até a água quando vi que tinham fechado aquele trecho da Wisconsin e eu teria que seguir em frente.

O cara da placa de pare tinha começado a fazer uma dança satírica antes de eu me recuperar o bastante para seguir dirigindo. Ele e os colegas balançaram os braços uns para os outros para comunicar meu fracasso, e segui para o leste pela M e fiz uma curva fechada para entrar na Pennsylvania, depois virei em uma saída pequena até chegar na alameda Rock Creek, agora na direção noroeste. Eu poderia ter ficado na M e feito a volta para a água depois. A cidade toda acaba caindo no Potomac ou no Anacostia. Eles se convergem e desaparecem na baía. Mas uma certeza tomou conta de mim: a oferenda seria recusada. O lado ruim de gestos grandes e vazios! Quando eles falham, você não pode fazer a coisa lógica e alcançar seu objetivo de outra forma. Você tem que fazer a coisa simbolicamente coerente. Que, em nove das dez vezes, é nada em absoluto.

Durante meu trajeto, o número desconhecido ficou me mandando mensagens pelo *pager*. Mais três vezes. Eu estava começando a ficar preocupado. Que porra alguém poderia querer de mim a ponto de não poder esperar? Pensei em todo mundo que desconfiava que pudesse ser enquanto dirigia, murmurando baixinho e vendo se eu estava sendo seguido. *A polícia*. Não, isso não fazia sentido. Por que a polícia me mandaria mensagem? *Digger.* Por mais que eu quisesse que fosse verdade, também não fazia sentido algum. Eu sabia o número dela. A não ser que a mãe dela tivesse lhe dado um celular. *Meu pai, ligando do Cochrane*. Isso seria loucura. Eu tinha certeza de que ele nem sabia que eu *tinha* um *pager*. E ele é letárgico demais para mandar uma mensagem para alguém quatro vezes seguidas. *Alex Faustner*. Só pra me sacanear, sabem? Ou talvez para me atrair para uma armadilha inteligente. E assim por diante, calculando todas as probabilidades estúpidas. Segui a alameda. Eu sabia que levaria a uma das ruas que seguem pela área norte do parque e acabaria em uma região cheia de mansões, com colinas e declives. Mas eu queria atravessar o bosque silencioso, passar rapidamente por ele. Como se pudesse fugir do dinheiro assim. Do número desconhecido. Eu sabia que, se me desse tempo suficiente, a sensação pesada sumiria e eu seria capaz de tomar uma decisão real, de desenvolver um estratagema para fazer minha oferenda, ou abandonaria totalmente a empreitada. No momento eu estava preso nesse *crepúsculo* sim. Mas isso iria passar. Eu só precisava de paciência. Meu *pager* estava vibrando de novo. Nem me dei ao trabalho de ver quem era. *Só tenha paciência, seu babaca idiota*, eu ficava dizendo para mim mesmo.

E isso é, como vocês adivinharam, a única coisa que não tenho. Durante as épocas normais, quando não é necessária. E quando mais preciso dela. Só dirigi quando meu crepúsculo mental se dissipou. Não encostei e respirei fundo, nem meditei, nem nenhuma dessas merdas. Só segui um pouco para o norte do zoológico antes de perder o controle de mim mesmo e sair do crepúsculo sem folhas. Parei mal na primeira vaga que vi, indo e vindo com barulho de borracha no chão, e enfiei uma moeda no telefone público da esquina. Eu estava *ligando* para o número desconhecido. A pior coisa a fazer. Quero dizer, atender às provocações do mistério. Como essa história toda deve demonstrar. Não me deu nada além de confusão até o momento. E eu queria mais. O telefone tocou três vezes antes de alguém atender.

— Sim, alô! Alô! — eu gritei, alto o bastante para fazer uma velhinha passando pela rua parar e olhar. Ela estava empurrando um carrinho de compras, um daqueles oblongos e pessoais, não um de mercado, do qual dois caules de aipo se projetavam como braços quebrados. Só havia uma respiração leve na linha. — Se for você, Lorriner, vai se *foder* — eu gritei.

A velhinha seguiu andando. Seja lá quem fosse, desligou. Voltei para o carro. E reparei, pela primeira vez naquela manhã, onde eu estava. A uma distância de dez minutos de carro da casa de Noel. *Não por acaso*, eu disse para mim mesmo. *Não por acaso*. Àquela altura, eu tinha certeza absoluta de que era Lorriner, ligando da casa escondida de um amigo em Washington, tentando foder com a minha vida de um jeito nada específico. Talvez estivesse em conluio secreto com Huang e Baltimore. Talvez tivesse encontrado um amigo armado e disposto. Não importava. *Noel ajeitaria tudo*. Meu pescoço começou a latejar bem na hora que pensei isso. A dor serviu como prova de eu estar certo. Assim como meus calafrios e dentes trincando.

Ninguém atendeu a porta na casa de Noel. A rua estava vazia, mas ainda me senti observado. E continuei batendo. Meu *pager* estava tocando de novo, o que aumentou minha determinação. Depois (eu contei) de dezessete batidas na porta, três trancas, dois sons em tenor e um grave, ela se abriu. A porta foi aberta para dentro, esticando a corrente de segurança até travá-la. O bastante para que eu visse David.

— Addison, estamos ocupados, cara — disse ele.

— Não, eu preciso ver Noel.

— Aí, cara, volte em uma hora. Ele está ocupado. — Um zumbido de baixa frequência saía da casa de Noel, junto com a voz de David. — Você tá bem? — perguntou ele. — Parece doente, cara.

— Só preciso ver Noel, tipo agora. É über-urgente. David. Me deixe entrar. Não vou embora.

David estalou a língua e fechou a porta. Estalou mais algumas vezes. Um barulho de cálculo, contas de um ábaco ou sei lá o quê. Em seguida, eu o ouvi suspirar, a corrente de segurança fez um ruído e ele abriu a porta, e eu entrei. O zumbido estava mais alto.

— Cara, o que está acontecendo lá embaixo? — eu perguntei antes que pudesse me impedir.

— Cale a boca um segundo, cara — disse David. — Espere.

Eu prestei atenção ao barulho. Era o murmúrio inconfundível de um grupo de pessoas. Vindo de lugar nenhum. Eu me perguntei, sem medo nem preocupação, se tinha ficado maluco.

— Está ouvindo isso? Todas essas pessoas?

David me lançou um olhar vazio e abriu a porta do porão. O barulho cresceu e ficou claro o bastante para eu identificar vozes individuais. De alguma forma, apesar da névoa na minha cabeça, uma desconfiança começou a se anunciar para mim.

— Espere aqui. Só espere.

Ele sumiu, e o barulho voltou a ser um zumbido indistinto. Ocupei-me acompanhando as linhas vermelhas da flâmula da Chandler de Noel. A única coisa que eu era capaz de fazer naquele momento. Não havia mesmo mais nada a olhar. Meu *pager* tocou de novo, e gritei para ninguém em particular:

— Você tem um telefone aqui?

Mas uma sensação ainda existente de vergonha me fez calar a boca.

David reapareceu.

— Olha, cara. Isso pode parecer estranho, mas preciso do seu casaco e da sua mochila. Do *pager* também. Preciso que me entregue. E preciso revistar você.

Tirei a mochila do ombro e o casaco, e David colocou no chão com cuidado. Depois, me revistou. Foi a primeira vez que passei por isso. Nem a polícia tinha me revistado. Fiquei ali, parado, enquanto ele tateava minhas costas e meu peito. O comportamento dele confirmou meu palpite sobre o que estava acontecendo no porão de Noel. Era de se esperar que ele fosse descuidado. Um babaca magrelo como eu não apresenta ameaça, certo? Mas David leva o trabalho a sério e fez uma revista detalhada e eficiente. Ele guardou meu *pager* no próprio bolso. E o desligou, para o meu alívio: eu perderia mais algumas mensagens só enquanto estava ali. Nem me senti constrangido quando a mão dele se aproximou do meu saco! Um sinal de habilidade.

— Tudo bem, merda, cara. Acho que você está limpo.

Ele pegou meu casaco e minha mochila com uma das mãos e fez sinal para eu descer. A passagem, escura e estreita como sempre, ficou pior com o barulho crescente.

Ele me deixou no pé da escada, mandou novamente que eu esperasse e abriu a porta que levava ao quarto de Noel. Vi uma fresta de brilho branco seco e fluorescente e a beirada de um grupo de pessoas. E soube que estava certo. Era uma porra de rinha de cachorros. A porta foi totalmente aberta, e Noel estava atravessando o quarto para apertar minha mão.

— Fala aí, meu neeeeego — disse ele, e demos nosso aperto de mãos de sempre.

Ele fedia a suor. Um suor feliz. O quarto estava quente pra caralho. Havia uns vinte caras lá dentro, variando entre a minha idade até a do meu pai. Todos vestidos iguais, apesar de os mais velhos estarem usando cores mais neutras. Calças jeans, camisetas largas demais, suéteres bem tricotados. Sapatos enormes. É estranho ver um homem de quarenta e cinco anos com sapatos enormes de astronauta. Não fiquei olhando muito. Ou tentei não ficar. Além de Noel, que estava fazendo seu papel de anfitrião, e de David, que parecia preocupado e constrangido por minha causa, ninguém estava prestando a menor atenção a mim.

Uma mesa comprida apoiada em cavaletes foi montada rente a uma parede, na qual havia uma pilha de casacos, *pagers* e celulares, e várias armas de mão. Do outro lado dessas pilhas, o velho contador de dinheiro. Vocês sabem: é uma coisa que parece uma balança, e você coloca pilhas de dinheiro dentro, então ela folheia e dá uma leitura digital da quantia. Acima, na altura do ombro, o pequeno quadro-negro estava coberto – a primeira vez que o vi em uso – de uma caligrafia pequena, firme e legível. E eu soube, sem ter que perguntar, que pertencia a David. Que agora estava colocando meu casaco cinza com buraco no cotovelo junto com os outros e acrescentando meu *pager* à pilha. David levantou minha mochila e ficou olhando para ela, depois a chutou para baixo da mesa.

Li o quadro-negro: só um monte de iniciais e números, divididos em duas colunas, uma encabeçada pela palavra *Shazam* e outra pela palavra *Troiano*.

— E aí, o que você quer, nego? — perguntou Noel.

Em meio às vozes humanas ecoando entre o piso de concreto e o amortecimento nas paredes, ouvi sons diferentes, animais, um rosnado e um choramingo.

— Cara, eu estou interrompendo uma briga ou alguma coisa? — eu perguntei.

Eu tinha certeza agora de que estava. Reparei no cercado, feito de plástico preto velho e unido com metal oxidado, que tinha sido montado no centro do quarto. Todo mundo estava reunido ao redor daquela coisa. Ia até a altura do quadril. A cama de Noel tinha sumido para abrir espaço, um fato que eu aceitei com tranquilidade febril.

— Merda, nego — expirou Noel. — Você é muito engraçado, cara. Quer apostar, por acaso?

*Noel ajeitaria tudo.* Não estava totalmente errado. Eu me lembrei do propósito de ir lá. Por literalmente dois segundos. E então, mais alto do que pretendia, eu disse:

— Tenho uns doze mil dólares na mochila.

Isso fez os outros espectadores começarem a prestar atenção.

— Merda, Riquinho! — disse um dos caras mais velhos com uma voz áspera.

Os caras perto dele caíram na gargalhada e todos voltaram a me ignorar. Noel também estava segurando a risada. David ainda estava com aquela expressão de lábios apertados de preocupação profissional repuxando o rosto.

— Eu quero apostar, cara. Adoraria — eu disse, com entusiasmo.

David foi até nós para interferir, mas Noel já estava me perguntando em qual eu queria apostar. Demorei menos de um segundo para responder.

— Troiano.

Coerência simbólica, senhoras e senhores! Eu tinha certeza de que ele perderia. Baseado no nome. É o que os troianos fazem. Eles perdem. Os gregos ganham, os troianos perdem. É meio que a história de tudo, certo?

David tirou o dinheiro da minha mochila depois de um gesto de Noel feito com dois dedos.

— Você é todo organizado, Addison — disse David com irritação quando reparou no meu sistema de empacotamento über-anal. Puto, sim. Mas com a voz bem controlada, apesar disso. Como sempre.

Ele colocou os montinhos de dinheiro na contadora. O som da máquina, que foi comendo as notas, fez todo mundo ficar meio quieto. O grupo me olhou de novo, e o cara mais velho repetiu:

— Ele é mesmo o Riquinho.

Ele deu uma gargalhada alta de novo. Por que se meter com o sucesso?

— Tem doze mesmo — disse David para Noel quando a máquina terminou. — Doze e quatrocentos.

Ele estava agachado embaixo da mesa, girando a tranca do cofre de Noel, que tinha sido arrastado de debaixo do colchão para a ocasião e estava embaixo da mesa, impassível na sombra. Ouvi a porta ser aberta e fechada, um barulho pesado.

— Cara, ele é de boa — disse Noel enquanto David colocava meu nome junto com o resto dos jogadores, na coluna do TROIANO: A.S., 12.447. — Mas você está apostando contra o favorito. — Noel riu. Isso me tranquilizou de que tudo ficaria bem — Tipo, três para dois, moleque — prosseguiu ele.

Depois de mais murmúrios barulhentos, as coisas se acalmaram. Noel voltou para o meio dos apostadores. E dois caras saíram das salinhas ao fundo, cada um com seu cachorro na coleira. Os cachorros estavam bem mais calmos do que eu esperava. Não estavam indo um para cima do outro. Não estavam puxando as coleiras. Um tinha cor de algodão e o outro tinha cor de tijolo. Os dois tinham o corpo atarracado, troncudo. Pitbulls ou mastins misturados, ou alguma coisa assim. Os donos se aproximaram do cercado. Não sei dizer o que o dono do cachorro branco estava usando. Mas o dono do cachorro castanho estava usando um conjunto de moletom cor de manga, com uma listra azul do calcanhar até o ombro.

— Qual dos dois é o Troiano? — eu sussurrei para David.

Ele apontou para o cachorro castanho, depois foi montar guarda na entrada, determinado a não me olhar. Os donos levantaram os cachorros com carinho evidente. Noel levantou as palmas das mãos abertas. Os espectadores respiraram fundo. Vocês sabem como grupos de pessoas, ainda que pequenos, ficam sincronizados em momentos de tensão.

Não participei do que aconteceu em seguida. Eu nem assisti, na verdade. Fiquei no canto do porão de Noel, flexionando e relaxando os dedos dentro dos bolsos e tremendo como um besta, de calafrios. O grupo de pessoas tinha aquecido o ar. Havia gente suficiente reunida para gerar calor, um calor tênue e prosaico, mesmo na extremidade irregular do grupo. Não sou o tipo de pessoa que odeia multidões. Dá para sentir mais solidão em uma multidão do que em qualquer outro lugar, porque tira a ênfase do lado físico da sua solidão. Entendem? Deixa você com o lado intangível e mais importante dela. E havia um ar de camaradagem profissional emanando do grupo, embora houvesse dois lados opostos evidentes. Quando Noel baixou as mãos, os donos colocaram os cachorros no cercado e soltaram as coleiras. Isso eu vi.

Em seguida, as pessoas obscureceram a ação. Todo mundo começou a gritar e a sacudir os punhos. David foi ficando mais e mais imóvel. O rosto de Noel brilhava de felicidade social. Eu ficava tendo que fechar os olhos e engolir, pela tontura e secura crescente na garganta. Uma janela se abriu na multidão por um momento. Vi que os cachorros não pareciam estar brigando, estavam mais se debatendo. As pessoas se aproximaram de novo, e me contentei em só ouvir os sons da briga, grunhidos e latidos. Os animais estavam se falando. Dava para sentir o ritmo debaixo do murmúrio de vozes humanas, que tinha virado um barulho parecido com estática.

"Rinha de cachorros", Noel me disse quando eu tinha perguntado para que servia o isolamento acústico no quarto dele. Eu rira. Uma piada do caralho, né? Mas faz sentido se você pensar. Mais um dos gestos dele. Construtivo na ilusão de que ele é amigo de seus colegas de negócios. Eu não fazia ideia de quem eram aqueles caras, mas, nas minhas lembranças, as roupas deles eram limpas e com jeito de caras. Os rostos pareciam bem-alimentados. Eles pareciam prósperos, ainda que não cem por cento legítimos. A multidão se inclinava para a esquerda e para a direita, com os braços nos ombros uns dos outros, os rostos tomados de esperança ou preocupação. Somei os números no quadro-negro, ou tentei. Não faziam sentido. Cheguei a totais diferentes em cada vez que contei. Um dos cachorros uivou. O branco, Shazam, eu tinha certeza. Um uivo de vitória. Eu esperava que tudo acabasse. Provavelmente, eu *queria* que acabasse, o barulho da multidão e o ar fumarento com sensação de usado, cheio de expiração humana. Mas a briga prosseguiu. O uivo morreu, e a troca de gritos breves recomeçou. Uma das pessoas deu um pulo até sair do chão e caiu de bunda. O vazio que ele deixou me permitiu ver a ação de novo. Meus lábios estavam dormentes.

Os cachorros estavam indo com tudo. O branco apoiou as patas da frente nos ombros do castanho e mordeu a parte de trás do pescoço. Mas o castanho o afastou e atacou, abrindo um corte no flanco do cachorro branco. Eles circularam e morderam, sem conseguir vantagem, enquanto o cara que caiu gemia e todo mundo o ignorava. O cachorro avermelhado, de corpo mais largo e mais próximo do chão, mergulhou e segurou a garganta do branco e jogou o inimigo com um giro no piso do cercado, sacudindo a cabeça e grunhindo mesmo com a boca mordendo a carne do outro. O branco balançou as pernas, um gesto reconhecível de desligamento. Isso foi recebido com um grito alto e unitário, comemorações de aprovação de alguns e gritos de derrota de outros. Tínhamos entrado no estágio final. Todo mundo estava satisfeito ou arrasado. À medida que o cachorro castanho esmagava a garganta do oponente, os gritos e assobios viraram um silêncio tímido e quase impressionado. O homem que caiu se levantou e obstruiu minha visão da morte lenta. Mas isso me perturbou. Não por empatia. Eu odeio cachorros. *Não* foi por empatia.

— Merda — disse alguém no silêncio, com voz vazia.

Então todo mundo se afastou do cercado. Eles não eram mais um grupo, só um bando de caras. Aquela coesão sumiu. O dono perdedor, de roupa esquecível, pegou o cachorro branco nos dois braços e olhou para o fardo. Com uma mancha vermelha e rosa na garganta. Os olhos revirados para trás. Meu estômago deu um nó. *Não* por empatia, mais uma vez. O dono vencedor, o cara de roupa cor de manga, estava cercado das pessoas que ganharam dinheiro por causa dele. Batendo nas costas dele e dando parabéns. Ele tinha colocado a coleira no cachorro castanho, o Troiano. O branco se chamava Shazam. Troiano, que ainda estava vivo. O que queria dizer que eu tinha acabado de ganhar... Não consegui fazer a conta. Eu estava perdido demais. Noel estava dando tapas nas minhas costas, perguntando jovialmente se eu queria levá-lo à falência. ("Ou um troço assim", acrescentou ele.) Para me mostrar, acho eu, que ele conseguia lidar com qualquer coisa. Ele normalmente tem muito dinheiro à sua disposição. Afinal, ele ia botar os lucros no banco? Comprar porras de ações ou algo do gênero? Uma fila curta se formou junto a David. Ele tinha aberto o cofre e estava contando dinheiro para os vencedores. Depois que os pagava, eles pegavam seus casacos e seus *pagers* ou celulares de volta. As armas ficaram na mesa. Só havia três.

Quando David pegou meu dinheiro, o resto do peso que me ligava à existência real sumiu. Uma certeza tomou conta de mim, sobre Kevin, sobre o assassino... tudo. Tudo que eu tinha que fazer era não fazer nada, ceder o controle que eu vinha tentando ter, e eu ficaria livre. Vocês já dirigiram sem limitações, por diversão? Só descendo uma ladeira íngreme, deixando a gravidade e as outras forças naturais fazerem o trabalho? Dá uma sensação de liberação crescente. Com duração de menos de cinco minutos, provavelmente. Puta merda! Todo aquele dinheiro, que eu tinha certeza de que tinha perdido, agora tinha voltado e se multiplicado. Que porra eu ia fazer com mais dinheiro? Foi por isso que esperei todo mundo ir embora para me aproximar de David. Eu nem fui até ele. Ele me chamou com desprezo leve na voz. Noel tinha seguido os visitantes até o andar de cima.

— Olha, cara — eu disse.

Mas ele estava segurando minhas pilhas originais de dinheiro, amarradas de novo nos elásticos vagabundos manchados com a tinta de desenho do meu pai. E mais seis. Um tinha um centímetro de grossura a mais do que os outros. Concluí que devia ter as notas quebradas.

— Olha, cara — eu repeti. — Eu quero *doar*. Tipo, doar pra você e pro Noel. Para melhorias na casa. Tudo bem? — Eu estava segurando meu dinheiro com os braços, meio que empurrando para ele. O isolamento acústico matou minha voz, condenando-a aos confins do meu crânio. — David, *por favor*. Por favor, cara.

Ele não bateu em mim. Não precisava, embora o maxilar estivesse contraído, como se ele fosse fazer isso mesmo. Ele só olhou para mim. Com seus olhos semicerrados. Aquela expressão difícil de decifrar, ou falta de expressão, acalmando as feições dele. Ele me deu minha mochila e meu casaco, meu *pager*, e subiu a escada. O pulsar de vozes chegava ao porão. Eu estava sozinho. Então, botei o dinheiro na mochila, coloquei o casaco e ativei o *pager*: eu tinha perdido cinco mensagens desde que David o desligara. Ninguém olhou pra mim quando entrei na sala de Noel. Ninguém olhou pra mim quando a atravessei e saí para a rua. O homem de roupa esquecível estava fechando as portas de trás de uma van branca estacionada na frente da casa de Noel. Ele se sentou no para-lama, o que fez a van balançar de leve, e massageou o queixo e as bochechas, olhando para o concreto. Esse é o ponto na história em que, se eu fosse escritor profissional, inseriria uma cena linda e significativa. Uma exibição nojenta de talento. Eu deveria estar tentando impressionar vocês. Usar o velho estratagema do "olhem como sou talentoso e modesto" poderia ajudar minha causa. Mas não tenho nada assim para oferecer, só um fragmento de memória comum. O perdedor oscilando no para-lama cromado, com a respiração exalando vapor e desaparecendo. Meu carro idiota, do mesmo laranja do sol inflamado de outono. E, se estendendo em todas as direções, o reino intocado do mais absoluto nada.

# XV.

Eu talvez nunca descobrisse quem estava me mandando mensagens pelo *pager* naquele dia inteiro se não tivesse, assim que voltei para o carro, vomitado no meu próprio colo. Bile amarelada. Queimou quando subiu pela garganta. Eu não tinha comido nada, o que piorou tudo. Tossi, limpei a garganta, bati na buzina e comecei a procurar guardanapos no porta-luvas. E foi assim que descobri (apesar de saber que não tinha). Quero dizer, porque a pasta de Kevin foi o que peguei. Tirei o que tinha dentro, a pilha de documentos, rasguei um canto do papelão pálido da aba da frente e raspei os filetes de ácido estomacal e muco dos lábios e queixo, então tentei tirar parte daquela merda das minhas coxas. Depois disso, acendi um cigarro. Depois *disso*, eu tinha acabado com minhas opções de comportamento dentro do carro. Então, fiquei sentado ali, sugando a fumaça, que machucou minha garganta ferida. Eu peguei os papéis. Não contra minha vontade, mas sem vontade própria. Um tique de cérebro de dinossauro movendo minhas mãos e braços do século XX. Quase XXI. Dá para acreditar? Em menos de três meses, vamos ver se todos os profetas estavam certos, se já sabiam o que iria acontecer ou se nossa duradoura seja-lá-o-que-for-isso vai durar mais um pouco. Eu tenho que dizer que estou empolgado. Aconteça o que acontecer.

Outra onda de bile subiu pela minha garganta. Eu apertei o volante. Mesmo quando você não vomita, o odor ainda permeia sua faringe. Ácido hidroclorídrico com grandes quantidades de cloreto de potássio e cloreto de sódio. Que merda de som metálico! Numerosas secreções ganham nomes especificamente humanos: adrenalina, dopamina. Isso não passava de compostos químicos puros, sais e ácidos. Mas eu me controlei. Quando parou de subir até minha úvula, peguei os papéis da pasta de arquivo agora rasgada de Kevin. Não havia mais nada a fazer além de ficar sentado no fedor particular do meu vômito. A metade de cima da pilha se enrugou e amassou quando prendi os polegares. KEVIN BROADUS. MCKINLEY STREET 3549, NO 20015. 202-364-1889. Li a linha do alto cinco ou seis vezes. KEVIN BROADUS adquiriu um ar aleatório, como as placas de trânsito que vemos em sonhos. Meu *pager* tocou e o tirei do bolso. Outra onda de bile se insinuou pelas cavidades internas do meu nariz. E ali, na tela, estava o número listado no registro escolar de Kevin: 202-364-1889. Larguei os papéis e gritei de medo. Lutando para fugir deles, ainda com o cinto de segurança preso. O cigarro caiu no meu colo, e bati loucamente em minhas bolas para tentar apagá-lo. Calafrios percorriam meu corpo, bem piores do que antes, e precisei tirar o suor do pescoço molhado com a manga. Verifiquei os números novamente. Eram os mesmos. E eu sabia aonde tinha que ir, independentemente de quem ou o que estava me mandando a mensagem. Afinal, eu tinha o endereço. Tinha estado lá antes. Tinha até visto os papagaios de porcelana. O dono do cachorro perdedor não tinha se movido de cima do para-lama quando saí dirigindo. Estava falando com alguém agora em um celular. Ou ouvindo.

Agitado! O trajeto até lá foi assim. Não tinha outra palavra. Tive uma conversa longa e energética comigo mesmo. Sobre fantasmas! Eu tinha chegado a esse ponto. Não estou dizendo que tinha certeza absoluta de que o fantasma de Kevin estivesse me mandando uma mensagem. Mas pensei no assunto, cada vez que o farol vermelho acendia, enquanto eu limpava as camadas de suor do rosto e pescoço e me encolhia para perto do volante em busca de um calor imaginário. A casa de Noel fica a sudoeste da McKinley Street, e é basicamente uma reta quando você passa pela casa de repouso dos soldados. Eu tinha escapado do fluxo maior de tráfego matinal durante a rinha de cachorros. Então, não demorei para chegar. Ainda assim, cobri bastante terreno paranormal. Posso até ter balançado o dedo para mim mesmo em reprovação, entre secadas de perspiração e contrações musculares para suprimir meus tremores.

Não demorei para chegar. Havia até uma vaga bem em frente à casa dos Broadus. Mas demorei uma eternidade para ir lá tocar a campainha. A luz matinal estava cinzenta, literalmente cinzenta. Fazia tudo parecer entalhado e pesado, os galhos agitados, os tijolos nas paredes, as janelas fechadas e impotentes. Tudo. Eu sabia que, se saísse, o frio me atacaria de novo. Eu queria ir dormir. Queria fumar cigarros. Queria fumar erva. Queria fazer outra coisa além da que as circunstâncias exigiam de mim. Então, fiquei ali encolhido, até erguer o rosto e ver, pela cortina verde aberta de uma janela do primeiro andar, as costas do sr. Broadus se movendo para a frente e para trás, e antes que eu pudesse me impedir, corri pelo caminho até a porta e enfiei o polegar na campainha da cor de unha. Soltou um trinado metálico. Ouvi mais movimentos. O instante se prolongou. Lembrei que tinha esquecido de trancar o carro e murmurei, enquanto batia nas bochechas com a manga:

— É a segunda campainha que toquei só hoje.

A porta rangeu. E ali estava ele. Tão alto quanto eu lembrava de ter visto na TV, em cima de um degrau pequeno. Com um suéter de Natal de tricô; cinza, com três renas castanhas dando pinote e com tufos brancos no lugar dos olhos.

— Se você veio vender lenha, já informei seu amigo: não quero.

Ele empurrou os óculos nariz acima, e um fragmento de folha seca caiu na testa sem rugas.

— Não, não estou aqui vendendo lenha. — Eloquente, não?

Ele não ficou convencido.

— Então *o que* está vendendo?

— Estou *vendendo* — eu ecoei.

— Você está bem? — perguntou ele.

— Não, cara, é que, tipo, quer dizer, senhor, eu só queria ver você por causa de uma coisa.

Ele levantou um dedo de espere e se inclinou para dentro de casa. Voltou com uma folha de papel azul dobrada. Que desdobrou.

— É você? Foi você quem saiu por aí pendurando isso? — perguntou ele.

O rosto indistinto e fotocopiado de Kevin olhava para o mundo de objetos, por cima do meu ombro esquerdo.

— Senhor, foi você que me mandou mensagem a manhã toda pelo *pager*.

— E você não podia ligar? Por que veio? Por que está aqui, fisicamente? Isso é uma coisa que não entendo.

— Eu era um amigo — eu disse para ele.

Desta vez, não saiu da minha boca com a pressa suave de uma mentira. O sr. Broadus molhou os lábios.

— Ele não tinha muitos amigos. Quem é você?

Eu não disse nada. Fiquei de pé com os braços cruzados contra o frio. Como ele não sentia? Ele ficou ali parado, reto e imóvel, com o suéter frouxo.

— Minha esposa saiu. Eu queria falar com você antes de ela voltar. Acho que agora vou conseguir o que queria.

Ele chegou para o lado na porta, com um movimento exagerado do braço. E deu um sorriso tenso que devia ter sido um alerta. Um alarme de carro começou a tocar quando atravessei o umbral.

Uma sensação física de superioridade tática surgiu em mim quando vi a sala. Pela incoerência crescente das minhas sensações corpóreas. Nada tinha mudado desde a minha visita; todas as toalhinhas rendadas e todos os papagaios de porcelana mantinham sua triste ordem. E isso me fez sentir um semelhante do sr. Broadus. Sabem? Minha violação da casa dele me concedia direitos iguais dentro daquela casa. Ou até direitos superiores. É assim que a mente humana trabalha, eu acho. A virtude é sua própria punição, se vocês entendem o que quero dizer. Ele era um homem grande, barrigudo, sim, mas corpulento. Com aparência competente. O suéter sem forma e juvenil não escondia isso. Ele não se parecia com o filho, cujo rosto ainda carregava gordura indecisa. O sr. Broadus estava olhando para mim, de pé, perto da porta, com um filete de ar frio entrando por baixo. Ele estava descalço. Disso eu me lembro. Andar descalço na frente de estranhos exige muita coragem, na minha opinião. Eu não consigo.

— Sente-se, por favor. — Ele apontou para uma cadeira de balanço. — E seu nome é… — Fiz que ia para o sofá, supondo que o gesto dele era generalizado. Não era — Não, ali — instruiu ele, balançando a cadeira pelo encosto, como se estivesse tentando despertá-la do sono confiável dos objetos. — E qual é seu nome? Você é lento com perguntas, hein? Isso aí é vômito? Você vomitou em si mesmo? Andou bebendo?

Vocês sabem como é humilhante ser interrogado enquanto se está sentado em uma cadeira de balanço? É pior quando você está abraçando o próprio corpo para combater calafrios.

— É Addison, cara. Quer dizer, senhor. Meu nome. É Addison Schacht.

— Addison Schacht.

Vocês devem supor que ele falou de um jeito "venenoso" ou algo assim. Como o jeito como romancistas escrevem: *Ele olhou para mim como se eu fosse um inseto. Disse meu nome como se fosse o nome de uma doença.* Ninguém faz isso, sabia? Essas ideias da natureza humana vêm da TV, onde as pessoas usam essa hilária ênfase zombeteira. Mas o sr. Broadus só estava tentando esclarecer. Ou talvez achasse que se lembrava dele.

— Você tem um nome incomum, Addison. Gosto de nomes como o seu. Sempre gostei, embora não saiba dizer por quê. Pode ser por causa do meu nome, pelo qual debochavam muito de mim quando eu era criança. Por outro lado, é fácil olhar para os assuntos de outra pessoa através de um prisma próprio. É perigoso fazer isso. Peço desculpas pela falação. Embora eu estivesse reclamando antes, estou grato por você ter decidido passar aqui, Addison. Por vários motivos. — Aqui, ele se sentou no sofá marrom do outro lado da sala, sem desviar o olhar afiado. — Acho importante você ter oportunidade de falar — continuou o sr. Broadus —, porque todos os ângulos precisam ser considerados, certo? Em qualquer assunto importante, todos os ângulos precisam ser considerados.

O sorriso rígido como giz se alongou pelo rosto dele. Antes que eu pudesse falar, ele levantou uma mão enorme, maior do que a do meu pai e sem as cicatrizes causadas por arte sem sentido e as descolorações que mancham as mãos dele. Uma pontada de medo aqui. Mas ele prosseguiu.

— Espere, espere, espere, espere, espere. Fui grosseiro com você, Addison. Eu estava indo fazer chá. Quer chá? As pessoas jovens como você não gostam. Mas acho relaxante. Quer um pouco? Insisto para que tome.

Ele se levantou, ainda falando, e entrou na cozinha com paredes de frutas. *Ele não faz ideia de que sei como é a cozinha dele!* Mais uma vez, aquela pequena empolgação cheia de pompa da superioridade.

Sim, é bem relaxante — gritou ele acima do som da água e de estalos menores —, e você vai ver que estar relaxado costuma ser a coisa mais necessária em qualquer situação. Você não concorda? — Ele voltou quando disse essa última pergunta. — Você não concorda, Addison, que estar relaxado é uma coisa importante?

— Senhor, tipo, eu só queria falar sobre o Kevin. Estou vendo que encontrou os pôsteres. Acho que os pôsteres são, tipo, uma coisa boa. Tenho espalhado por aí, tipo, antes e depois da escola. Acho que podem ajudar a desvendar aspectos não investigados do caso.

Eu estava ofegando quando terminei. Sabia que tinha soado mecânico. Não conseguia pensar em mais nada entre o frio, que tinha entrado na casa de alguma forma, meu medo de fantasmas e aquela sensação de superioridade. Ele não respondeu. Só me perguntou, com voz baixa e calma:

— Bem, você concorda ou não, Addison?

Reparei que ele estava com uma caneta presa na gola do suéter, que acompanhava o gingado meticuloso da fala dele.

— Não, estou muito relaxado, obrigado.

Ele pegou a caneta e me olhou por cima dela.

— Não. Não, Addison, não foi isso que eu perguntei. Fiz uma pergunta geral de princípios. Não especificamente relacionada a você.

O sorriso dele ficou mais tenso e maior.

— Eu concordo — eu disse, com solidariedade séria e vazia.

— Concorda com o quê?

Outra onda de suor explodiu pelos meus poros.

— Concordo que, tipo, o que você falou sobre relaxar? É importante?

Isso levou a um aceno positivo.

— Bem, acho que tenho que aceitar isso, Addison. Apesar de você poder estar só me dizendo o que acha que quero ouvir. Você tem que admitir, há uma boa chance de você estar me dizendo o que quero ouvir.

Enquanto eu ouvia a cadência fácil e grave da voz dele, um ataque estranho de sonolência tomou conta de mim. Bizarro, né?

— Addison! Alô! Alô aí! — Ele estava estalando os dedos. — Sua atenção se desviou, Addison. Isso é meio grosseiro, você não acha? — Antes que eu pudesse concordar, a chaleira fez um barulho agudo e harmônico. — A água está pronta — disse o sr. Broadus. — Continue falando, por favor.

Eu continuei. Primeiro, concordei com o que ele disse:

— Sim, eu diria que é, tipo, meio grosseiro, sr. Broadus.

Depois, expliquei tudo. Expliquei para aquele sofá da cor de chocolate. Acima havia uma litografia pendurada, um antigo mapa da cidade, ainda o paralelogramo inteiro naquela época, antes de o governo ter devolvido mais ou menos um quarto do oeste do Potomac para a Virgínia.

Ofereci todos os fragmentos patéticos que eu tinha. A assembleia. Meus professores idiotas. O sr. Vanderleun. Meu roubo do arquivo. A declaração de Noel sobre o Mike Baixinho. O comportamento negligente da polícia. O ataque de Lorriner à minha casa. Minha ida a Brander's Hollow. Murphy, Murphy, Murphy. Os pôsteres. A rinha de cachorros. Meu dinheiro. E esse mais novo momento. Ah, senhoras e senhores, vocês sabem como soou vazio e triste. Vocês já ouviram. O jeito como se mente para os professores. Ou o jeito como se mente para o pai ou a mãe, seja qual for aquele que se ama mais e em quem mais confia. Eu não me importei. Achei que parecia incrível. A cadeira de balanço sacudia para a frente e para trás embaixo de mim. Não mencionei a maconha. Não mencionei a *Eneida*. Não mencionei Digger. Não mencionei as piadas do Holocausto. Então, o sr. Broadus – ou melhor, o ar do local onde ele estava sentado – ouviu a história toda. Menos as informações pessoais inúteis. Minha voz falhou. Uma névoa luminosa surgiu em todos os objetos que eu conseguia ver, pela turvação de aquário da minha visão, pelo frio de gelar os ossos da rua que tinha entrado na casa.

— Seu aquecimento está, tipo, funcionando? — eu gritei no final do meu resumo.

— Nosso aquecimento está ótimo, Addison — gritou ele da cozinha. — Foi uma reforma recente. Posso dispensar os vendedores de lenha por causa disso.

Eu tremi. Concordando, eu acho. Os filetes de vapor cintilante seguiam meu olhar sempre que eu movia os olhos. E eu segui em frente.

— Eu *também* perdi um ente querido, sr. Broadus — eu disse, arfando.

Um ente querido! A grande conclusão! O pai de Kevin ainda estava mexendo com xícaras e uma chaleira. Mas não demorou muito.

— Desculpe a demora — cantarolou ele em meio a um sorriso de *rigor mortis* quando entrou. Só trouxe uma xícara de chá. Eu não protestei.

Água soou nos canos do segundo andar. O sr. Broadus soprou a superfície límpida do chá dele.

— Agora, Addison, você estava me contando antes que tinha evidências? Sobre Kevin. E que era amigo dele. Se bem que, como falei, ele não tinha muitos amigos. O estudo era muito importante para ele. Eu acredito em se dedicar aos estudos. Foi assim que me tornei bem-sucedido. E acho que eu me lembraria de você. Você não concorda?

Tentei diminuir os barulhos da cadeira.

— Ah, sr. Broadus, eu não diria que éramos exatamente melhores amigos nem nada do tipo, e eu certamente não pretendia dar ao senhor a impressão de que éramos melhores amigos nem nada assim.

Eu estava começando a parecer uma solteirona resmungona, e o sr. Broadus só alargou o sorriso.

— Não perguntei se você era melhor amigo do meu filho, Addison. O melhor amigo dele se chama Tarasac Choulamontry. É laociano. Perguntei se não seria provável, considerando que você diz que era amigo de Kevin, que eu me lembrasse de você?

Um zumbido alto me distraiu na hora que ele disse isso. Foi mais uma ressonância, ou um ataque de surdez. Eu quase perguntei: *está ouvindo isso?* Mas me restringi a dar uma resposta direta.

— Sim, acho que você se lembraria de mim, sr. Broadus. E acho que, tipo, houve algum tipo de confusão na comunicação aqui.

— Você quer dizer que me falou que era amigo dele, mas não era?

— Não, eu não quis dizer… Só quis dizer que éramos tipo mais conhecidos do que amigos, se é que você me entende, e que não conheci você antes da coisa toda, e é por isso que não se lembra de mim.

O choramingo de solteirona tinha voltado à minha voz, então calei a boca. O sr. Broadus pareceu aceitar isso, embora o sorriso não tenha sumido, como esperei que acontecesse. Ele só protegeu o pescoço com duas mãos enquanto os óculos viraram dois discos de luz.

— Não, mas, sr. Broadus, eu acho que posso mesmo ajudar. Sinto muito, mas sei que posso ajudar. Os pôsteres podem ajudar.

O sr. Broadus passou uma língua cinza nos lábios grossos.

— Eu falo sozinho, Addison, às vezes, quando estou sozinho. Você faz isso? É um mau hábito. Mas todos temos maus hábitos.

Ele soprou o chá mais um pouco.

— Não, eu respeito tudo que você passou. — Falei isso sem olhar nos olhos dele. — Respeito tudo pelo que você passou e sinto que tenho uma coisa valiosa para comunicar aqui. — (O quê?)

— Sim, *sei* que sente, Addison — disse o sr. Broadus, com a voz controlada e modulada, e pediu desculpas por não ter trazido uma xícara de chá para mim.

Não dissemos mais nada um para o outro por um longo momento: o sr. Broadus me olhando por cima da borda da xícara, eu na minha imobilidade frenética, tentando impedir que a cadeira balançasse.

— Eu só acho que, se você me deixar seguir em frente com as minhas investigações... — eu gaguejei.

O sr. Broadus tomou o resto do chá.

— Por que você está aqui? De verdade? — A voz dele não continha emoção reconhecível. Só interesse. — Você sabe o que está fazendo? Sabe?

— Eu me solidarizo com tudo que você passou — eu repeti, porque não havia outra resposta coerente que eu pudesse dar.

Tenho certeza de que vocês todos concordam: sou um filho da puta idiota e inútil. Por causa daquele sentimento, daquela sensação de *santidade*. Eu estava tateando em busca disso, dessa sensação. Então, em vez de responder à pergunta, o que teria exigido que eu me revelasse como fraude total, eu disse:

— Posso deixar o número do meu *pager* com você?

Ele balançou o pôster azul para mim. Um tom que escolhi com orgulho especial.

— Addison. Addison, Addison. Você esqueceu que tenho o número bem aqui? Você até mencionou nesse pôster que era um número de *pager*. E estava dizendo alguma coisa antes sobre ter matado um cachorro? Sobre dinheiro? Eu estava fora da sala. Como falei, eu também falo sozinho quando estou sozinho, então entendo. Você estava falando consigo mesmo. Todas as suas teorias. Ouvi tudo. Mas foi só uma coisa que você imaginou, Addison. Não foi? Que estava discutindo com você mesmo. Posso entender isso. Como poderia ser real? Ninguém decente se comporta assim. Ninguém faria uma coisa assim — ele indicou meu pôster de novo — por motivos tão frágeis. Ninguém decente. Entende o que estou dizendo? Você parece confuso.

Ele atravessou a sala e se ajoelhou para olhar no meu rosto, com as mãos nos joelhos pesados. O volume da barriga dele preenchia o suéter e alongava as pernas das renas. Consegui olhar nos olhos dele. Um verde reluzente e gelado, por trás dos óculos grandes, embaixo dos arbustos cinzentos que eram suas sobrancelhas.

— Você não tem um motivo melhor, Addison?

A cadeira gemeu embaixo de mim. Eu gemi junto. A dor no meu pescoço tinha chegado a um nível massacrante e miserável. Eu gemi e cobri o rosto. Não conseguia formar palavras.

— Venha comigo — dizia o sr. Broadus. — Venha comigo. Venha até o andar de cima.

— Eu nunca *fui* ao andar de cima — eu disse de repente enquanto lutava para ficar de pé.

O sr. Broadus virou o olhar para mim de novo, apertando os olhos para meu *non sequitur* ou talvez para meu sacolejo de bêbado.

— Isso não tem a menor importância — disse ele.

E, em meu único momento lúcido naquele dia, pensei em um excelente comentário: *você fala como um branco! Tenho um amigo branco que fala como um negro! Não é engraçado?* Ele já estava na metade da escada, onde fiquei de pé menos de uma semana antes, ouvindo a mulher dele assobiar. Então, não falei nada.

As fotos de Kevin tinham sido retiradas. Isso me chocou. As fotos foram retiradas, e minha pomposa voz interior condenou a ausência delas. Como se fosse direito meu. As fotos sumiram, deixando marcas mais claras nas paredes brancas da escada e pequenos buracos, que pareciam insetos mortos. O piso cantarolou debaixo dos pés dele e dos meus, e chegamos lá em cima.

A disposição era simples, com uma grande área de entrada com um piano de cauda, que eu não tinha visto dos meus pontos de vista anteriores. Ao lado do piano, um saxofone sobre a base, menor do que o de Kevin. Um alto. Kevin tocava barítono. Havia fotos dos Broadus como família nas paredes, da sra. Broadus com o sr. Broadus quando eles eram mais novos, uma foto em que ela estava de vestido de noiva e ele estava com um terno escuro de lapela larga e colete cinza e cartola. Ele estava fazendo sinal para mim.

— Você estudou com ele? — perguntou ele. — Teve aquele mesmo professor? Sr. Vanderleun, não é? Você também é dos Jovens Talentosos?

— Tudo isso é verdade — eu murmurei.

Tínhamos parado na frente de uma porta com uma daquelas placas de estrada falsas, vermelha e branca: NÃO ENTRE.

— Ele gostava de privacidade — disse o sr. Broadus. — Não sinto culpa nenhuma em dizer isso.

Ele abriu a porta sem dizer mais nada, e ficamos na entrada e olhamos.

Fantasmas? Vou dizer o que vi: nada. As paredes estavam nuas. Havia marcas mais claras de pôsteres, prêmios, tudo, toda a mobília, cama, cômoda etc., tudo sumiu, não havia cortinas nas janelas, nem poeira no chão; no armário aberto só sombras, nem mesmo cabides esquecidos. Nada além do pálido sol invernal e o ar pesado da casa. Minha respiração acelerou, e duas gotas de suor, como lágrimas, caíram das minhas sobrancelhas. Ele estava *ali*. O próprio vazio provava. Eu resisti à visão. Mordendo o lábio inferior. E então, me virei para olhar para o sr. Broadus e vi que ele tinha contraído o maxilar. Eu estava à beira das lágrimas – não de exaustão, culpa ou vergonha, mas lágrimas de uma emoção além dessas, que não tem definição e não precisa de uma. Os gregos sempre vencem. Os troianos sempre perdem. Virgílio teve que tecer uma história ampla e enganosa para redimir seus tristes destinos. O portão de marfim. O sr. Broadus falou no deserto do quarto do filho.

— Você não o conhecia. Não era amigo dele e nem o conhecia. Ele tinha um *pager*. Não sei onde ele conseguiu. Teve por um ano. Ele tinha um *pager* e gostava de privacidade e passava muito tempo na rua à noite. Eu nunca fiz perguntas. Sempre acreditei que ele deveria ser independente. Eu ensinei isso pra ele. Confiava nele. Encontrei certos indícios no quarto dele. Depois. A polícia não as encontrou. Ele escondeu bem demais. Era a cara dele fazer isso. Ser metódico. Eu o ensinei a ser metódico. Eu poderia mostrar pra você. Não posso mostrar pra você. Eu destruí tudo. Era a primeira coisa que eu queria contar pra você. Entendeu? Está doente? Você parece confuso. — A voz dele não oscilou e nem perdeu o ritmo metronômico. — Entendeu? Está doente? — Ele olhou para mim. Eu assenti. Minha única resposta sincera para ele — Eles levaram o relógio dele — disse ele. Agora o maxilar estava fechado — Os assassinos levaram o relógio dele. Só a polícia sabe disso. Foi o único fato que não divulgaram. Dentre tudo. Tudo. Eles planejavam verificar o assassino. Ou descartar as ligações falsas. — Ele fez um barulho, um sopro longo e agudo. — A segunda coisa é que eu queria ver você. Ver seu rosto. Achei que você seria mais velho. Não sei por quê. Nós sempre imaginamos essas coisas de um jeito diferente. — Ele gemeu de novo e não falou mais.

Eu poderia ter ido embora a essa altura. Só a escada me separava da rua. Eu poderia ter ido embora e voltado para minha vida falsa, e elaborado alguma explicação de por que nem o pai de Kevin estava do meu lado. Normalmente, eu teria começado a fazer isso ainda na casa do homem. Mas meus poderes criativos tinham me abandonado naquele momento. Só havia o quarto vazio de Kevin. Era o único fato. O zumbido nos meus ouvidos tinha aumentado e virado um zunido impossível de vácuo, o ruído de batidas rápidas de asas ou de um motor. Minha pulsação irregular e acelerada tremeu acima da laringe. Eu não tinha resposta. Eu tinha que responder. Vocês entendem isso, não é? Eu tinha chegado àquele ponto, e uma ação era necessária.

— Acho que posso ajudar a descobrir quem matou seu filho.

Meus dentes bateram uns nos outros enquanto eu falava. *Acho que p-p-p-osso*. Eu estava segurando os braços no frio intenso, me abraçando. O sr. Broadus não pareceu ter me ouvido.

— Eu posso ajudar — eu disse, estalando os dentes.

— Addison, você está ciente do fato de que bem aqui em Washington, D.C., mais de trinta por cento dos assassinatos não são solucionados? Foi o que a *polícia* me falou. Você acha mesmo que importa agora? Por que está aqui? O que está fazendo? — Ele ainda estava olhando para o quarto vazio do filho. — Levaram o relógio dele. Foi um psicopata. Mais nada foi roubado. Nem dinheiro. Nem as carteiras. Você não acha, Addison, que isso indica irracionalidade da parte dos assassinos? Você não podia ter me ligado e perguntado? Antes de fazer tudo isso?

Ele mostrou o pôster azul. Não existem palavras para os sons que ele emitia enquanto falava. Então, tirei a mochila das costas. Ofereci para o sr. Broadus.

— Aqui está o dinheiro — eu murmurei.

Pela primeira vez, ele levantou a voz.

— Você não entende isso! Não pense que entende. Você nunca conseguiria. Não entende a situação.

A voz dele vinha de toda parte. Eu juro pela porra de Deus. Ele estava me empurrando, não me empurrando, estava enfiando os enormes dedos indicador e do meio no meu peito, e eu estava recuando e recuando. Ele pegou a mochila de mim, puxou-a para longe, levantou acima da cabeça com a mão esquerda e acertou meu plexo solar com a direita. Ele não se arrastou. Movia-se com suavidade. E, por assim dizer, com justiça. Isso eu reconheci. Eu sabia que ele ia me bater com a minha mochila. Eu quis levantar as mãos para me defender. Elas não queriam ser levantadas.

— Você não pode entender isso, Addison — entoava ele, piscando com força por trás dos óculos —, você não tem como entender isso.

Ele me encurralou no canto do piano e do saxofone. Não tínhamos mais espaço. Não tínhamos para onde ir. Eu baixei a cabeça e esperei o golpe.

A tranca da porta da frente estalou. Reconheci o som. Com os olhos ainda fechados, ouvi uma mulher dizer:

— Stan! Quem é? Stan! O que está acontecendo?

Ela tinha a voz linda. Tão bonita quanto seu assobio. A mochila não me acertou. Eu abri os olhos. A sra. Broadus estava subindo a escada. Usando um suéter de rena idêntico ao do marido, só que as cores foram invertidas: era castanho com renas cinzas.

— Aqui está o dinheiro — eu repeti —, todo o meu dinheiro.

— Quem é você? — perguntou a sra. Broadus, sem musicalidade na voz.

Eu comecei a falar. Minhas pernas se dobraram embaixo de mim. E, antes que eu apagasse, antes que mergulhasse na escuridão expectante e ecoante, a parte de trás da minha cabeça bateu nas teclas do piano. Consigo ouvir o acorde desafinado que ele emitiu até hoje.

# XVI.

Este não é um daqueles textos absurdos em que, no fim das contas, o narrador *estava morto o teeeeeempo tooooodo!* Eu jamais abusaria da sua confiança e da sua boa vontade dessa forma, senhoras e senhores. Meu pai me levou um livro desses quando eu estava convalescendo. Ele o escolheu na estante de best-sellers, onde ele compra todos os seus livros. Chamava-se *Fúria*, de Nathan Levitan. O narrador (no fim das contas) é um universitário já falecido que morreu na guerra do Vietnã. Contando a história enrolada da própria morte. Ele entra em uma boa faculdade e vai ficando lentamente enojado pelas vulgaridades inocentes dos colegas, depois começa a se "rebelar", é expulso, perde a licença acadêmica, acaba indo para a guerra e leva um tiro. Não quero parecer duro. Esse cara é escritor publicado e tudo. Mas que porra foi aquela? Vocês precisam de alguma ajuda para adivinhar qual foi minha opinião sobre *aquele* conceito?

*Fúria* tinha uma foto dele na orelha de trás, de Levitan, quero dizer. Ele parecia um corretor de seguros bem-sucedido, divorciado talvez. Muito infeliz. Tinha alguma coisa no jeito da boca dele. Depois que saí do hospital fui pesquisar sobre esse cara. Primeiro, ele tem setenta anos. Segundo, todas as fotos dele têm o mesmo visual estranho e infeliz, embora ele seja, até onde consigo determinar, um escritor famoso e bem-sucedido. Então, por que ele parece infeliz o tempo todo? E ele escreve como se fosse infeliz. Sabem o que quero dizer? Tão soturno! Por quê? Por que essa careta nas fotos, uma expressão de concentração desapontada, como se ele estivesse tentando dar uma cagada altamente espiritual? O que mais ele quer da vida? Não consigo entender. Meu pai levou para mim esse livro em vez de minha edição de Loeb de *Eneida*, que pedi quando ele foi me visitar pela primeira vez no hospital. Ele esqueceu a *Eneida*, como eu meio que esperava, e ele tentou encobrir o erro levando o *Fúria*.

— Era escolha dos vendedores da livraria, Addison. — Ele sorriu quando me entregou, e fingi um sorriso para ele. — Eles todos parecem inteligentes. Do percentil mais alto.

Ele é a única pessoa que conheço que fala isso. Provoca náuseas em mim, de certa forma. Ele deve ter parado com pressa em uma livraria a caminho do hospital Memorial Sidney quando percebeu que tinha esquecido. Há muitas livrarias no caminho da nossa casa. Washington, como a maioria das cidades fundamentalmente bárbaras, contém uma grande quantidade de livrarias. Como uma espécie de camuflagem para enganar visitantes incautos.

Não fiquei muito tempo no hospital Memorial Philip Sidney. Quatro noites, três dias. A vida em um hospital é chata e difícil. Colocaram soro em mim, e eu tinha que levá-lo para todo lado. Para o banheiro ou para ser examinado ou coisas assim. Vai junto em uma torre de metal alta e meio bamba com rodinhas barulhentas. Você se desloca como um homem velho. Tem que usar camisolas estéreis que deixam a bunda de fora. Eu dormi muito. Estava cansado. Sentia que tinha me tornado hipersensível à gravidade ou algo do gênero. Cada movimento exigia duas ou três vezes mais esforço do que o habitual. Vocês já tiveram essa sensação? É frustrante e até meio apavorante. Mas ajuda a dormir. Tenho dificuldade de dormir. Todo mundo que me conhece sabe que tenho dificuldade de dormir. Meu sono no hospital Memorial Sidney continua sendo o melhor da minha vida. Eu dormia e comia a comida podre do hospital, tudo com gosto doce, ovos, linguiça, seja lá o que fosse. Tudo tinha uma doçura horrível. As enfermeiras da comida, ou seja lá quem arrumava tudo em bandejas, botavam um tremendo esforço estético na arrumação.

Eu estava em um quartinho legal, ou no que chamo de quarto para poupar tempo. Era uma alcova separada por cortinas. Tinha até janela. Dava para ver uma área com árvores nuas e o céu. Às vezes, uma nuvem. Eu estava em péssimo estado quando cheguei lá. O sr. Broadus me levou depois que desmaiei na casa dele. Cortei a parte de trás da cabeça nas teclas do piano. Deve ter escorrido muito sangue. Ele colocou um pano dobrado no ferimento, de alguma forma conseguiu obter o nome do meu pai de mim e ligou para ele. Não sei como ele conseguiu isso. Eu estava delirante. Mas os médicos me disseram que o sr. Broadus ficou comigo até meu pai chegar, segurando o pano de prato com tema de frutas sobre o ferimento. Depois que fui internado, eu encontrei o pano e o escondi no fundo da lixeira do quarto, enquanto meu pai saiu para mijar.

Meu médico principal, o dr. Paull, me disse depois que eu estava com uma febre de quase quarenta graus, temperatura na qual seu cérebro se desnatura ou coisa assim. Ele desconfiava que era viral, um vírus que não foi tratado. Fugiu de controle por causa de *manutenção deficiente da saúde*. Nada fora do comum. O que foi um insulto para mim. Quem quer ouvir que sua doença não é nada de especial? Ele me perguntou se eu andava muito estressado ultimamente ou tinha passado por algum evento traumático. Eu disse que não. Ele disse que entendia. Disse que tinha uma filha da minha idade e entendia que as pessoas jovens achavam que eram invencíveis.

— Mas você só tem um corpo — repreendeu ele. — Precisei dar pontos na parte de trás da sua cabeça. Você caiu em um piano, você diz? Foi a primeira vez que ouvi isso! — Ele puxou os fios dourados do bigode. E disse: — Acho que você vai ver tudo afinado de agora em diante! — E se permitiu uma gargalhada intensa.

Só posso descrever o bigode dele dizendo que, se um bebê de seis meses pudesse ter um bigode volumoso e exuberante, seria daquela cor sedosa de milho e com aquela textura. A pele dele era rosa-bebê com um tom corado de saúde permanente.

Toda essa biografia vem depois que eu voltei à superfície. Passei meu primeiro dia submerso nessa condição viral que o dr. Paull relatou. Eu contei a vocês sobre a escuridão ecoante. Isso continuou por um tempo, depois fiquei variando entre consciência e inconsciência. Sentia calor demais, sentia frio demais, suor grudava minha camisola fina aos ombros, minhas juntas latejavam. Eu ficava pensando que havia uma claraboia esquisita diretamente acima da minha cabeça, que dava para um céu branco brilhante. Na verdade, era um painel embutido de luz fluorescente über-normal. Descobri isso no dia antes de meu pai levar o *Fúria* para eu ler. Foi quando minha febre passou e minhas percepções voltaram ao normal. Ele estava sentado na cadeira baixa de madeira em frente à minha cama. Foi quando eu pedi o Loeb. Ele assentiu com mau humor e disse que traria no dia seguinte. Ele ficava sentado naquela cadeira pelo menos uma hora todos os dias, até o final da minha curta estada. Não me perguntou nada no começo sobre o que aconteceu. Só ficava mexendo na ponta do rabo de cavalo. Mas, na metade da segunda visita, alguns minutos depois de ele terminar sua animada defesa do *Fúria*, ele olhou para o chão e me fez uma pergunta.

— Addison, precisamos conversar. Alguma coisa anda acontecendo nessas últimas semanas. Eu sei. Pode chamar de intuição. Você sabe como sou intuitivo. Quero que você me conte. Não vou ficar zangado. Mas quero que você me conte. Estou falando de como você veio parar aqui. — Direto de um livro sobre paternidade, senhoras e senhores.

Exalei ar pelas narinas.

— Não é nada, pai. Eu só cometi um erro. Tive um vírus aí e fiquei todo confuso. Tudo bem? Não precisa se preocupar. Tudo bem?

Eu esperava que ele desistisse a essa altura, como sempre faz. Isso é o mais longe que seus interrogatórios geralmente vão. Mas ele manteve o olhar no linóleo e continuou falando.

— Addison, o sr. Broadus me contou que você anda espalhando folhetos sobre um colega seu? Filho dele? E que você foi à casa dele? Ele me disse que você estava usando drogas. Disse que caiu e bateu a cabeça. Você está usando drogas?

Como é que um adulto como meu pai, que obviamente pelo menos já fumou maconha na vida e talvez até tenha tomado ácido, pode usar a palavra drogas assim? É como dizer "Você comeu comida? Bebeu líquido?". Se você está "usando" alguma coisa, tem que ser drogas. Então, por que não especificar? Dei a resposta obrigatória:

— Não, eu não estou usando drogas.

Ele não ergueu o olhar.

— Sabe, você pode me contar as coisas, Addison. Vou entender. Nós todos cometemos erros. Era parte daquele projeto que você mencionou? Consigo entender isso. Se foi para a escola.

Isso me deixou ainda mais cansado.

— Foi, pai. Foi para a escola. Foi para o projeto. Tá? Tá tudo certo?

Eu falei a mentira sem me importar se soava falsa. Ele ficou quieto. Meu sangue latejou nas têmporas. No corredor, as rodinhas de uma maca chiaram e uma onda de conversas cruzadas veio em seguida. Então meu pai falou de novo.

— Addison, a Phoebe está grávida?

Não consegui controlar o riso. Simplesmente não consegui. Explodiu de dentro de mim; exausto como eu estava, eu sacudi na cama de tanto rir, dizendo:

— Sim, pai, ela está grávida. Tá? Ela está totalmente grávida. E vamos nos casar e ter o bebê. Tá? Tá?

Quando terminei, ele tinha levantado o olhar do chão, e a dor neles era visível o bastante para me calar. Não falamos muito depois disso.

Recebi outras duas visitas. Eu era mais popular no hospital do que fora dele. A primeira pessoa a ir falar comigo além do meu pai foi Archer B. Sexton. Lembram-se dele? O homem com o nome intercambiável? O homem que escreveu o artigo repugnante sobre Kevin? *Uma instituição historicamente negra*, e tal? Aquele cara. Eu não o conhecia. Apesar de seu papel considerável nos eventos do meu outono do último ano no colégio. Ele tinha ouvido falar dos pôsteres. Queria me perguntar sobre eles. Para um artigo, ele disse. Eu nunca pensei que eles chamariam a atenção da imprensa. Senão, não teria pendurado. Ele estava sem fôlego quando chegou. Entrou quando meu pai tinha saído para buscar um refrigerante. Sexton ainda tinha uma coloração facial esquisita de romã e sua voz ainda era muito gay.

Minha entrevista com Archer Intercambiável não durou muito. Ele se apresentou:

— Oi, Addison. Sou Arch Sexton. Do *Post*?

Ele fez uma pausa, talvez para o caso de eu dizer: "Ah, Deus, não *o* Arch Sexton!" e começar a hiperventilar. Mas eu só fiquei olhando. Esbugalhando os olhos de propósito. Para deixá-lo surtado, sabem? Ele começou a falar dos folhetos, que achou nobre, que estava interessado em como decidi fazer isso, se tinha conseguido chegar a alguma coisa. Et cetera. Ele falou e falou. Eu o interrompi, dizendo:

— Kevin era uma presença forte e silenciosa, embora abençoado com uma musicalidade genuína, um ritmo forte. As pessoas vão se lembrar dele e sentir saudades.

Sexton anotou isso no caderninho e olhou para mim em busca de mais. Com olhos redondos e prontos. Ávido, até. Então, cobri minha cabeça com os cobertores e o ignorei até ele ir embora. Demorou quase vinte minutos. A estupidez pode ser uma forma de personalidade forte.

— Por que você está deitado assim, Addison? — perguntou meu pai quando voltou.

Eu espiei. Ele estava com uma lata castanha molhada de Shasta Cola (um produto que só vi disponível nas máquinas do hospital Memorial Philip Sidney) e tomou um gole longo quando não respondi.

Isso foi uma grande desilusão para Sexton, tenho certeza. Se eu chegar a um ponto da vida em que possa demiti-lo, ou quem sabe atropelá-lo de carro e fazer com que pareça um acidente, vou fazer isso. Aqueles vinte minutos tornaram a vida no hospital ainda pior. A única coisa que eu tinha para ler era o *Fúria*. Só meu pai com quem conversar. E aí, Sexton. Quero dizer, que porra era aquela? Acho que quando as coisas começam a ficar uma merda, elas só ficam piores, e se estão indo bem, só ficam melhores. Ou eu acharia isso. Mas, na terceira manhã, quando tinha acabado de abrir os olhos de um sono campeão, vi Digger acomodada na cadeira rosa-lama do visitante com estofamento inchado, onde meu pai normalmente ficava.

— E aí, cara? — eu grunhi.

Ela estava apertando a bolsa turquesa de miçangas. Com os lábios abertos para falar. Tinha tingido uma mecha vermelha no cabelo, acima da testa. Estava com o colar do Chile e uma camiseta preta com uma foto de um músico que ela admira, Lou Reed. E estava usando maquiagem, coisa que nunca faz. Sei que falei que ela não é gata. Mas juro por Deus: naquele momento, havia uma beleza nela ou brilhando por ela, uma beleza que exige respeito e até medo, mas um medo bom. Eu nunca tinha visto alguém ou alguma coisa tão impregnada de beleza tão impessoal. Mesmo na luz morta do quarto, dava pra ver.

— Você chamou minha mãe daquela palavra com P? — perguntou ela enquanto o calcanhar sacudindo fazia as miçangas da bolsa estalarem.

— Não, eu não conheço sua mãe — eu disse.

Eu demorava um tempo para acordar durante os dias da minha curta convalescença. Acho que estavam me dopando ou algo assim.

— Addison. Addison. Terra para Addison. — Estalando os dedos.

— Ah, espere. Sim. Sim, tecnicamente, eu chamei — eu respondi. Agora eu sabia a que ela estava se referindo. A ligação. Isso me trouxe de volta para a *terra cognita*.

— É. Ela disse que você chamou. Umas duas semanas atrás. Pelo telefone. Eu só queria confirmar.

— Digger, cara — eu gaguejei.

— Addison — interrompeu ela, depois deu um suspiro e bateu as mãos uma vez. — Você não está morrendo? Seu pai parece incrivelmente preocupado. Eu falei com ele. Ele está lá fora. Parecendo meio pra baixo.

Grande surpresa aí.

Não, foi só um vírus. E levei uns pontos na parte de trás da cabeça. Acho que estou basicamente bem.

— Mas falando sério. Por que você chamou minha mãe daquilo? Ela não estava me acusando de nada. Talvez só quisesse um motivo válido. Talvez admitisse a possibilidade de que a mãe pudesse ser uma puta. Digger é sincera com as pessoas. Ela estava abrindo as mãos agora.

— Não sei, cara. Porque eu estava puto com você. Quero dizer, com ela. Com ela. Por causa de tudo. Por causa. Bem, você sabe.

As miçangas estalaram, mas ela ficou calma.

— Não a chame assim. Nem eu a chamo assim. Talvez você possa chamar de vadia. Mas não da palavra com P. Tá? Isso vai ser um problema pra você? Como cortou a cabeça?

Passei o dedo pelas suturas grudentas, apertadas e duras, e pela região careca e emocionante ao redor. Eu não tinha visto o ferimento. É preciso ter dois espelhos para se ver a parte de trás da cabeça. Eu não tinha nem um.

— Em um piano. Cortei em um piano — eu prossegui.

— Como assim?

Ela moveu as sobrancelhas em uma curvatura dupla de incredulidade.

— No teclado? — eu disse, interrogativo de repente. Ela tem esse efeito em mim.

— Tudo bem. Em um piano. Pianos são conhecidos por serem mortais. Você vai voltar logo para a escola? — Eu assenti, e ela suspirou de novo. — Tudo bem. Tudo bem. Você deve estar dopado. Eu tenho que ir. Não consigo acreditar que você chamou minha mãe da palavra com P. É totalmente além dos limites fazer isso. Tenho prova de francês.

— Tudo bem, cara — eu murmurei.

Fiquei tão chocado com a aparição dela que não tive tempo de sentir felicidade, e agora que ela estava indo embora, eu estava chocado demais para sentir infelicidade. Então, fiz uma continência com dois dedos, über-profissional. Ela me lançou um de seus olhares. Como se fosse um sargento da armada grisalho e velho e eu fosse um recruta novato. Exasperado e divertido. Em seguida, ela respondeu minha saudação.

— Digger — eu murmurei.

— O quê? O que você quer?

Ela estava parada na porta, pronta para ir para a guerra.

— Vão passar aquele filme. A parte dois, sabe? No Camelot? *A dor e a piedade*. Você quer ir?

— Você está me chamando pra sair?

Essa é a resposta padrão dela. Sempre que sugiro alguma coisa. E minha resposta padrão é: "Só nos seus sonhos eróticos".

Desta vez, não falei isso, mas sim:

— É. Vai ser em novembro, de acordo com a programação. Perto do fim de novembro. Já perdemos uma exibição.

Ela começou a morder o nó do polegar. Olhei no rosto dela. Não senti vergonha, embora nosso acordo dissesse que eu deveria sentir. Mas foda-se o acordo. Eu estava no hospital. E se Digger podia ignorar seus princípios o bastante para romper o voto de silêncio, eu podia dizer "é". Ela deu um aceno quase imperceptível, assustado, só que ela nunca fica assustada. E saiu andando, de volta para a Kennedy e para a prova de francês. Ela mantém média de noventa e nove em todas as matérias. Eu estava confiante de que ela ia gabaritar. *Andromaque, je pense à vous!* Isso é de um poema que ela teve que ler em francês. (Você é um filho da puta classudo, Addison Schacht!) Só que Digger é cinquenta vezes melhor do que Andrômaca. Que era, afinal, uma troiana completa.

— Aliás, continuo não falando com você — gritou Digger do corredor.

Fora isso, não tenho muito a dizer sobre hospitais.

# XVII.

Recebi alta na quarta noite, a de quarta-feira. Fui levado até o carro do meu pai de cadeira de rodas, o que me deixou humilhado. Depois, fomos para casa. Meu quarto parecia estranho. Mas eu dormi, o que, como já falei, é raro para mim. Dormi bem naquela noite, e na seguinte, e na seguinte, e na seguinte. Nada tinha mudado! Todos os objetos artísticos idiotas ainda se amontoavam pela casa. Não sei o que eu estava esperando. Uma visita. Quem sabe? Meu pai disse que eu só precisava voltar para a escola quando me sentisse "disposto", como ele colocou. Ele me disse que escreveria um bilhete. Acabei faltando o resto da semana e a seguinte. Mas não fiz muito nas férias não planejadas. Não vendi maconha. A memória do meu *pager* estava lotada, então toda mensagem nova que chegava apagava a anterior. Algumas culturas antigas pensavam que era assim que o nascimento e a morte funcionam. Ao longo dos séculos, essa ideia foi refinada até o que chamamos de transmigração das almas. Fiquei deitado como um saco de merda. Reli o livro seis de *Eneida*. (Puta merda!) Meu pai ficava descendo para ver como eu estava. Ele também me perguntou se eu tinha gostado do *Fúria*, e falei que gostei. Ele ficou über-envolvido com o livro. Olhei a correspondência de faculdades, que tinha começado a chegar no ano anterior e continuava. Aqueles folhetos suntuosos.

Meu pai cozinhou para mim, a mesma comida todas as noites. Salada agridoce e ovos mexidos. Impressionante para um homem que nunca come. Meu pai não é o melhor dos companheiros de jantar. Fica em silêncio e mastiga de boca aberta. Duas características que você pensaria que não ocorrem na mesma pessoa. Mas ele se controlou e não fez o discurso do suicídio embaixo de um ônibus. Marquem isso na coluna de coisas positivas. E não tentou ficar todo amiguinho, criar uma amizade falsa entre nós para compensar a negligência habitual. Vocês não fazem ideia do quanto fiquei grato por isso. Teria sido *impossível*. Se vocês entendem o que eu quero dizer.

Eu ainda tinha questões de negócios para resolver depois da minha alta. O desaparecimento do meu dinheiro tornou essas questões consideravelmente mais fáceis. Concluí que o sr. Broadus tinha ficado com ele. Senão, eu teria ouvido alguma coisa do meu pai. Isso, senhoras e senhores, teria sido um desastre do caralho. Meu *pager*, meu cofre e até a quantidade enorme de sacos e a balança eu era capaz de explicar, desde que não fossem descobertos todos ao mesmo tempo. Mas dezoito mil? É uma prova e tanto. Passei uns dias bem ruins roendo as unhas por causa do dinheiro. Mas o que eu podia fazer? Estava totalmente fora do meu alcance. Meu pai não me entregaria para a polícia. Ele talvez tirasse meu carro. Mas, como falei, não sou muito fã de dirigir. Então, parei de me preocupar. Talvez o sr. Broadus ficasse com ele para compensar minha idiotice. Eu tinha invadido a vida dele. Ou deflagrado um ataque, pelo pior dos motivos. Talvez ele achasse que eu devia a ele. E devia. Talvez ele comprasse um carro novo, uma coisa diferente daquele sedã azul manchado pelo tempo. Ele nunca apareceu para me acusar, e meu pai nunca descobriu sobre o que aconteceu.

A primeira coisa da lista de coisas a fazer era me livrar do suprimento de proporções industriais de sacos plásticos. Isso era mais difícil do que vocês podem imaginar. Eu tinha uma caixa que comprei em uma loja de atacado com Digger. Fomos até lá de brincadeira. Eu vi um *pallet* cheio de sacos, custava uns cem dólares ou quase isso. Eu estava usando havia dois anos e ainda estava quase completo. As caixas azuis e verdes, em colunas, empilhadas com perfeição admirável, ocupam todo o lado esquerdo do meu armário de trabalho. Então, tive que levá-las aos poucos, em sacos de coletar folhas. Em seis viagens. Fiz isso no meio da minha primeira noite em casa, andando de um lado para o outro do nosso quintal até o ponto no beco ao lado da nossa cerca onde deixamos o lixo para ser recolhido. Eu estava descalço no frio. Se você é residente de Washington, recebe um contêiner verde enorme para lixo normal e um azul menor para reciclagem. Nosso cesto verde já estava cheio. Então, deixei os sacos em um monte na base dele, torcendo pelo melhor. O frio atingiu a parte raspada da minha cabeça e fez os dois lados do ferimento incharem. Minha balança eu deixei naquela mesma noite no meio-fio em frente a uma casa aleatória a alguns quarteirões da minha com um bilhete: *Balança funcionando perfeitamente*. Coloquei meus sapatos e meu casaco para fazer essa viagem. Tinha sido levada quando olhei no dia seguinte. Joguei fora minha vasilha de plástico com cascas de laranja. Isso foi fácil. Só restou meu *pager*, minha erva e minha arma.

Meu *pager*. Minha linha de comunicação. Àquela altura, estava no meu quadril durante a maior parte da minha adolescência.

Dava para dizer que era a coisa mais humana em mim. Por meio dele, e só por meio dele, eu fiz tráfico com a minha espécie. Sem o *pager*, minha existência parecia duvidosa. O que pode ser outro motivo para eu estar tendo todo esse trabalho. Livrar-me dele foi a coisa mais fácil que já fiz, embora eu tenha esperado, admito, até o domingo depois da minha alta para fazer isso. Eu o enrolei em uma meia velha e coloquei no lixo. Depois, tirei do lixo e joguei no ralo da nossa pia. Olhei para ver se meu pai estava por perto. Ele tem uma neurose com o triturador de lixo. Sempre ficava tirando coisas de dentro, como casca de ovo, que ele alega ser "ruim para o maquinário". Mas ele não estava perto. Eu não fazia ideia de onde ele estava. Então, enfiei o *pager* no ralo, até onde conseguia sentir as lâminas escorregadias e pesadas na mão, depois puxei o antebraço e, com um empurrão, apertei o interruptor debaixo da pia, deixando água entrar no ralo, vinda da torneira. Isso é outra coisa que meu pai alega que deve ser feita, para lubrificar o processo de esmagamento ou algo assim. Alguns sons de besouro esmagado soaram, junto do grunhido circular das lâminas, enquanto o triturador comia meu *pager*.

— Uma colher ficou presa? — gritou meu pai do quarto quando ouviu o barulho. Ele tem um ouvido bom.

E sabem quem estava me mandando uma mensagem bem na hora que isso aconteceu? Pela primeira vez em dias? Vocês adivinharam. Noel Eleuthere Bradley. A mensagem chegou na hora que eu enfiei o aparelho lá dentro. Coerência simbólica, certo? Ah, eu hesitei. Não de incerteza. Para apreciar mais. Nunca vou poder enfiar Noel em um cortador de madeira da forma como ele merece. Ele é grande demais! Corpulento demais! Mesmo cortando em bifes pequenos para colocar em um moedor, daria trabalho demais. Então, vá para o triturador de lixo, seu sorridente e mentiroso gordo de merda!

Não faço ideia de quanta experiência vocês têm com drogas, senhoras e senhores. Existe uma hierarquia de retenção. Perder cocaína ou heroína é uma tragédia. Perder ácido ou cogumelos ou ecstasy estraga a festa, é um evento deprimente, mas suportável. Perder erva nem entra no ranking. Exceto, claro, para o cara que vende. Que conhece, vende, que quer proteger, quer ver florescer em prazer e insipidez. Eu amo minha erva. Mesmo eu sabendo que esse restinho do pacote seria o fim, eu ainda me preocupava com o destino dela. Se eu tivesse amigos suficientes para dar uma festa, teria fumado uma última vez com eles. Se Digger e eu estivéssemos em melhores termos no momento, poderíamos ter ficado *bem chapados*. Pensei em fumar sozinho. Ao longo de um tempo. Duraria, imaginei, até o meio de novembro. Mas eu não podia. Não queria, e quando tentei me obrigar, só tossi. Só que não podia jogar fora. É a mesma coisa com comida. A gente nunca quer jogar fora. A gente quer ver ser consumida. Adiei o problema até sexta, nove dias de preguiça depois de eu receber alta, quando acordei de uma maratona de sonecas queimando com o que pensei ser uma ideia über-genial. Vocês acham isso preocupante? Não sei o que dizer. Vocês vão ter que confiar em mim. Subi a escada até o segundo andar e abri a porta do quarto do meu pai.

Ele estava vestido com a fantasia de Sherlock Holmes. Fiquei perplexo; achei que ele estivesse debochando de mim, até lembrar que eu tinha esquecido que era a noite do baile de outubro no Cochrane. A segunda sexta-feira de outubro, lembram? Porque eles são descolados demais para fazer no Halloween de verdade. O que significava que o dr. Watson já estava na nossa casa ou estaria em breve. Eu queria tirar isso do caminho antes que ela chegasse.

— Ah, Addison Schacht, presuuumo! — declamou meu pai com um sotaque estranho, empolado e esquisito, quase inglês, e ficou me olhando através da lupa.

Não me lembro de Sherlock Holmes dizer isso. Acho que era o cara de *As aventuras de Stanley e Livingstone* que dizia isso, embora eu nunca consiga lembrar qual é qual. Eu peguei o saco de erva que planejava oferecer a ele. *Essa* era minha ideia brilhante.

Ocorreu-me em um sono sem sonhos. Então tinha que ser meio valiosa, né? Digo isso porque não nasceu de uma autotortura romântica qualquer. Só pensei nisso e agi. Sem discussão, sem plano.

— Talvez você e Fatima queiram um pouco — eu expliquei, sacudindo o saco. — Para a festa. Tipo, depois da festa. Vocês vão para a festa, né?

Eu tinha colocado cascas de laranja frescas junto com a erva. Era um fragmento com menos de cinquenta gramas, coisa de primeira linha. Avermelhada, densa, com brotos delicados. Erva boa tem aparência bonita. Aparência reconfortante. Havia quase dois metros de ar entre nós. O olho esquerdo dele estava ampliado pela lente. Embaixo das unhas, nas cutículas, havia argila. Depósitos não erradicáveis. Meu sorriso falso fazia meus músculos maxilares doerem.

— Addison. Onde você arrumou isso?

Ele tinha baixado a lente da frente do rosto, e os ombros se encolheram de desespero. Ele estava olhando para o chão, como fez quando me interrogou no hospital.

— Arrumei com um amigo. Eu estava guardando para um amigo. Mas não tem problema. Pode ficar. Achei que você podia querer. Tudo bem, pai, de verdade.

Ele bateu com a lupa no queixo abaixado. A gola alta da camisa da fantasia pressionava a pele dele, enrugando a leve papada.

— Addison, apesar de eu ter fumado maconha no passado...

Eu o interrompi.

— Não, de verdade, pai. Não é problema. Tá?

Minhas bochechas estavam quentes e minha cavidade nasal começou a arder. Um medo repentino de eu começar a chorar me fez cerrar os dentes.

— Você não pode só me contar o que está acontecendo? — perguntou ele. — Não pode me dizer? Isso tem a ver com a conversa que tivemos no hospital? Sinto que tem. Sinto que tem e que você não está me contando. — A voz dele estava tensa, mais aguda do que o normal. — Onde você conseguiu as drogas?

Essa palavra de novo. E eu tinha acabado de mostrar que era erva, e ele reconheceu como sendo erva.

— Não tem nada acontecendo, tá? Eu juro. Nem sei o que você quer dizer. É só erva. Tá? Nem é nada de ruim. Todo mundo fuma. Nem faz mal.

— Addison — ele grunhiu e escondeu os olhos com a mão livre.

Ele os manteve cobertos pelo que pareceu um minuto inteiro. Os lábios se esbranquiçaram e se avermelharam enquanto ele apertava a boca em um quase sorrisinho torto e afetado. Eu nunca tinha visto uma expressão assim no rosto dele. Achei que ele era capaz de gritar comigo, de chamar minha atenção por ser um merdinha cheio de segredos. Esse pensamento elevou meu ânimo. Não sei por quê.

Mas a única coisa que ele disse depois que tirou as mãos da frente dos olhos foi:

— Você pode ao menos me dizer por que jogou fora todos aqueles sacos plásticos? Havia seis sacos de lixo cheios de sacos plásticos em perfeito estado. Eu os encontrei no local onde você deixou, no lixo. Você não ia me contar? Poderíamos tê-los usado. Alguns deles.

Ele falou como se estivesse sentindo dor visceral. Eu quis contar para ele, por um segundo. Contar tudo. Mas qual seria o sentido? Meu rosto estava ainda mais quente. Minhas pálpebras tremeram, os músculos no alto das minhas bochechas oscilaram, e o horror das lágrimas que eu sabia que estavam chegando apertou minha garganta.

E então, comecei a dizer:

— Está tudo certo, pai, está tudo certo. Só não acho que seria uma ideia muito boa contar pra você.

Com uma onda de vergonha, eu comecei a chorar, com soluços barulhentos e ofegantes. Encostado no batente da porta do quarto dos meus pais e chorando, com as mãos no rosto. Meu pai de fantasia, com o chapéu de caça escorregando do alto da cabeça. Deus, foi sofrido. O choro em si. Humilhante. Chorar na minha idade é o maior sintoma de covardia. E por que chorar é sofrido? Que sentido isso faz? Mas alivia o peso, eu acho. A dor não diminuiu. Ele passou os braços ao redor do meu corpo, coisa que não consigo nem lembrar qual foi a última vez que ele fez, e fiquei ali tremendo e segurando o choro. De quê? Não faço ideia. Esperei até estar calmo para me soltar dele, trocamos um aceno tímido, corri escada abaixo e me deitei na cama fria até ouvir Fatima chegar. Eles fizeram menos barulho do que o habitual enquanto se arrumavam para sair. Meu pai não estava fazendo suas piadas de sempre. Enquanto eles estavam na festa, tirei a arma do cofre agora vazio e coloquei na fornalha dele. Ele deixava acesa nessa época a maior parte do tempo em uma tentativa de recriar sua urna grega, eu acho, a que explodiu nos primeiros dias do outono. Um verdadeiro espasmo de produtividade. E, quando fui pegar de volta na manhã seguinte, enquanto ele e Fatima estavam dormindo, cheios de champanhe e da minha erva, vi que a arma tinha derretido e virado uma bolota de metal caroçuda. Não mais reconhecível como trabalho de mãos humanas.

Naquela noite, não consegui dormir. Poupem-me de suas teorias sobre eu querer abrir um novo capítulo nas relações com meu pai. Querer que as coisas sejam diferentes. As pessoas são o que são, e desejar que elas mudem é besteira. E é insultante. Eu não estava nem pensando nele. Estava pensando em uma coisa que o sr. Broadus dissera para mim. Sobre Kevin ter um *pager*. Sobre haver alguns "indícios" que ele destruiu antes que a polícia pudesse revistar o quarto. Vocês têm que entender que o que vou dizer, falo como elogio a Kevin. *Ele era traficante de drogas*. Um colega de trabalho. Talvez fosse menos babaca do que eu. Não sei. Eu não o conhecia. Mas sei o que todas as evidências sugerem. Então, me senti ainda pior. A morte dele era minha culpa, de alguma forma, certo? Porque nós dois vendíamos erva? Sei que é confuso. Até mesmo narcisista. Mas eu não conseguia parar de pensar nisso. Durante toda aquela longa noite. Deitado na cama, com as mãos cruzadas sobre o peito, me forçando a sentir culpa. Talvez me livrar de todos os meus instrumentos de trabalho tenha libertado minha mente para me concentrar em merdas estúpidas.

Até senti certo orgulho da minha culpa. Eu era um pecador, e, portanto, todos os pecados do mundo me tocavam. Não pensei nesses termos. Só ficava me obrigando a pensar no rosto de Kevin e me forçando a me sentir péssimo. Dá para fazer isso, sabe, com prática suficiente. Mas a sensação horrível não surgia conforme eu comandava, e foi quando tudo ficou tão ridículo que pulei da cama e bati com o joelho na mesa de cabeceira, o que derrubou meu abajur. A lâmpada brilhou em azul ao morrer.

A morte de Kevin não era minha culpa. Muitas, muitas outras coisas eram, mas isso não. Eu nunca senti culpa por ela. Só tentei me fazer sentir culpa. E o quanto isso é loucura? Procurar o prazer da culpa, o prazer da auto-humilhação. E eu soube, naquele momento eu soube: nem agora ou em qualquer momento, não haveria resposta. Eu tinha certeza disso. A coisa que o sr. Broadus disse sobre o relógio me deu certeza. Não havia plano por trás da morte. Não havia causa. Um filho da puta colecionador de troféus tirou a vida de Kevin. Uma pessoa com uma van branca sem janelas. Nenhum matador profissional faria isso. Quero dizer, David Cash não faria. Não que ele seja assassino. Mas é melhor nos negócios do que Noel e um dia vai eclipsá-lo. Ele também tem talento natural. Só tem criação diferente. Não, a morte de Kevin foi aleatória, junto com as mortes de Turquoise Tull e Brandon Gambuto.

Lembram-se deles? Eles também morreram, só que minha personalidade obsessiva imbecil os apagou. E daí se Kevin levou mais balas? Talvez o cara que atirou nele odiasse o sorriso invulnerável que ele tinha. O homem sem rosto. Podem até chamá-lo de sr. Circunstância, porque é isso que ele é, foi e vai ser. Sim, a polícia falhou. Sim, eu falhei. Nós todos falhamos. Lembram o que eu disse antes, que não há jeito de lidar com a tragédia? Não há. Não se pode impedir o sr. Circunstância. Ele espera em toda parte, com paciência infinita e misericórdia zero. Não se pode evitar nem apagar a visão sombria das desgraças e ruínas que deixa entre nós. Kevin. Stokey, o mendigo. Noel Bradley. Meu pai. O sr. Vanderleun. O sr. Broadus. Todos danificados, todos feridos e afetados, porque eram culpados ou porque eram inocentes. Vocês já devem estar rindo de tanta morbidez. Mas eu estava lá. Vi de perto. Não estou mentindo. Não pensem que estou mentindo porque sou jovem. Vocês pensam que estou mentindo, mas vou apresentar a vocês seis milhões de judeus mortos, inclusive um milhão de crianças, e dezenas de milhões de outras pessoas que morreram em nosso maravilhoso século, esmagadas, desfiguradas, estupradas, torturadas, congeladas, mutiladas, enterradas vivas, queimadas, intoxicadas com gás, enforcadas, de fome, afogadas, empaladas, dadas como comida para os colegas de cela, injetadas com fenol, jogadas de colinas a céu aberto para serem cobertas de gelo, com olhos e bocas escancaradas. Então, vão se foder. Vão se foder! Essa é sua resposta. A não ser que aconteça algum milagre, vocês têm que aceitar. Eu tive que aceitar. Vocês viram pelo que eu tive que passar para poder aceitar. Agora, aceitem vocês. Seus filhos da puta.

# XVIII.

Senhoras e senhores, vocês me pediram para explicar quais são minhas qualidades e meus defeitos. Como pré-requisito para admissão na sua faculdade. Esta redação foi a escolha número dois de seis opções. Os outros tópicos, francamente, achei insípidos. *Explique o que seu nome quer dizer para você e por quê. Você está tendo uma conversa com Platão: qual é a primeira pergunta que você faz para ele? Escreva sobre um dos seus amigos, que seja ao menos cinquenta anos mais velho do que você.* Puta que pariu! *Qual é sua melhor qualidade? Qual é seu pior defeito?*, por outro lado, é intrigante. Forneci todas as transcrições necessárias e tal, e vocês vão receber tudo até o prazo final da inscrição. Então, está tudo claro. E finalmente chegamos lá. Na resposta. Se vocês leram até aqui, só tenham mais um pouquinho de paciência.

Vocês sabem o que são os Criminosos de Novembro? É meio que um termo que soa mágico, certo? Pessoas que roubam o inverno, alguma baboseira de contos de fadas assim. Ou um nome de banda, um nome über-pretensioso de banda, e a banda não passa de uma bateria eletrônica e um francês tocando violoncelo elétrico. Mas, felizmente, os Criminosos de Novembro foram reais. Ao menos em conceito. O termo foi cunhado na Alemanha nos anos entre as duas grandes guerras. Surgiu dos medos e ódios de uma constelação inteira de interesses políticos. De oficiais do alto escalão do governo. De soldados desmobilizados, muitos feridos e impedidos de trabalhar para se sustentarem. De pessoas empobrecidas da classe trabalhadora cujas vidas foram destruídas pelas catástrofes econômicas depois do final da Primeira Guerra Mundial. De patriotas alemães, tanto do tipo real quanto da turba que gostava de causar tumulto, nascidos em classe baixa ou alta, filósofos e criminosos políticos. Protofascistas. E, claro, do grupo político mais duradouro da Alemanha, os antissemitas.

Criminoso de Novembro foi originalmente um insulto dirigido aos políticos alemães que assinaram o Tratado de Versalhes, que os grupos mencionados acima consideravam traidores das causas da Alemanha na guerra: glória, ciência e potência militar e o direito da nação de reter seus arranjos políticos excêntricos e não democráticos. Apesar de esses arranjos não serem *iliberais*. Pelo menos quando comparados com as vidas políticas das nações em guerra contra a Alemanha. Principalmente os Estados Unidos sob o comando de Wilson, um presidente que segregou novamente o governo federal, lançou campanhas de terror contra supostas ameaças políticas internas e envolveu a grandeza militar norte-americana em um conflito europeu, com custo altíssimo, por nenhum outro motivo além de gratificar sua crença sedenta de sangue no progresso histórico. Vamos bater palmas para Woodrow Wilson! Racista e autoritário. E orgulhoso das duas coisas! Agora, existe um instituto com o nome dele na Universidade de Princeton. Descobri isso no livreto que me mandaram. Meu livro da escola pula essas coisas todas. Sobre o quanto Wilson e Roosevelt foram ruins, quero dizer. A dra. Karlstadt, que descreve Wilson,

Roosevelt e Kennedy como a santíssima trindade dos presidentes norte-americanos (são palavras dela; ela realmente disse *santíssima trindade*), não quer discutir esses assuntos. Então, tive que ler sobre eles em um livro que achei nas estantes dos meus pais. O que significa a estante da minha mãe. Meu pai não lê muito. Best-sellers, mas do tipo que críticos pretensiosos elogiam. Minha mãe, entretanto, tinha gostos variados. Inclusive, muita história europeia. Ela tinha um livro dos anos 1970 chamado *À nossa frente, a escuridão*, sobre a Alemanha no período entre guerras. Escrito por um Jürgen Bitzius.

É um livro incrível. Calmo e melancólico. Nas páginas dele, descobri todas aquelas coisas sobre Wilson, e também sobre os Criminosos de Novembro. É um termo que, conforme as coisas foram piorando na Alemanha, foi ficando mais popular, expandindo-se para incluir apoiadores da República de Weimar. E assumiu um aspecto metafísico: uma pessoa que, por fraqueza e insinceridade, traiu seu país. Não espionando ou tirando vantagem, mas minando moralmente o esforço da guerra. Sim, o conceito de Criminoso de Novembro é amplo. E alcançou – tenho certeza de que vocês vão ficar chocados de saber isso – sobreposição considerável com o objeto tradicional de culpa alemão, os judeus. Que receberam o maior quinhão de responsabilidade por toda a desigualdade e pelas dificuldades da sociedade alemã. Como aconteceu durante séculos, e como o espírito alemão continuaria a fazer por mais duas décadas e meia. A Alemanha só parou naquele momento porque o governo tinha matado oitenta e nove ou noventa por cento dos judeus que restavam depois que as hostilidades foram escancaradas, então culpá-los parou de fazer sentido. Não que já tivesse feito, mas não se pode incitar um grupo ao frenesi contra outro grupo se este já foi erradicado. Não se pode destruir o que não existe mais.

Agora, como uma observação adicional, devo comentar que os judeus da Alemanha eram extremamente patrióticos. Não eram Criminosos de Novembro. Dezenas de milhares morreram na Primeira Guerra Mundial. Eles também não eram patriotas por medo, mas porque queriam ser alemães. Culpá-los pela queda da Alemanha, quando isso não passava de uma questão de números inferiores, sorte e liderança inepta, como é o caso de todas as nações derrotadas, era igualmente absurdo. Mas isso não impediu ninguém. E todo mundo sabe quais foram as consequências finais desse ódio. Daquela insistência de que os judeus andam por aí corroendo tudo. De que somos desleais em razão de alguma qualidade ontológica. Não temos que fazer nada para cometer traição. Além de existir.

Então que porra isso tem a ver com a questão da redação que vocês passaram para mim? Acredito com toda firmeza que sou um Criminoso de Novembro, um traidor por natureza. Uma pessoa culpada aos pés de todo mundo por sua vida mesquinha e sórdida e por seus crimes mesquinhos e sórdidos. Um fracasso ontológico. Se é que vocês me entendem. Pronto! Uma resposta para a segunda metade da sua pergunta. Quanto à primeira, eu argumentaria: um Criminoso de Novembro, por definição, não tem qualquer qualidade. Então, aí está. Tudo. Todo o vazio e vacuidade moral que vocês poderiam querer. O assassino: já era. Os implementos da minha missão: já eram. Kevin, meu irmão secreto de profissão: já era. O resultado das minhas investigações se resumia a um cachorro morto e um corte de dez centímetros no meu couro cabeludo. Nada é totalmente explicável. Só a natureza humana revela qualquer coisa que valha a pena. Sou um Criminoso de Novembro. Essa é minha pior qualidade. Todo homem tem que ser um crítico literário em algum momento da vida, fazendo comparações retardadas e deduções psicológicas. A maioria delas está errada. Eu estou certo. Sou culpado. Eu sei, porra.

E, como um Criminoso de Novembro, posso dizer que, enquanto a Criminalidade de Novembro pode não ter sido prevalecente na Alemanha dos anos 1920, ela existe pra caralho nos Estados Unidos contemporâneos, onde prospera o estrato mais educado da sociedade. Sei que vocês não acreditam em mim. Sei que não acreditam que milhares de pessoas sensatas e burguesas violam e corroem por sua mera existência os princípios de igualdade, de igualdade sem exceção, de igualdade impossível que os fundadores do nosso país articularam e traíram. Ninguém discordaria que um cara que era dono de escravos no contexto dos Estados Unidos ideais fosse um Criminoso de Novembro. Um traidor. Não no sentido legal. Mas essa é a questão dos Criminosos de Novembro. A traição deles não é legal. É espiritual. O que deixa espaço para todo tipo de formas menos óbvias e sublimadas de traição. Mas vocês mesmos podem decidir: vou contar agora o que aconteceu com meu dinheiro. Os dezoito mil que ganhei na rinha de cachorros, ganhados com as economias que tentei sacrificar ao Potomac. O dinheiro que ficou na casa dos Broadus quando desmaiei e me deu horas de preocupação durante minha convalescência. Senhoras e senhores do comitê de admissão da Universidade de Chicago – se é que essa é a forma apropriada de me endereçar a vocês; se vocês realmente constituírem um comitê – eu prometi um evento de encerramento digno de circo. E vou cumprir. Só preciso explicar um pouco melhor as circunstâncias, para vocês poderem apreciar o verdadeiro toque picante da coisa toda.

Voltei para a escola na segunda, dia dezesseis de outubro. Minha ausência não provocou nenhuma comoção. Ninguém me perguntou por que parei de responder às mensagens do *pager*. Afinal, há muitos outros vendedores no meu mercado. Apesar de o cabelo ter crescido um pouco por cima do corte, o sr. Vanderleun foi condescendente no que diz respeito ao meu ferimento. Acho que ele acreditava que eu o tinha sofrido em situação de justa causa ou coisa assim. Assim como foi com ele. Os trabalhos de classe e de casa pararam de me irritar. O impulso de gritar com todo mundo que existe pareceu ter sumido da minha pessoa. Até a Alex eu consegui suportar. Eu não precisava mais me impedir de corrigi-la. E houve uma coisa realmente incrível em voltar. Descobri que Digger ia se sentar ao meu lado, mesmo não falando nada. E, por mim, tudo bem. Falar é superestimado. Ficávamos sentados sem dizer uma palavra, comendo sanduíches e peras; andávamos lado a lado nos corredores sem falar. O silêncio dela é melhor do que a conversa de qualquer pessoa. Mesmo o jeito decisivo como ela balança os braços é melhor do que as outras pessoas falando. E eu apreciava a generosidade dela. Ninguém quer ficar perto de gente que se envolveu com fracassos. Principalmente se você tem uma personalidade fundamentalmente *nobre* como Digger tem. Tornou a escola suportável e o almoço, idílico. E íamos de uma aula para outra juntos, colegas cadetes. Sempre nos separávamos quando as aulas terminavam. Não tentei mais nada com ela. Nem puxar o casaco dela. Nós dávamos um aperto de mãos e pronto. Era assim que tinha que ser.

Seguimos assim por uma semana, dez dias. A sra. Erlacher, talvez supondo que o fato de eu ter passado muito tempo longe da aula dela tivesse afetado minha capacidade, me escolheu para fazer uma tradução oral de um texto que ninguém da turma tinha visto antes. Esse era o jeito dela de nos testar de surpresa em gramática e sintaxe. Havia um trecho de latim no quadro quando entrávamos na sala, e todos os idiotas grunhiam por isso. Tínhamos que traduzir, ou o máximo que conseguíssemos, nos primeiros cinco minutos de aula. Depois, ela escolhia uma pessoa para ler o resultado, como forma de manter todos os alunos controlados pelo medo, eu acho. Desta vez, estávamos sendo testados sobre o ablativo absoluto, que é um jeito muito econômico que o latim tem de explicar eventos e condições específicos secundários sob os quais outro evento primário aconteceu. Como, por exemplo, *Urbe capta Aeneas fugit*. Que quer dizer literalmente "Com a cidade capturada, Eneias fugiu" ou "Tendo sido a cidade capturada, Eneias fugiu", e, em linguagem mais simples, "Depois que a cidade foi capturada, Eneias fugiu". *Urbe capta* é o ablativo absoluto nesse exemplo: um substantivo (*urbs*, *urbis*, feminino, cidade) no caso ablativo unido com um particípio modificador (*capta*, o particípio passado ablativo feminino singular de *capio*, *capere*, "pegar, tomar ou capturar"). Entenderam? Há quatro variações básicas no ablativo absoluto: uma com cada um usando os particípios passado e presente, uma em que um substantivo modifica o outro, e uma em que um adjetivo modifica um substantivo, embora muitas das vezes o próprio adjetivo deriva de um particípio passado, então é discutível se é uma coisa separada ou não. Sei lá. Não é tão difícil, na verdade.

A passagem escolhida não alcançava os extremos de dificuldade que a sra. Erlacher achava. Era longa, sim, e sintaticamente intricada, mas, quando você percebia que era só uma série extensa de ablativos absolutos explicando as várias coisas que tinham acontecido antes de César se sentar para jantar em sua tenda (algumas tribos foram dominadas, alguns soldados foram pagos, esse tipo de coisa), era moleza pra caralho, certo? Ela nunca nos dizia as fontes dos textos; queria que traduzíssemos cegamente. Naquela manhã, ela me escolheu para compartilhar meu trabalho, com os olhos se apertando de raiva porque terminei de escrever em cerca de um minuto.

— Sr. Schacht! Você parece ter feito com pressa. Como sempre. Gostaria de compartilhar?

Acertei tudo. Como sempre. Isso aconteceu duas sextas-feiras depois da minha volta. Eu queria muito contar para Digger, mas me segurei. Consegui não ligar para ela naquele fim de semana, embora a vontade tenha ficado mais forte do que nunca. Então, comecei a olhar livretos de faculdade. Descobri que não conseguia tirar os olhos das pessoas completamente comuns fotografadas neles, em bibliotecas ou gramados. E me vi pensando muito no meu lema do ensino médio.

Sim, temos um lema. Sim, é em latim. *Haec olim meminisse iuvabit*. "Um dia, ficaremos felizes de lembrar essas coisas." É da *Eneida*, na verdade. Se bem que, com desonestidade típica, minha escola reduziu a frase e alterou consideravelmente o significado. O grande E diz durante um discurso motivacional para seus soldados. As "coisas" de que ele está falando são a perda de treze dos navios do exército, a destruição de Troia e outras catástrofes. E o que ele realmente diz é *Forsan et haec olim meminisse iuvabit*, que quer dizer "Um dia, talvez, fiquemos felizes de lembrar até mesmo essas coisas". Estão vendo a diferença? É meio que uma fonte hilária para um lema de ensino médio, certo? Não consigo descobrir que porra nossos fundadores estavam pensando, tanto na escolha quanto na edição.

Foi com esse preceito dúbio em mente que entrei na sala de aula na segunda-feira seguinte, o penúltimo dia de outubro. As decorações desanimadas de Halloween de sempre, as fitas e o papel crepom laranja e preto que eram usados intercambiavelmente agora e para o Dia de Ação de Graças, enfeitavam os corredores. Quando todo mundo fez silêncio, o sr. Vanderleun nos informou que tinha um anúncio "muito especial". Depois de balançar o coto por algum tempo, ele revelou que eu, na verdade, perdi uma coisa importante na vida dos alunos da John F. Kennedy. No começo do mês, um doador anônimo dera à escola uma soma "muito generosa" para a organização de um prêmio anual de escrita. Seria chamado Prêmio Memorial Kevin Broadus. Todos nós nos lembrávamos de Kevin, não lembrávamos? (Fiquei tentado a dizer *Sim, e vamos sentir saudades. Ele tinha uma musicalidade genuína.*) Ele descreveu as exigências do prêmio: uma redação de duas mil palavras sobre um tópico social ou politicamente "relevante" (foi essa a palavra que ele usou, *relevante*), a ser avaliada por ele, pela dra. Karlstadt e pela sra. Arango.

— Recebemos uma enxurrada de inscrições — bufou ele —, uma avalanche.

O tom dele me fez desconfiar que não houve quase nenhuma. Sabem? Insistente demais. E então, ele disse que era uma satisfação nos informar que o primeiro vencedor foi escolhido. Foi difícil, declarou ele, escolher dentre tantos. (Eu tinha certeza de que ele estava mentindo sobre isso agora.) Mas houve mudanças e haveria uma assembleia naquela tarde para anunciar o vencedor. E, claro, para celebrar Kevin.

— E então, vamos aplaudir quando ela se levantar, pois a vencedora está bem aqui nesta sala! Alex Faustner, pessoal!

Quem ficou surpreso com isso? Eu não! Ela fez uma reverência. O cabelo brilhante preto-azulado balançou para a frente e para trás. Eu olhei para Digger e Digger olhou para mim, e ninguém falou nada, exceto o sr. Vanderleun.

— São mil dólares, pessoal — disse ele, para elevar nosso ânimo e nossos aplausos.

Contei tudo para Digger no almoço. Não me importei se ela me responderia ou não. Tudo que não tive tempo para explicar para ela no Hospital Memorial Sidney. Sobre a rinha de cachorros e o dinheiro. Que os Broadus ficaram com ele e como fiquei feliz. Que eles foram os doadores anônimos. Eu não fazia ideia do que sentir em relação ao fato de Alex Faustner ter ganhado o prêmio. Embora isso seja o que ela e a laia dela façam: ganham prêmios enquanto os infelizes sofrem. Certo? Porque eles são tão altruístas? Digger continuou sem dizer nada. Falei com ela durante dez minutos sem parar, e ela não disse nada. Ela tinha muitos motivos para duvidar das minhas capacidades dedutivas. Mas também não fugiu. O que supus ser um indicativo de que acreditava em mim. A mecha vermelha no cabelo dela captava a luz. Fazia com que parecesse mais nova; deixava o rosto dela mais frágil. Ao menos em retrospecto. Eu só sabia naquele momento que a mecha aumentava minha serenidade. Peguei minha pera de dentro do saco de almoço e ofereci para ela. Esse era o acordo. Ela comia metade e devolvia. Por algum motivo, nunca tem pera na casa dela. Talvez a mãe dela odeie. Ela comeu uns trinta e cinco por cento em uma única mordida. Dava para ver que ela queria falar "que pera boa". Mas ela não falou. A determinação dela era forte assim.

As festividades estavam marcadas para começar à uma da tarde. Entramos na assembleia juntos, fomos até a fileira dos Jovens Talentosos, nos sentamos lado a lado e esperamos. Eu queria que o joelho dela roçasse no meu. Ainda não tínhamos chegado nessa fase da relação. *Isso vai ser bom*, eu pensei. *Aconteça o que acontecer, isso vai ser memorável.* Primeiro, os Tigres Cantantes apresentaram "Mary Don't You Weep". Alex não reclamou desta vez, aquela puta falsa! Havia três pessoas no palco: a dra. Karlstadt, o sr. Vanderleun e Alex. Uma família escrota e über-orgulhosa. (Mas onde estavam os pais dela?) O sr. Vanderleun explicou sobre o que se tratava aquilo tudo, falou sobre justiça social, sacudindo o coto com vigor, depois apresentou Alex, que chamou de "uma jovem muito especial". Ele repassou a carreira dela na Kennedy, os vários elogios que os professores teciam sobre ela. Alguém da banda ficou tocando piano o tempo todo, progressões e sucessões de acordes bregas e "comoventes". A dra. Karlstadt falou um pouco sobre... Sinceramente, quem se importa? Vocês sabem como essas pessoas falam. Eu estava apertando os punhos de expectativa. Não para agir com violência, mas só por causa da tensão insuportável percorrendo meu corpo. Digger olhou com ceticismo atrofiado para a echarpe ondulante da dra. Karlstadt até ela terminar o discurso sem conteúdo. Depois, ouvimos mais música de piano. Alex foi até o microfone, que a dra. Karlstadt tinha abaixado, e girou o parafuso na lateral do pedestal. Ela limpou a garganta. Não estou brincando: ela limpou a garganta.

E aí, o show de merda começou. Alex tinha escolhido, por algum motivo incompreensível, escrever sobre os problemas dos jovens negros. "A violência nos guetos costuma ser sinal de competição", foi assim que ela começou. Uma declaração desprovida de significado. E foi morro abaixo a partir daí. A redação era cheia de energia falsa. Uma imitação barata de atividade intelectual. Ela ficava falando e falando sobre a violência e os afro-americanos e os afro-americanos e a violência, como se tudo que os afro-americanos fizessem fosse cometer violência, sofrer violência, pensar em violência e como se "afro-americanos" constituísse uma entidade ontologicamente única. Nenhuma particularidade, só violência! Agora, todo mundo na escola sabia que Alex nunca tinha colocado os pés perto desses lugares cuja condição espiritual ela estava lastimando. Que tinha falado com Kevin talvez duas vezes. Que é uma das pessoas mais ricas da escola. E que não podia ter um mínimo de experiência que justificasse as generalizações incríveis e apavorantes que estava regurgitando.

*Os afro-americanos são violentos. Mas não é culpa deles.* Esse foi o tema básico do discurso dela. *Minha culpa, e sua, e até dela, porque...* Por quê? Acho que ela pensa que até hoje os negros são escravos dos brancos e que a existência toda deles é definida pela forma como reagem aos brancos. Dizendo, em essência: *Tudo bem, pessoal, nós escravizamos vocês no passado e foi a coisa mais importante e decisiva que aconteceu com vocês, e agora vocês ainda são nossos escravos em espírito e sentimos pena, então aqui estão algumas matrículas de faculdade e o Mês da História Negra e meu discurso idiota e estamos acertados. Certo? Estamos quites agora? Compensamos vocês?* É a maior fantasia de um dono de escravo: ser dono não só do corpo, mas da alma também. A percepção de Alex se baseia nesse princípio, quer ela perceba ou não. Pura Criminalidade de Novembro, não? Alex e Vanderleun e Karlstadt e todo o sistema nojento do Jovens Talentosos, toda a destruição e deboche intoleráveis da vida, criada e preservada como concordância hipócrita com os maiores princípios progressivos e dedicada, na verdade, à perpetuação do ódio. Ódio escondido e velado, sim. Mas ódio, mesmo assim. A justiça social não tem nada a ver com Alex, nem com o Mês da História Negra, nem com o dedo perdido do sr. Vanderleun. É sinônimo de ódio. Assim como a juventude é sinônimo de estupidez. Alex falou e falou. O sr. Vanderleun ficou nos olhando e mexendo no cabelo, com a língua rosa para fora do canto da boca. Como uma porra de criança de cinco anos. A dra. Karlstadt ficava ajeitando a echarpe. O coral sentado de frente para nós na parte de baixo do palco mexia nas vestes ametista. Bocejos, curtos e infrequentes, se espalhavam pelas seções diferentes do auditório. Alex estava falando fazia uma eternidade. A infelicidade física tomou conta de todos os meus ossos e minhas veias e estava me arrastando para uma condição irrompível de torpor. Ninguém disse nada. Todo mundo sentado perto de mim se mexia e desviava o olhar. Até os amigos horríveis de Alex. Tehran Wall ficava mexendo no alto do nariz, do mesmo jeito que meu pai faz quando está envergonhado demais para olhar para alguém. Existe um pouco de decência na constituição humana. Não na minha, talvez. Estou falando da constituição humana como proposição *geral*.

Acabei de perceber uma coisa enquanto escrevia isso tudo. Eu me esqueci de contar como eu e Digger nos conhecemos. É uma omissão enorme. Nós nos conhecemos no nono ano, na segunda semana de aula. Aula de Geometria. Com o sr. Street como professor. Que é famoso na Kennedy pela peruca que aparenta estar cheia de laquê. Quero dizer, ela fica na cabeça dele como um capacete. Nenhum fio se mexe, mas às vezes escorrega para a frente ou para trás como uma entidade inteira. Foi isto que me apresentou para Digger: eu fiz uma piada em voz alta sobre a peruca. “Parece que toda a estrutura de apoio está ficando *frouxa* aí, Bob”, eu disse com a voz trêmula de um apresentador de noticiário assistindo a uma tragédia enquanto a peruca deslizava para trás. Consequência de um dos acenos de cabeça violentos demais do sr. Street ao longo de uma justificativa. Ele me ouviu, como eu queria, e ficou roxo e furioso e perguntou se mais alguém achava engraçado. Digger levantou a mão. Assim, nós dois fomos para a detenção, ou “dever tutelar”, como chamam na Kennedy. Quer dizer que você tem que fazer o trabalho que nossos zeladores preguiçosos deixam incompleto. Passamos uma semana catando lixo no entorno do terreno do colégio. Fazendo pausas frequentes para fumar erva.

Fiquei tão *impressionado* pelo olhar que ela me lançou quando levantou a mão para responder ao sr. Street, para concordar que achava minha piada engraçada, coisa que nem era. Ela foi cara de pau, isso sim. Mas havia um meio sorriso curvando os lábios. Isso fez o vazio cândido do rosto dela ainda mais arrasador. E querem saber? Quando me virei para avaliar a reação dela ao discurso de Alex, ela estava olhando para mim do mesmo jeito: *Não consigo acreditar que a espécie humana seja capaz dessa babaquice imperdoável*. Eu tinha que agir. Não tinha ideia do que fazer, mas tinha que fazer alguma coisa. Como se pode recusar o olhar imperativo da cor de safira de Digger Zeleny?

A vingança é o único memorial adequado para os mortos. Sabem quem disse isso? Este cara aqui! Addison filho da puta Schacht. Não estou dizendo que a vacuidade e insensibilidade do discurso de Alex (que, graças a Deus, os pais de Kevin não estavam presentes para ouvir, pelo menos não até onde eu pudesse ver) justificam o que fiz em seguida. Minhas ações foram teatrais e grosseiras. Chocante, eu sei. Eu fiquei de pé e sai murmurando "com licença" até chegar ao corredor central. Pelo qual comecei a andar. Eu sabia que o que eu estava fazendo funcionaria. Sim, eu tinha falhado até aquele momento. Mas eu sabia que essa nova ideia daria certo *porque eu não tinha plano, só um impulso.* Saí cantando uma música engraçada que conheço. Aprendi ano passado com Digger. Fomos ver um filme no Camelot chamado *A ponte do rio Kwai*. Que é um filme incrível. Sobre um soldado britânico durão que fica maluco. E tem uma marcha assobiada chamada "Colonel Bogey March". É meio que o tema do filme. O velho soldado a usa para manter seus homens disciplinados e alegres. Depois que *A ponte do rio Kwai* terminou, fomos para o Don't Shoot, e o velho dono hippie me ouviu cantarolando a música.

— Inventaram uma letra. Durante a guerra, sabe — disse ele, com um dedo no meio de um livro chamado *O arco-íris da gravidade*. (Título retardado, a propósito.) — Da música.

Fiquei perplexo e assustado. Mas Digger disse:

— É? Queremos ouvir, senhor.

E ele nos contou. E eu me lembrava da letra agora, balançando os braços e joelhos enquanto cantava minha versão "Colonel Bogey March" pelo corredor até o palco, onde seis olhos humanos encaravam minha aproximação com consternação. A música diz:

*Hitler*
*Tem uma bola grande só*
*Göring*
*Tem duas pequenas que dão dó*
*Himmler*
*Tem uma coisa similar*

*E Joseph Goebbola*
*Não tem bola*
*Nenhuma.*

Muito bom, né? O dono pareceu orgulhoso da música quando explicou. Era uma música de guerra. Uma música de guerra dos britânicos contra os alemães, para a Segunda Guerra Mundial. Inteligente, né?

Enquanto eu marchava pelo corredor inclinado, gritei essa letra com minha voz horrível e sem melodia, só fodendo com toda a cerimônia, fazendo toda a piedade evaporar. O coto do sr. Vanderleun sacudiu em fúria ilimitada. Eu tinha cantado um refrão e meio quando ele teve a presença de espírito de gritar para mim:

— Você tem alguma coisa para acrescentar, sr. Schacht?

E eu tinha!

— Ei, Alex — eu gritei —, qual é a diferença entre um judeu e um pão?

A pergunta que tinha começado tudo! A recorrência eterna do mesmo!

— Não é engraçado, Addison — repreendeu Alex no microfone, se esforçando para injetar consternação maternal na voz e, em vez disso, produzindo os tons de uma *drag queen* ou algo assim, toda volumosa e rouca.

Houve um silêncio enorme. A dra. Karlstadt ficou de pé, e o sr. Vanderleun começou a murmurar e gritar. Meu ataque estava desmoronando. Mas aí, lá do fundo, ouvi Digger:

— Não sei! Qual é a diferença entre um judeu e um pão?

E ela e eu cantarolamos em estéreo desconjuntado:

— Um pão não grita quando você o coloca no forno!

— Tudo bem, tudo bem, tudo bem, tudo bem — choramingou o sr. Vanderleun.

Alex não chorou. Desta vez. Ela era uma ensaísta vencedora de prêmio agora. E choro não combina com tamanha eminência. Ela se preparou. Jogou o cabelo escuro para trás. Quando olhei pelo corredor, para ver as legiões agora über-desconfortáveis dos meus colegas de escola, reparei que a expressão no rosto dela me lembrava alguém. Alguém que eu tinha conhecido havia pouco tempo e não conseguia identificar. Mas uma pessoa irritante, mesmo assim. Então, em vez de ir me sentar, continuei cantando. Com minha voz horrível ao máximo. Pense em um sapo sendo sodomizado. Eu me virei para os Tigres Cantantes sentados e gritei:

— Vamos lá, seus babacas!

Eu comecei a balançar as mãos. *Levantem, levantem, cantem!*

Nada aconteceu de cara, apenas uma série de grupos da plateia começaram a rir de mim. Eu conseguia ouvir Digger berrando de alegria. Quanto mais as pessoas riam, mais freneticamente eu acenava, e, depois de um tempo, para minha surpresa, alguns Tigres Cantantes se juntaram à música, depois mais alguns, e de repente estavam todos de pé berrando comigo, com esse garoto infeliz e desconhecido, essa criança; eles estavam cantando a música trivial e perturbadora com as vozes misturadas, mascarando meu berro horrível. O rosto da dra. Karlstadt estava agora da mesma cor cinza da echarpe, e o sr. Vanderleun estava agora de pé, e quem não estava cantando junto soterrou a mim e Alex e todo o show desastroso com assobios, gritos e berros. Ninguém podia fazer nada para calar isso. A autoridade deles, sua autoridade nojenta, estava suspensa naquele momento. Eu não conhecia ninguém dos Tigres Cantantes. Não conhecia nenhuma das pessoas das fileiras mais altas. Não sabia seus nomes e nem suas esperanças e nem seus vícios. E sabia que me achavam ridículo, absurdo, patético, frágil. Mas cantamos juntos, por tédio, por repugnância à piedade, pelo impulso adolescente natural em prol do ilícito e da desordem. Durante três refrãos sólidos e incitadores da edição dos Testículos de Hitler da "Colonel Bogey March".

*Hitler*
*Tem uma bola grande só*
*Göring*
*Tem duas pequenas que dão dó*
*Himmler*
*Tem uma coisa similar*
*E Joseph Goebbolas*
*Não tem bola*
*Nenhuma.*

Imaginem essa besteira idiota ampliada em um gêiser de vozes, levada até o teto do auditório, que é pintado com afrescos de qualidade duvidosa, Platão e Frederick Douglass e o Marquês de Lafaiete e o próprio Kennedy, uma catástrofe temporal. Figuras pomposas e arrogantes dispostas sem qualquer sentido nem propósito. Eles sorriram para mim com deboche nos meus quatro anos na Kennedy. Quatro anos! O coral errou a letra no começo, mas na segunda vez já sabia direitinho. Alguns dos Tigres Cantantes até bateram palmas para dar o ritmo. Foi um caos primordial. Quando as pessoas erguem a voz juntas, não se tem unidade. Isso é mentira. Você tem uma tremenda e indiscutível cacofonia. Cacofonia calorosa e vívida. Nas fileiras de cadeiras, as pessoas cantavam, sussurravam para os amigos, se levantavam para imitar meus gestos com deboche, fazendo caretas. Um cara na terceira fila fez uma mímica cruel e perfeita dos meus movimentos, incertos e cheios de crueldade. E nunca tínhamos nos falado. Nunca tínhamos nos visto, até onde eu me lembrava. Os Tigres Cantantes chegaram a um crescendo e diminuíram o ritmo, de forma que "Não tem bola" saísse como um floreio longo e arrastado. E então, silêncio. Uma respiração. O sr. Vanderleun ainda estava repetindo as palavras como um impotente alarme contra ladrão. Mostrei dois dedos do meio para Alex e para seus patronos acadêmicos.

Os aplausos e gritos de apreciação começaram quando os Tigres Cantantes fizeram uma reverência e saíram dançando, fora de sincronia agora, depois da performance improvisada. Os alunos NÃO estavam me aplaudindo. Eu era uma distração do grande show, uma excentricidade. Vamos deixar isso bem claro. Sou anônimo e gosto disso. Esse não foi *O Grande Momento de Addison Schacht*. Os gritos eram *parte* da onda irreprimível de alegria e raiva, não resposta a ela. Eram para os Tigres Cantantes, nossa voz coletiva. Os Tigres são bem melhores no que fazem do que nossos times esportivos medíocres. Sempre vencem competições regionais. As pessoas sempre os aplaudem. E foi tudo simbólico mesmo. Sei disso. Não conquistou nada. Mas desafio vocês a me culparem. Ainda que por um milissegundo. Aquela explosão durante o discurso de Alex foi a única coisa meio decente que fiz na minha vida. E conheço a natureza decadente e imprestável da minha personalidade. Não presto para muitos outros atos assim. Se é que presto para algo. Voltei marchando para o meu lugar, rouco e cantando. Digger estava dando gargalhadas descontroladas. Em pouco tempo, minha décima ação disciplinar ao longo de quatro anos na John F. Kennedy aconteceria. São duas infrações e meia por ano, em média. Kevin não tinha nenhuma. Digger tem duas. O que me torna tão agradável de contemplar?

E descobri quem Alex Faustner me lembrava. Só percebi quando cheguei em casa. Depois de um sermão cheio de perdigotos do sr. Vanderleun, com a dra. Karlstadt supervisionando, repetindo o quanto estava decepcionada comigo. Por acaso, examinei meu exemplar do *Fúria*, caído no chão ao lado da cama, onde o havia jogado. Era Nathan Levitan, o autor judeu mundialmente famoso. Ela me fazia lembrar dele. Com a careta permanente e triste de... decepção? Complacência? Quem sabe. A porra do Levitan! Eu ri quando me dei conta, berrei e gargalhei. Meu pai gritou para saber qual era o problema. Ele tem ouvido bom. A dra. Karlstadt me suspendeu por oito semanas e me sentenciou a doze semanas de treinamento de sensibilidade nas mãos dos mediadores do Propagação da Diversidade. Eu voltaria para a escola pouco depois das férias de Natal. Bem na época do começo do novo milênio. Eu esperava algo bem pior.

# XIX.

Vocês conhecem algo a respeito de *lacrimae rerum*? Falei antes que Virgílio era uma exceção na falta de humanidade desértica dos escritores de latim. E *lacrimae rerum* é um dos motivos para isso. É de quando Eneias está olhando aqueles murais que eu mencionei antes. Em Cartago? A fala completa diz: *En Priamus! Sunt hic etiam sua praemia laudi; sunt lacrimae rerum et mentem mortalia tangunt. Solve metus, feret haec aliquam tibi fama salutem. Sic ait, atque animum pictura pascit inani.* Quer dizer: "'E Príamo! Aqui também sua glória é recompensada; aqui também há lágrimas pelas coisas, e assuntos mortais tocam a alma. Nada de medo. Essa reputação vai salvar', disse Eneias, e seu espírito se nutriu da imagem irreal". Bonito, né? Exatamente o que se esperaria de um herói épico. Eneias *parece* estar dizendo isso, apesar de todos os assassinatos, apesar de toda a fumaça e morte, apesar de Neoptólemo, "sua glória é recompensada". Lágrimas serão choradas, a vida vai continuar e a fama de feitos gloriosos vai nos redimir de nosso sofrimento. E talvez seja verdade.

Mas vocês têm que admitir: a última palavra da cena é *inani*, que quer dizer "irreal, insubstancial". Até mesmo "vazio". Isso não bota em questão tudo que vem antes? Digo, Eneias está chorando quando fala isso tudo, chorando na frente do melhor amigo, Acates, e mesmo se você se fiar em suas palavras, ainda não é uma proposição muito confortável. E se os murais que ratificam sua glória eram supostamente uma coisa ótima, por que Virgílio nos lembra que são irreais? Só imagens? Eu diria que é um truque da parte dele, um truque típico, como aquela história de fazer Eneias voltar ao mundo dos vivos pelo portão de marfim. Eu diria (e talvez esteja errado) que essa cena implica que, mesmo na calma e esplêndida Cartago, dava para ver a natureza horrenda e corrosiva da existência. Imaginem: Eneias percorre aquele caminho todo, sua cidade é destruída, os gregos vitoriosos correm pelas ruas rindo, sua mulher está morta, ele perdeu uma grande quantidade de homens, enfrentou muitos obstáculos terríveis. Em seguida, chega a Cartago e o que encontra? Um mural mostrando a invasão de Troia, a destruição de sua vida. Ele não tem como fugir! Tudo o confronta, o persegue. Onde quer que ele vá. Ele acaba indo embora de Cartago, e Dido se mata, como já contei. Mas, antes de ir, ele explica para Dido e para a corte o que aconteceu, e é assim que *nós* descobrimos. Sobre o cavalo de Troia, sobre a traição de Sinon, sobre Neoptólemo. Sobre tudo.

Então, Eneias não está meio que dizendo que essas "lágrimas" são universais? Permanentes e ubíquas? *Sunt lacrimae rerum* pode ser lido simplesmente como "Há lágrimas pelas coisas". O verbo *haver* às vezes trabalha assim no latim. *Lágrimas pelas coisas*: inerentes em sua existência, quase. Não se pode fugir disso. Você só pode tentar impor uma forma sobre tudo, como Eneias quando está contando sua história triste para a nobreza cartaginense. Provavelmente, toda coisa duradoura criada por seres humanos tem um toque dessa qualidade, de estar impregnado de lágrimas. Certo?

Isso é loucura? Parece certo para mim. Em algum momento, você precisa encarar os fatos apavorantes da sua própria vida, da vida como uma proposição geral; tenha sido ou não por sua culpa que as coisas deram errado, em algum momento todo mundo tem que olhar para a forma da própria vida. Não dá para evitar, e, se você tentar, provavelmente vai acabar como o sr. Vanderleun, incapaz de saber qualquer coisa e cheio de uma certeza do caralho. Não entendo como, na minha vida, que basicamente tem sido segura e protegida, eu poderia ter tido essas ideias. Acho que não podemos nos preocupar com as fontes dos próprios pensamentos. Tive tempo demais para pensar recentemente. O que teve suas consequências ruins de costume.

Mas o que vocês querem que eu faça? A vida tem sido meio chata desde que fui suspenso. Eu sabia que seria assim; tentei me preparar. Só que ainda tem sido chato pra caralho. Eu durmo muito. Leio Virgílio. Passo duas tardes por semana no supermercado. Eu nunca tinha ido a um por vontade própria. Não para fazer compras de verdade, para uma casa. É mais para mim, porque uma manhã eu fiquei enfurecido: não havia comida alguma em casa. Nem uma lata de salmão de uma década antes, nem recheio de torta de abóbora, nem balas azedinhas, porra nenhuma. Nem ketchup. Por quê? Por que era assim? A porra da loja fica na esquina. São três minutos de carro. Às vezes, quando o sol está brilhando e lançando sombras austeras e pálidas de inverno, eu até vou andando, pelo frio brando, com a respiração condensando e espiralando.

Não pensem que fiquei sentimental nem nada do tipo. Não tenho nada para fazer, e é sociologicamente incrível comprar comida no começo da tarde. O mercado fica praticamente vazio, mas as pessoas que estão lá são a maior congregação de aberrações que já vi, e olha que eu conheci um monte de aberrações. Tem uma mulher, cliente regular, que compra dois presuntos enlatados e um maço de cigarros toda vez que vai lá, ou pelo menos todas as vezes que fiquei atrás dela na fila. Ela tem uma coleção de vestidos de seda mesclada, estampados com margaridas infantis ou carpas. Tem o Velho Ossudo, como o chamo em pensamento, cujas mãos são cheias de nódulos marrons que parecem de couro, um tipo estranho de doença de pele. Do pulso até as pontas dos dedos, caroços cinzentos e protrusões. É nojento. E lembram daquele drogado que vi no Tip-Top na manhã que Digger e eu elaboramos nosso plano? Ele também é cliente vespertino! Bati com o carrinho nele. Mas foi sem querer. Ou mais ou menos. Ele estava se arrastando pelo corredor de hortifrútis em um passo glacial e nem reagiu quando a frente do meu carrinho bateu nele, só grunhiu e continuou acariciando os pés de alface. Essa é minha nova tribo. Fico feliz em dizer que minhas compras de comida costumam ser mais normais do que as dessas pessoas: coisas comuns como tangerina e amendoim em pote. Se bem que comprei um maço ou dois de cigarros. Então, quem sou eu para julgar?

O tenente Huang apareceu logo depois que meu exílio mais recente começou. Ele queria fazer perguntas ao meu pai sobre a janela quebrada. Nenhum dos dois conseguiu encontrar o instrumento usado para o crime: o tijolo embrulhado de Lorriner, que devolvi para o dono infeliz. Portanto, Huang estava compreensivelmente intrigado, e meu pai estava com um pouco de medo, mas eles conseguiram se entender sem nenhum dos dois perder a pose. Eles deram outro aperto de mãos constrangido, e Huang me disse que leu sobre minha aventura com os pôsteres.

— Acho que você sabe qual a minha opinião sobre o trabalho de Arch Sexton como jornalista — ronronou ele —, mas eu queria que você soubesse que temos tudo sob controle, de verdade.

Ele estava mexendo no anel de novo. Acho que era por isso que estava tirando um tempo da liderança de uma investigação de assassinato para avaliar um ato estúpido de vandalismo. Porque ele tinha tudo sob controle. Ele saiu da minha casa, e meu pai o viu sair. Sopros pomposos e infrutíferos de vento enfunaram a parte de baixo do sobretudo cor de pedra. Ele não importa. Mas meu pai demorou quase uma hora para se acalmar. E depois colocou o cartão de Huang na geladeira com um ímã em forma de morango, na cor impossível de sangue fresco. Ao lado, está uma foto que algum estranho benevolente tirou: meu pai e Fatima na festa do Instituto Cochrane, com as fantasias absurdas. Por algum milagre, os dois estão rindo, com as bocas arreganhadas e a aparência vulnerável. Eles estão de mãos dadas, na verdade só com as pontas dos dedos se tocando, em um espaço vazio no piso de mármore preto e branco do instituto, e ao redor deles há uma multidão usando roupas extravagantes de cores intensas e tecidos variados, dominós e máscaras de monstros, bandagens, presas falsas, capas e espadas. Tudo que se poderia esperar. Eu queria odiá-la – a foto, quero dizer. Mas descobri que não conseguia.

Não tenho muito mais a dizer. Afinal, o que mais *vocês* querem saber? Em relação aos fatos? Ainda de olho na medida do meu pau, é? Podem perguntar para Digger. Procurem por Phoebe Anna Zeleny. Com os vastos recursos à sua disposição, vocês podem encontrá-la. Ela quer estudar no MIT. Tenho noventa e nove por cento de certeza que vai entrar. Estão vendo? Estão vendo como facilito seu trabalho? Aqui vão mais alguns fatos, de graça. O artigo de Sexton se referia a mim como "um jovem perturbado". O que pode ser a única frase sincera da carreira dele. Alex doou o prêmio para o Planejamento Familiar. Meu pai ainda está com Fatima. Ela e eu começamos a nos falar. É difícil, porque o inglês dela é péssimo e ela expressa as inseguranças que tem acerca do idioma de forma arrogante. Mas sei lá. Sou culpado de coisa bem pior. Além do mais, estou caindo de bêbado. Ando bebendo vinho, coisa que nunca bebo. Vinho tinto, de uma garrafa coberta com vestígios gordurentos das mãos de outras pessoas. O rótulo diz com letras góticas enormes: *Brindisi Rosso*. Vinho tinto é amargo. Estimula nossas faculdades mentais mais elevadas. Pelo menos, todos no mundo antigo alegam isso. Furtei a garrafa porque concordo com eles em teoria, porque preciso refletir sobre uma coisa, uma coisa difícil. Não tenho maconha. Não fumo desde minha conversa com o sr. Broadus. Mas acho que ainda preciso de estímulo para desbravar meus problemas. Assim que comecei a sentir o mais leve barato, meus pensamentos começaram a fluir e meu coração bateu de um jeito cerebral. Agora são meia-noite e cinquenta e seis do domingo, dia vinte e dois de novembro. Minha casa está tão silenciosa que consigo ouvir até do meu quarto o barulho suave do forno e o asfalto sendo comprimido quando um carro desce a minha rua.

Digger e eu voltamos a nos falar. Acho que foi a minha atuação na assembleia que resolveu isso. Não comprei nem vendi quaisquer drogas. E estou ansioso para voltar à escola. Minha suspensão acaba em um mês. Imagino que as coisas vão estar bem mais calmas quando eu voltar. Kevin ainda está morto. Noel ainda é gordo. David Cash ainda é assustador pra caralho. Estou supondo que essas últimas duas coisas são verdade. Não vejo Noel nem David há algum tempo. Mas qual é a probabilidade de terem mudado? Está tudo bem. Tudo anda bem. Então, por que retomei esta redação? O prazo está quase chegando. Por que arriscar? O primeiro rascunho, desprovido de verdade e que cumpria todas as suas exigências, seus limites de palavras e tudo mais, estava na minha escrivaninha, no meu quarto, debaixo da nova litografia emoldurada de Virgílio que Digger me deu de aniversário. (Terça-feira passada. Finalmente posso comprar cigarros legalmente.) É uma ilustração do *Inferno*. Desenhada por Gustave Doré. De quando Virgílio aparece pela primeira vez. Dante duvida do valor de um guia assim depois que Virgílio explica seu propósito. Ele é alto e magro – estou falando de Virgílio –, com o rosto de um exilado. Um rosto sábio, perturbado, suave. Dante só parece um covarde confuso, mas tudo bem: Virgílio vai acusá-lo de covardia logo depois desse encontro, então ele deveria pensar isso mesmo, em algum nível. Apesar de ter condenado seus inimigos políticos a certas torturas criativas e brutais. Então, quem diabos pode saber?

Ela me deu o quadro com certa cerimônia. Comprou um cupcake e colocou uma vela em cima, depois cantou. Ela tem uma voz bonita. Bem melhor do que a minha. Se bem que isso não é difícil. Estávamos na minha casa. E ela me deu um beijo na bochecha. Não sei o que isso significa. Deve ser irrelevante. À luz do que estou prestes a explicar para vocês. Eu não protestei. Não sou burro. Tínhamos apagado todas as outras luzes, então a vela brilhou com mais intensidade. Ela deu uma gargalhada baixa e rouca e a mão acariciou a parte de trás da minha cabeça, onde havia a cicatriz e o montinho macio e curto do cabelo mais novo, e os dedos dela não hesitaram. Ouvimos meu pai chegar em casa e o chuveiro ser ligado. E a cantoria dele. Ele sorri e canta o tempo todo agora. Quem sabe por quanto tempo? Acho que é Fatima. Gosto não se discute, certo?

Então qual é a porra de problema com tudo isso? Digger tem levado meus deveres de casa, para eu não ficar atrasado. Também ando preparando fichas de candidatura a faculdades. Estou me candidatando a outras instituições, sabe. Então, ajam rápido, seus babacas! Tenho que admitir que sua ficha, apesar das coisas chatas que havia nela, foi a melhor. Além do mais, de acordo com seu material informativo, vocês têm a maior biblioteca dos Estados Unidos. Isso é legal pra caralho. Não o maior complexo de bibliotecas (esse fica em Harvard), mas o maior prédio *individual*. Estou trabalhando nesta redação há muito tempo. Não planejei isso. Escrevi uma versão, só uma versão de nada, com mil palavras, como vocês devem estar acostumados a receber. Eu estava planejando enviar duas semanas atrás, com todo o resto das merdas que vocês exigem: transcrições, recomendações. O sr. Dwight e a sra. Erlacher. Pedi a eles por intermédio de Digger, sem muitas esperanças. Os dois concordaram, para minha total surpresa. Acho que a sra. Erlacher não me odeia tanto quanto eu imaginava. Talvez ela sinta minha falta, sei lá. Ou talvez os dois escrevam uma série de elogios insinceros. O cheque, cinquenta dólares, para cobrir a "taxa de candidatura". Isso é genial, senhoras e senhores! Eu queria ter pensado em alguma taxa similar na minha antiga profissão. Eu poderia ter ganhado uma grana.

Tudo isso cabe em um grande envelope pardo, endereçado a vocês, selado e com a aba colada. Eu só precisava enviar. Mas não enviei. Meio que curti deixá-lo ali, sabendo que só precisava deixar no correio e as coisas mudariam para mim. Eu poderia sair dessa cidade competitiva e horrenda, não teria mais que aguentar

Vanderleun, não teria mais o Mês da História Negra. Talvez a faculdade seja cheia da mesma baboseira que o ensino médio. Não tenho qualquer experiência. Mas eu estaria enfrentando tudo sozinho, sem uma plateia espiando por cima do meu ombro, meu pai, David, Kevin, sei lá mais quem. Eu seria livre. Gramados e sexo elísio, toda a diversão que eu quisesse. E eu poderia estudar os grandes textos da literatura latina, sem mencionar as buscas filológicas de altíssimo nível, todo o tempo. Vocês sabem o quanto isso me empolga? Não ter que fazer aulas cujas matérias são enorme e impossivelmente vagas, como História do Mundo, como Inglês. Sabem como é, para ancorá-las? Para que não se dissolvam por não fazerem sentido algum? Já olhei o catálogo. Puta merda! *Sátira e a era de prata. O romance romano. Amor e morte: Eros e a transformação em Ovídio. A fundação da métrica épica.* Salivei quando vi esses nomes, porque eles indicavam o mundo de conhecimento do qual estou excluído e no qual posso conseguir entrar, com sorte e persistência. Certo? Certo? Por favor, me digam que estou certo.

De qualquer modo, a coisa estava acabada. Completa. Meu horizonte brilhava. Então, vocês podem me explicar por que, mais cedo hoje – ou ontem, já que passa da meia-noite –, eu me sentei com papel e caneta e comecei a escrever? Comecei a reescrever minha resposta à sua pergunta para a redação. Não consegui parar. À essa altura, parece ter levado uma eternidade, apesar de nem tanto tempo assim ter se passado. Só quatorze horas. Fiz uma breve pausa cinco horas atrás, quando comecei a escrever sobre depois que matamos o cachorro. Fiz outra uma hora atrás, para sair e roubar o vinho. Achei que tinha terminado. Bebi metade da garrafa de uma só vez. Tem um cavalo branco no rótulo. Meu pai me deve uma pela erva, de qualquer modo. Então, nem é roubo de verdade. Fiz as pausas para clarear a mente. Mas só piorou tudo. Nunca faça pausas. O movimento constante para a frente evita a entropia. A entropia destrói tudo. Não pode ser derrotada. Mas, ainda assim: dezenove capítulos. É movimento pra caralho, se vocês me permitem usar uma quantidade tão expressiva. E não terminei. Dezenove capítulos e não terminei. Dezoito é o melhor número na numerologia judaica, vocês sabiam? É equivalente, se vocês usarem as estranhas atribuições de valor que as letras hebraicas têm, à palavra vida. Não entendo como. Só sei que é assim. Digger me contou, e ela nunca mente. Acho que ela ganha cheques de aniversário em múltiplos de dezoito. E como já passei um capítulo do número da sorte do meu povo, vou tentar manter esse final conciso.

Tenho minha vida à minha frente. Mesmo que eu não entre na Universidade de Chicago. Para os classicistas, que é o que quero ser, matérias da pós-graduação também são importantes. Eu acho. Acho que é assim que funciona. E estou preparado para não entrar. Eu não me deixaria entrar. Com todas essas informações além do desejado ou necessário que ofereci. Por que eu não calo a boca e aprecio minha sorte de ter escapado ileso? Digger decidiu que sou legal. Não fui ver Noel e David depois da noite da rinha de cachorros. Todo mundo esqueceu o Kevin. Quero dizer, menos os pais dele. Mas aí está a porra do problema. Uma parte enorme do problema. O motivo de eu ter passado as últimas horas andando de um lado para o outro, fumando no quarto, falando sozinho, começando a acrescentar coisas à redação e parando. Estou atrasado para encontrar Digger. Temos um encontro, um encontro oficial. Nosso primeiro. Nosso primeiro encontro oficial. Lembram? Do hospital? *A dor e a piedade*, parte dois? Vamos fazer uma tentativa de agir como todo mundo.

A mão de Digger na parte de trás da minha cabeça. O acorde do piano, quando caí. O rosto da minha mãe em argila. O peso da arma na palma da minha mão. Essa pilha de papel. É tudo que tenho. Não é muito. É apenas o que aconteceu. Não consigo explicar e nem quero. Puta merda! Isso é difícil. Escrever isso é difícil. Pode até ser impossível. Mas vou tentar mesmo assim. Passa da meia-noite. Passei meu aniversário com Digger. Antes de ela me dar meu presente, não fizemos nada. Só andamos por aí fumando cigarros. Passamos pela casa de Kevin. As cortinas verdes pesadas e de aparência esmaltada brilhavam nas janelas da frente e oscilavam um pouco. Fora isso, nenhum sinal de atividade. Eu a amo. Não a amo de um jeito idiota. Se fosse idiota, trivial, o resto disto seria fácil. É difícil e assustador, então devo amá-la de verdade. Como vou saber, certo? De que outra forma pode-se saber? Eu amo Digger. *Que criança*, vocês estão pensando. *Amar? Ele está usando a palavra* amar? *Que piada do caralho. Ele é jovem demais para entender*. Se vocês pensam isso, vão se foder. Eu não conto mentiras. Não sobre Digger. Posso ser culpado de uma longa lista de enormidades mesquinhas e secretas. *Não*, entretanto, de mentir sobre meu amor por Digger. É impossível para mim. Não faço ideia de quem vocês são, se algum de vocês vai ler o que escrevi. Não sei qualquer coisa a seu respeito. Conheço vocês tão mal quanto conheço meus colegas de classe e meu pai. Tudo isso não é desculpa. A câibra que sinto nas mãos não é desculpa para nada. Minha visão cansada não é desculpa. Virgílio olha com gentileza oceânica para Dante na litografia, cercado de raios retilíneos de luz e névoas. O rosto dele trai o amor sentido por alguém que se vê acima do amor. Ele parece sentir orgulho.

Voltemos a *lacrimae rerum*. Como falei, tive muito tempo para pensar. Vocês me pediram mil palavras, senhoras e senhores. *Tem* que haver mais do que isso, e um dos motivos é por eu ter tido tempo demais para pensar. Ter tempo demais para pensar te deixa nervoso, faz você querer incluir tudo, só por garantia. E ainda não falei nada, essa é a parte hilária. Fiquei falando sobre trivialidades, sobre eventos secundários. O máximo que posso esperar é que a falta de jeito e o medo que demonstrei ao me permitir ir tão longe ajude vocês a entenderem o tipo de pessoa inútil que sou. Acho que estou me jogando aos seus pés aqui e torcendo para que vejam: por mais frágil e egoísta que eu seja, não sou pior do que ninguém, principalmente o resto dos candidatos com quem vocês estarão lidando. Pessoas diferentes de mim, pessoas que não carregam o peso de todos os vícios de sua era, são raras. De forma quase impensável. Conheço exatamente uma.

Ainda estou evitando o assunto central aqui. Por que acrescentar mais coisas a um lixo já longo demais? Por que prolongar o seu tédio? Por que provocar em vocês o ódio que inspiro em todas as figuras de autoridade? É tão escroto que nem sei por onde começar. Roubei uma garrafa de vinho da adega do meu pai e estou bebendo enquanto faço isto. Peguei quando me dei conta dessa coisa horrível. Vocês estão prontos? Eu estou. Vou explicar. Olhando por um prisma, se você pegar minha história, se seguir de A até B, sei lá, é a história de um jovem que cometeu uma série de erros estúpidos. Mas, olhando por outro, dá para inferir um horror tremendo dela. Eu aprendi com ela. Lucrei com ela. Criminalidade de Novembro em sua forma mais pura. Eu traio.

Eu corrompo. Não consigo evitar. Sou o que aqueles protonazistas nojentos disseram. Não por ser judeu. Por ser eu, Addison Schacht. Em termos metafísicos, sou tão culpado quanto o assassino. Eu lucrei com a morte de Kevin. Estou mais feliz agora. Não tenho direito disso. Tenho menos direito a isso do que qualquer pessoa. Foi isso que Virgílio quis dizer, ou em partes, que mesmo na felicidade tem um toque, como uma influência oculta ou algo assim, da vida estar irremediavelmente errada.

Estão entendendo o que quero dizer? Tudo tem seu preço. Às vezes, dá para dizer o preço em sinais ou símbolos, palavras, uma quantidade de dinheiro. Porém, não sei nem dizer o que devo. Sei que excede o valor de toda a minha vida simplesmente por princípios geométricos. Mas que porra devo fazer com esse débito? Vocês podem responder a isso, seus especialistas do caralho? Não posso me entregar para a polícia. Não é crime. Não posso falar com o pai de Kevin. Não posso contar para ninguém. Se eu tivesse pensado melhor, enquanto estava me recuperando, tudo teria ficado bem. As pessoas pegam leve quando você está no hospital. Elas gostam de indultar. Agora, todo mundo acharia que sou maluco ou estou tentando chamar atenção. Achariam que eu estava com ciúme de Alex aparecer no jornal. Eu jamais conseguiria convencer uma só pessoa que esse não é o caso, que estou cagando para a fama, que, se eu quisesse isso, quereria a de Virgílio, fama eterna. A única pessoa que poderia entender isso é Digger. Mas não vou contar para ela. Já abusei da confiança dela.

Estou atrasado para encontrá-la. Temos um compromisso firme em andamento de ver a exibição de meia-noite e quarenta e cinco da parte dois de *A dor e a piedade*. Desde quando eu estava no hospital, lembram? No Camelot. Não faço propostas assim de brincadeira. Eu deveria estar na porta do cinema dez minutos atrás. E se eu não for? Eu não vou. Eu não mereço nada. Não ir seria punição suficiente. Mas não seria, porque passaria, e porque faria mal a ela, e eu contrairia um débito novo. Posso vê-la esperando com calma na rua vazia, debaixo da marquise em forma de harpa. Ela não vai ficar preocupada pelo meu atraso. Todo mundo se atrasa às vezes. Ela não faz ideia do que está acontecendo dentro de mim. Eu vou. Vou pensar no assunto. Não sei. Minha caneta está ficando sem tinta, começando a arranhar o papel com aquele som que dá nos nervos. Eu vou. Eu não vou. Eu vou. Puta merda. Considerei destruir toda essa redação, jogar no fogo do forno do meu pai e oferecer a vocês minha resposta original banal: que adoro ajudar as pessoas e essa é minha melhor qualidade, mas às vezes tenho dificuldades de pensar nas minhas próprias necessidades, e esse é meu maior defeito. Foi o que escrevi originalmente, antes de me sentar aqui hoje. Ou ontem. Eu poderia enviar uma redação igual à de todo mundo em tamanho, peso e conteúdo espiritual. Estou tão cansado disso. E arrependido de ter perturbado o descanso de Kevin. Não por causa da minha própria exaustão. Porque reconheço minha culpa. O que pode não fazer sentido. Para vocês.

Mas, para mim, é por isso que faz sentido. Porque não faz. Nada é explicável. Nem mesmo as coisas triviais, nem uma nuvem ou uma onda. Todas essas coisas são formadas pelo acaso. E nós também. Somos fracos, podemos sumir em um instante, como qualquer uma dessas coisas. Acho que devíamos achar engraçado sermos tão transientes. Todo esforço humano expressa tanto moralismo, tanto individualismo. E esse individualismo é uma piada, uma nuvem, uma sombra. É isso. Então, *nox est perpetua una dormienda*: "uma noite infinita para dormir". O poeta Catulo escreveu isso, não Virgílio. Ou *vitaque cum gemitu fugit indignata sub umbras*. É a última frase da *Eneida*, descrevendo a morte do príncipe dos rútulos, Turno, o último inimigo de Eneias: "e a vida fugiu com um grunhido, indignada, para as sombras". Então você nem tem a *nox perpetua*. Se você está morto, por definição não pode ter conhecimento da eternidade. Passa da meia-noite. Minha mão dói de tanto escrever. Não sei o que fazer. Não se pode exercer a própria vontade acima da vida. Se tem uma coisa que o estudo de latim deveria ensinar é que os seres humanos não podem direcionar a realidade. Podem fazer muitas coisas, sim, até mesmo coisas incríveis, ir até o reino dos mortos. Ou fundar Roma. Mas com permissão. Eles precisam ter a bênção e a assistência de um deus. Isso é conseguido por lealdade. Não sou leal. Não me tomem por uma pessoa leal.

Não estou falando sobre suicídio. Suicídio seria ordenado demais e demonstraria respeito próprio demais. Não mereço nem isso. Faria com que eu parecesse importante demais, entendem? Só tenho um triunfo: minha explosão no meio do discurso de Alex Faustner. Mas não estou pensando nisso. Nem no meu pai e no péssimo filho que tenho sido para ele, nem no quanto falhei com Digger e Kevin. O que não consigo tirar da cabeça é o seguinte. Como falei, não penso muito sobre a minha mãe. Eu me lembro dela. Estão vendo a diferença? Não preciso pensar nela porque me lembro dela. Tenho uma única lembrança, que está sempre no fundo dos meus pensamentos. Eu devia ter uns quatro anos. Não mais do que isso. É de manhã, acabei de acordar e ela está ali. Não inclinada sobre a cama nem nada. Só de pé, em silêncio, no canto. Eu a vejo com a visão periférica, mas, por algum motivo, finjo que não, e ela começa a sorrir, e eu também, e nós dois sorrimos em silêncio. Ela está de suéter amarelo. O cabelo está preso. Ela está de óculos. A chuva bate na minha janela. Não quero dizer nada, e ela não fala, e de repente uma compreensão me ocorre: nenhum de nós precisa falar. Não é necessário. É assim que as coisas eram com ela. Pelo menos, é como me lembro. Eu não pensei dessa forma na época. Eu era uma criança. Essa lembrança é basicamente a única coisa entre mim (escreva, seu covarde do caralho, seu babaca do caralho) e o esquecimento total.

Passa da meia-noite. Estou escrevendo o mais rápido que consigo porque estou atrasado, mas não o bastante para destruir a minha vida, então esta parte está menos legível em comparação ao que veio antes, consigo perceber. Sei o que tenho que fazer. E vou fazer. Só preciso de um minuto, de cinco minutos. Vocês podem pensar que, com a fragilidade de todas as coisas, com nossa condição e todo o resto, seria o mesmo que uma mentira. Não é. Nem um pouco. Não acredito nisso. Não sou niilista. A morte é a falsidade derradeira. Talvez esse seja o real significado do Portão de Marfim. Que a perfeição chega por ela, o que é basicamente o mesmo que a morte. Porque a vida... onde está a perfeição nela? *Lacrimae rerum*, certo? O sinal da vida. A perfeição o mataria. Extinguiria. Vou deixar a arma derretida aqui, enquanto eu estiver fora, segurando a pilha de folhas rasgadas de caderno que usei para escrever. Como prova. Para o caso de alguém encontrar minha redação e achar que é ficção. Aí, amanhã, vou enviá-la para vocês. Não amanhã. Quero dizer, hoje. Já passa da meia-noite. Não vou mandar a arma. Isso seria loucura. Só o documento em si, que pode ser corroborado em todos os detalhes. Passa da meia-noite, quando o dia começa. Isso não é bizarro? O dia começar na escuridão? Estou com medo. Não mereço coisa alguma. Mas vão se foder, mesmo assim. Vão se foder por pensarem que isso prova qualquer coisa. Não prova coisa alguma, nadinha. Um reino inteiro de nada. Vocês podem recusar minha admissão. Podem chamar a polícia. Podem me prender com correntes ou me matar. A mim ou a qualquer pessoa. Não vai provar coisa alguma. Quando Digger soprou minha vela de aniversário, ao inclinar a cabeça, uma lua de luz da cor do verão repousou em seu rosto. Vi o brilho dançar nos olhos dela. Por um segundo inteiro. E então, a chama se apagou. E ficamos no escuro.

# MÚSICAS

- "Bridge Over Troubled Water", Paul Simon; CBS Records, 1970.
- "Mary Don't You Weep", Inez Andrews; Atlantic, 1972.
- "O Fortuna", movimento da cantata "Carmina Burana", de Carl Orff; composição de 1935-36; várias gravações.
- "Variações Goldberg", Johann Sebastian Bach; composição de 1741, várias gravações.
- "Colonel Bogey March", Kenneth J. Alford; composição de 1913, várias gravações.

Este livro foi composto em Fairfield LH e impresso pela Intergraf
para a Editora Planeta do Brasil em maio de 2018.